Regine Sylvester

Vorgeschriebene Flughöhe

Unverkäufliches Leseexemplar

Gebunden. Ca. € 18,– (D)
Erstverkaufstag: 21. August 2002
Wir bitten Sie, Rezensionen nicht vor dem
Erstverkaufstag zu veröffentlichen.
Wir danken für Ihr Verständnis.

Liebe Kolleginnen und Kollegen im Sortiment,

wie es wohl ist, wenn man seine üblichen Bahnen verlässt, wenn man sich für etwas Anderes, Neues entscheidet? Wieviel Mut gehört dazu? Regine Sylvester stellt diese Fragen in ihrem Roman *Vorgeschriebene Flughöhe*, den ich Ihnen heute ganz besonders zur Lektüre empfehlen möchte.
Die Autorin lässt uns teilhaben am Leben einer Frau, der es eigentlich gut geht – und an ihrem Versuch auszubrechen. Das ist ernst, das ist komisch. Das ist mitreißend erzählt. Das geht unter die Haut. Und man muss sich bei der Lektüre fragen, wie es denn wäre, selbst die »vorgeschriebene Flughöhe« zu verlassen. Eigentlich geht es ja gut, aber …
Regine Sylvesters kleinere Texte zu größeren Fragen – *Soll man so leben?* –, die im Frühjahr erschienen sind, wurden dafür gelobt, dass sie mit leichter Hand aus Tragödien herzzerreißende Komödien machten. Das ist eine der ganz großen Stärken dieser Autorin, auch in ihrem ersten Roman.
Lassen Sie mich bitte wissen, ob Sie meine Begeisterung teilen, schreiben Sie mir – eine vorbereitete Postkarte liegt bei.

Mit den besten Empfehlungen aus Berlin

Ihr

Hans Christian Rohr

Hans Christian Rohr
Cheflektor

Regine Sylvester

Vorgeschriebene Flughöhe

Roman

Argon

Gesetzt aus der Stempel Garamond
Satz: deutsch-türkischer fotosatz, Berlin
Druck und Bindung: Clausen & Bosse, Leck
Printed in Germany
ISBN 3-87024-567-0

Für meine Tochter Anna Laura

Ich habe studiert, um eines Tages mein Wissen anzuwenden, habe dann unheimlich viel vergessen, und mit dem, was übrig geblieben ist, weiß ich nichts anzufangen.

Simone de Beauvoir

Marie ist unterwegs und denkt, wer wird es heute? Sie entscheidet sich für ein altes Ehepaar, das in Braunschweig in den Zug steigt. Die Frau lässt sich mit einem Seufzer auf den Sitz neben Marie fallen, zerrt ihren Kostümrock unter den dünnen Oberschenkeln nach vorne und beginnt ein Kreuzworträtsel. Der Mann hebt den Koffer in die Ablage und trocknet die Stirn mit einem Taschentuch. Dann setzt er sich seiner Frau gegenüber, sieht aus dem Fenster und berichtet, was ihm vor Augen kommt.

»Da baden sie schon!«, sagt er. Oder: »Rehe!«

Seine Frau trägt mit einem Bleistift große ordentliche Buchstaben in das Rätsel ein.

»Ganz viele Rehe!«

»Jaja«, sagt sie.

»Da stehen Schafe. Direkt an den Gleisen. Und kein Hirt.«

Die alte Frau überschreibt dick ein Wort.

Der alte Mann hustet und sieht von oben auf das Rätsel: »Brauchst du Hilfe?«

Die Frau reagiert nicht. Der Mann sieht wieder aus dem Fenster. Sein Atem rasselt.

»Da war eben ein schönes Haus«, sagt er. »Aber du guckst ja gar nicht!«

Sie sieht flüchtig über die Schulter und schreibt weiter. »Doch«, sagt sie dann.

»Wir fahren von Nordwesten nach Berlin rein«, sagt der Mann nach einer langen Zeit.

»Woher willst du das wissen?«, fragt seine Frau.

»Stationsschilder.«

Sie kommt mit dem Rätsel nicht weiter und wirft die Zeitschrift ihrem Mann in den Schoß. Der holt aus der Brusttasche einen Filzstift, zieht die Kappe ab und füllt mit roter Schrift zügig die leeren Kästchen aus. Nach kurzer Zeit hält er ihr das fertige Rätsel dicht vor die Augen: viele rote Buchstaben, wenige graue. Sie zuckt mit den Achseln.

Er sieht lächelnd aus dem Fenster und bläst mit runden Backen und kurzen tonlosen Atemstößen den Radetzkymarsch.

Pfdpft, Pfdpft, Pfd, Pft-Pft-Pft!

Noch Kilometer weg von der Einfahrt in den Bahnhof Spandau stemmen sich die beiden Alten mit steifen Beinen hoch, torkeln mit dem Gepäck durch den Gang und stehen als Erste neben der Tür. Als der Zug bremst, fallen sie mit den Schultern an die Wand, richten sich auf und klettern mühsam auf den Bahnsteig.

Marie stellt sich vor:

Wie sie ein Taxi nehmen, nein, sie nehmen die S-Bahn. Sie stehen vor einem Mietshaus mit Vorgarten. Der Mann sagt, dass er noch sprengen muss. Sie zieht eine Kittelschürze an. Sie öffnet das Fenster und ruft zum Abendbrot. Er sieht auf seine nassen Hosenbeine. Sie essen belegte Brote und trinken Bier aus Gläsern mit Städtewappen. Der Fernseher läuft ohne Ton, nein, er läuft sehr laut. Sie steht im Bad und sieht ohne Interesse im Spiegel ihr Gesicht. Sie sitzt neben dem Mann auf dem Sofa, der aus der Zeitung vorliest, dass ein Bankräuber nach dem

Überfall sein Auto nicht starten konnte. Sie schüttelt den Kopf. Dann lacht sie. Sie bricht eine Tafel Schokolade in Stücke und steckt ihm eines in den Mund. Sie sitzt auf der Bettkante und massiert Salbe in ihre schrundigen Füße. Er klopft an das geschnitzte Barometer an der Wand, sieht auf ihren knochigen Rücken unter dem Nachthemd und zieht seine weiße, übergroße Unterwäsche aus. Erst die Hose, dann das Hemd. Er fasst an sein alt gewordenes Geschlecht, kratzt sich, zieht einen Schlafanzug an und legt sich hin. Sie sagt, dass es eine schöne Reise war. Er sagt zwischen zwei Hustenanfällen, dass der Vorgarten ganz trocken war. Wie Sand. Keiner hat gesprengt, als sie verreist waren. Keiner. Dann lacht er zufrieden und löscht das Licht.

Marie glaubt, dass sie nicht unglücklich sind. Sie sind zusammen, schon seit ihrer Jugend. Vielleicht hatten sie damals ein Faltboot oder ein Motorrad. Ihre Tochter lebt mit ihrer Familie in Pennsylvania, nein, in Belgien an der deutschen Grenze, was auch weit weg ist für alte Leute mit kleiner Rente. Sie haben noch nie etwas auf Raten gekauft. Sie werden sich nie trennen. Wahrscheinlich haben sie niemals erwogen, sich zu trennen. Diese eine Sicherheit hatten sie immer, weshalb Marie jetzt gerührt schlucken muss. Sie hat den beiden Alten eine Möglichkeit geschenkt. Einen möglichen schönen Abend. Einen Lebensabend. Sie stellt sich noch kurz die beiden nackten alten Leiber unter den Federbetten vor, müdes, blasses Fleisch mit vielen braunen Flecken. Wie gesprenkelt.

Dann hebt Marie ihren Koffer mit Schwung aus der Ablage und steigt Bahnhof Zoo aus.

Marie bin ich.

Ich gebe mir diesen Namen, wenn ich mich beobachte, wie ich andere Leute beobachte und ihnen in Gedanken nachlaufe. Ich mag mich nicht bei diesem Spiel, in dem ich eine Fortsetzerin bin, die bei fremden Leuten am Tisch und im Bett sitzt. Uneingeladen. Schnüffelnd. Spekulierend.

Vielleicht haben sich in Wirklichkeit die beiden Alten in ihrem Wohnzimmer mit Weinbrand betrunken, sage ich. Und dann beschimpft und geschubst.

Nein, haben sie nicht, sagt Marie, so was sieht man im Gesicht!

Als ob sie mit dem ganzen Satz einen Anlauf nähme. Sie landet überlaut und abschließend auf der letzten Silbe. Ge-sicht!

Ich hasse Maries selbstgefälligen Tonfall. Ist sie Gott, oder was?

Marie lächelt. Marie sagt, dass sie erfahren genug sei, um aus kleinsten Zeichen auf das ganze folgende Leben zu schließen – sie wisse der Art, wie ein Mann seiner Frau mit den Augen durch den Raum folgt oder wie eine Frau einer Geschichte zuhört, die ihr Mann zwei befreundeten Ehepaaren in einem Restaurant erzählt, zu entnehmen, was bei denen im Bett passiert. Sie schließt aus der Kaufentscheidung eines Mannes für eine bestimmte Hose auf die Abrufbarkeit seiner Erektionen. Am Fußkettchen einer Frau entdeckt sie einen folgenreichen Plan.

Ich glaube das überhaupt nicht.

Jedenfalls bin ich mir nicht so sicher.

Ich glaube, dass sich Marie solche Geschichten erzählt, um keine Fehler zu machen in ihrem kleinen Leben. Sie berechnet die nächsten Züge bei anderen Leuten, ohne eigenes Risiko. Sie lebt fremd. Sie denkt sich einfach etwas aus, saugt einem zufälligen Nachbarn, einem nichts ahnenden Passanten eine Prophezeiung aus den Knochen und entscheidet zu wissen, was noch kommt. Und das, sagt sie dann, das muss sie alles nicht haben.

Marie weiß nichts über ihre eigene Zukunft, aber sie denkt, dass sie sich durch ihre Beobachtungen schützen kann. Sie trifft Maßnahmen, die sie für vorsorglich hält. Sie ist eine zusehends eingeschränkte Person mit großem Mundwerk.

Tut mir Leid – ich halte sie manchmal für eine echte Zicke.

Wir werden beide fünfzig Jahre alt, noch in diesem Winter.

Es soll Kirschsuppe geben. Wir haben das Bäumchen abgeerntet und sitzen halb nackt im Garten, um die Sauerkirschen zu entkernen. Der Saft spritzt. Unsere Haut ist voller Flecken, die frischen sind dunkelrot, die älteren schon blau.

Ich benutze für das Entkernen einen kleinen Löffel, Magda schaufelt eine vergleichbare Kirschkernmenge mit ihren langen roten Fingernägeln in der halben Zeit heraus, und Martin arbeitet mit einem Spezialgerät, das er vor ein paar Tagen auf dem Wochenmarkt gekauft hat, aber nicht sicher beherrscht. Er kann kaum etwas sehen, weil auf seiner Brille rote Spritzer sitzen. Martin ist Historiker, und ich denke, dass er mit dem regelmäßigen Erwerb von avantgardistischen Spargelschälern, Flaschenöffnern, Pürierstäben oder Mehrzweckscheren seinen persönlichen Anschluss an die Moderne sucht. Die Geräte funktionieren selten.

Ich kann meine Freunde besuchen, wann ich will. Ich rufe trotzdem vorher an. In ihrem Landhaus gibt es ein Zimmer mit einem Garderobenständer, einem Bett, einem Stuhl und einem Tisch für meinen Apple. Ich nehme immer Arbeit mit. Zwar schalte ich den Computer selten ein, aber es gibt mir ein besseres Gewissen, dass ich es jederzeit tun könnte. Mein iBook ist weiß mit giftgrünen Kanten und lauert mit aufgesperrtem Rachen im Raum, wie ein exotischer Fisch, der gerne zuschnappen würde.

Seit mein Sohn in Amsterdam studiert, rette ich mich immer öfter aus der Einsamkeit des Wochenendes hierher. Unsere Gespräche sind von Belang und trotzdem heiter, unangestrengt. Niemand kann mir wie Martin die Politik erklären. Wir reden über Bücher und Filme, und es müssen nicht die sein, die gerade im Feuilleton besprochen werden.

Wir machen nichts Besonderes. Wir spielen mit dem jungen Hund, der sich in unsere Sandalen verbeißt und danach wie toll über das Grundstück jagt. Wir graben den Garten um. Ich stehe solidarisch mit Martin bei den Handwerkern, die eine Nachlässigkeit ausbügeln müssen. Wir kochen, wir besprechen positiv die Entwicklung eines mickernden Oleanders, wir sehen fern, wir spielen Karten. Meine Freunde kennen mich im Nachthemd und nackt beim Schwimmen im See.

Morgens stehe ich als Erste auf, mit Überwindung, und ziehe Sportsachen an. Ich renne die abschüssige Straße herunter, renne bis zum See und walke dann einmal um das Ufer. Das dauert eine knappe Stunde. Mir begegnet kein Mensch, was mir sehr recht ist, denn Walken sieht dumm aus. Aber es ist gesund und schont, im Unterschied zum Jogging, die Gelenke. Das kann man in jeder Fitness-Zeitschrift nachlesen. Marie deckt mich mit solcher Lektüre ein.

An einer Biegung des Weges, an der kleinen Badestelle mit Grasnarben, bleibe ich immer stehen und halte meine Hand ins Wasser. Im Winter zerbreche ich das dünne Eis vorne am Ufer in kleine Stücke, die ich über den zugefrorenen See rutschen lasse.

Hier war es.

Genau hier hat mein Mann die Frau kennen gelernt, die er vor zehn Jahren geheiratet hat. Ich war dabei, als sie sich zum ersten Mal ansahen, ich wusste vor ihnen, was geschehen würde, und konnte nichts dagegen tun. Er hat die Frau bekommen, die er verdient, denke ich, denn er ist nicht glücklich geworden. Aber der Gedanke hat keinen Schwung mehr. Keine Befriedigung.

Es ist mir egal. Es hat lange gedauert, bis es mir egal geworden ist.

Monatelang habe ich damals vor zehn Jahren den Frühstückstisch noch für drei Personen gedeckt, ich hatte diese Gewohnheit einfach in den Fingern. An dem Tag, an dem ich für meinen Sohn und für mich zwei Tassen hingestellt habe, zwei Teller, zwei Löffel und zwei Messer, zwei von allem, nicht drei – an diesem Tag habe ich angefangen, allein leben zu können. Allein mit dem Kind.

Ich gehe wieder los, mit großen, gleichmäßigen Schritten, meine angewinkelten Arme steigen und sinken wie die Pleuelstangen eines Getriebes. Ich beschleunige, die Spatzen flattern aus den Büschen. Ich fühle mich in Form. Ich atme tief ein und aus. Ich bin eine Frau, die auf sich achtet.

Meine Freunde behandeln mich als Familienmitglied, das heißt, es gibt kein großes Theater, wenn ich aus Berlin ankomme. Sie blicken mich freundlich an – wie ihren Hund, der nach einem längeren Ausflug schwanzwedelnd um die Ecke biegt.

Früher war ich neidisch auf ihre anderen Freunde, die hier mit höflicher Emphase als geschätzte Besucher empfangen werden: Nein, was für ein tolles Osterei! Ihr sollt doch nicht! Selbst gebackener Apfelkuchen! Aber das wäre doch nicht nötig gewesen!

Ich stand bebend daneben. Keiner hatte meine Einkäufe jubelnd begrüßt, als ich sie in die Vorratskammer trug. Inzwischen weiß ich diese beiläufige Behandlung zu schätzen.

»Da bist du ja.«

»Ja, da bin ich.«

Wenn ich südlich von Berlin auf die Autobahn fahre, werde ich schon ruhiger, und wenn ich meinen kleinen silbernen Flitzer auf dem Grundstück unter der Linde abstelle, aussteige und zum ersten Mal die klare Luft einatme, fühle ich, wie die Reifen von meinem Brustkorb abspringen wie von einem ausgetrockneten Fass. Ich bin ein Stadtkind mit Sehnsucht nach Natur. Aber man kann nicht alles haben.

Im Winter rieche ich in Berlin an den Gläsern mit getrockneten Pilzen wie an einem Abglanz des reinen Glücks. Jedem dieser verschrumpelten Pilze bin ich zuvor persönlich im Wald begegnet. Früher, als ich aus Gründen, die mir entfallen sind, mehr freie Zeit hatte, habe ich aus dem Garten meiner Freunde körbeweise Pflaumen nach Hause mitgenommen, Kuchen gebacken und ganze Bleche in die Redaktion getragen. Sehr dünner Boden, mit saftigen, hochkant geschichteten, zuckerverkrusteten Pflaumen belegt. Mit Zimt und mit Nüssen. Meine Kollegen leckten sich die klebrigen Finger ab – nein, was du alles kannst!

Ich bin eine gute Hausfrau, die sich ihr Geld als Journalistin verdient. Seit ich in dem Film »Der Feind in meinem Bett« sah, wie Julia Roberts von ihrem ordnungsfanatischen Ehemann terrorisiert wurde, versage ich es mir, die Eierbecher mit dem Aufdruck nach vorne ins Regal zu stellen. Aber es zuckt in den Händen. Ich streiche über die duftenden, gebügelten Laken wie eine Mutter mit gutem Gewissen in alter Reklame. Ich liebe den Duft eines aufgewischten Raums. Unordnung stört mich bei anderen gar nicht, aber in meiner eigenen Umgebung leide ich schon, wenn die Küchenschere nicht an ihrem festen Platz ist. Ich brauche die Ordnung der Dinge. Ich brauche Griffe zum Festhalten.

Marie sieht mich mit einem mitleidigen Lächeln an. Sie glaubt, dass ich scheitern werde an der Sehnsucht, in meinem Leben möge alles schön sein.

Schön wäre ja kein Problem, sagt Marie, aber du willst alles perfekt.

Ich decke im Garten den Tisch.

Meine Freunde schlendern über das große Grundstück und freuen sich über den Garten aus verschiedenen Perspektiven.

Ich glaube, ihre Beziehung ist glücklich, weil beide respektieren, dass es auch ein Leben außerhalb von der Ehe gibt. Sie rekapitulieren ihren persönlichen Tagesablauf nur auf Nachfrage. Sie wollen nicht alles wissen und telefonieren sich nicht hinterher. Ich bin mir sicher, dass beide ihre heimlichen Affären hatten. Vielleicht haben sie immer noch welche. Aber solange keiner direkt fragt und keiner gesteht, ist ja nichts passiert. Wenn Magda bei einem Theatergastspiel nachts um zwei noch nicht in ihrem Hotelzimmer ist, legt Martin zu Hause nach zwei

Mal Klingeln auf und geht schlafen. Ohne zu grübeln. Und Magda blendet einfach aus, was Martin machen könnte, wenn er seinen Büchern zu Lesungen hinterherreist und dabei viele interessierte Buchhändlerinnen trifft. Magda musste sich diese gelassene Ignoranz nicht vornehmen. Sie ist so.

Meine Freunde nehmen ihre gemeinsame Zeit als ein kleines Wunder, das man nicht bereden darf. Dafür spricht, dass sie kürzlich ihre silberne Hochzeit vergessen haben. Beide. Einfach vergessen. Freunde mit einem besseren Gedächtnis für solche Daten haben Martin und Magda an diesem Tag zum Essen eingeladen und nach einer kurzen Ansprache dem verblüfften Jubelpaar ein silbernes Kränzchen und ein silbernes Sträußchen angesteckt. Auf den Fotos sieht man noch die Überraschung in den Gesichtern meiner Freunde. Auf den Fotos, die später am Abend entstanden, trägt Martin das verrutschte Kränzchen in seinem lichten Haar.

Marie führt seit Jahren eine Liste.

Sie sitzt als aufmerksame Stenographin zwischen ahnungslosen Männern und Frauen und schreibt im Kopf die Umgangsformen in fremden Beziehungen mit. Wie machen es die anderen? Sie notiert hinter kleinen Signalstrichen, was sie, im Ergebnis ihrer umfänglichen Recherche, für eine Rezeptur der dauerhaften Liebe hält.

Diese Liste wird immer wieder verändert, denn Marie behauptet dazuzulernen. Zum Beispiel hat sie die früher verteidigte Forderung ÜBER ALLES IMMER GLEICH SPRECHEN ersatzlos gestrichen. SEXUELLE TREUE, eine wahrlich unverzichtbare Prämisse aus Maries Jugendzeit, vagabundiert inzwischen auf den letzten Plätzen und könnte demnächst ganz aus der Hitliste fallen. Maries Beobachtungen haben mehrfach die Erkenntnis geliefert, dass die Verpflichtung zur absoluten sexuellen Treue zu einem Verlöschen des Begehrens überhaupt führte, zu einer gewissen Langeweile zwischen dem Paar im Lauf der Zeit. Sogar GEMEINSAME INTERESSEN stehen auf der Kippe. Marie sagt, dass man nicht zu viel zusammen machen sollte.

Sie bevorzugt in letzter Zeit ungeschriebene Vertragsinhalte, die mehr auf Autonomie und Verlässlichkeit setzen. Maries Liste beginnt mit GEHEIMNISSE HABEN UND ZULASSEN und VERABREDUNGEN UNBEDINGT EINHALTEN. Auf einem der ersten Plätze liegt derzeit außerdem SCHWÄCHEN HINNEHMEN. DEN PARTNER NICHT VERÄNDERN WOLLEN. AUCH NICHT AUF LANGE SICHT!

Na gut.

Marie beherrscht selbst nichts von alledem. Aber sie behauptet, einen perfekten Eheberater schreiben zu können, wenn sie nur endlich alle Regeln kennen würde. Sie will immer wissen, wie etwas funktioniert. Ich erinnere mich an den Eifer, mit dem sie in Gebrauchsanweisungen blättert. Wahrscheinlich plant sie etwas Ähnliches über die Ehe. »Der Große Plan der ewigen Liebe«. Ich wette, dass Marie einen solchen Buchtitel für erfolgreich hält. Sie sollte mal im Internet recherchieren, bestimmt gibt es dieses Buch längst.

Marie schnüffelt gleich wie ein Trüffelschwein, wenn ein Möbelträger erzählt, dass er für seine ordentliche Ehefrau und um des lieben Friedens willen alle zwei Monate die schwere Gefrierkombination beiseite rückt, damit die Frau mit dem Staublappen auch an die Rückwand kommt. Der Möbelträger leistet nach eigener Aussage diesen Dienst regelmäßig, ohne Aufforderung und ohne Ironie – und er trug zu Maries Eheglücksregeln die folgende Erkenntnis bei: MÄNNERKRÄFTE HERAUSFORDERN UND LOBEN.

Auch meine Freunde gehören seit Jahren zu Maries Studienobjekten. Gerade stehen die beiden vor einem neuen Zaun, den Magda unbedingt verlängert haben möchte. Martin will das keineswegs – der Zaun sei fertig, bezahlt und somit in Ordnung. Magda macht Fragen der ästhetischen Proportionen geltend und erinnert an die Veränderbarkeit aller Dinge. Sie zanken sich heftig, aber sie beleidigen sich nicht. Die Zaunfrage wird verschoben. Ich vermute, dass sich Magda mit ihrer unaufgeregten Beharrlichkeit durchsetzen wird.

Marie öffnet gleich ihr heimliches Notizbuch und notiert ziemlich weit oben: KEINE MACHTKÄMPFE UM KLEINIGKEITEN.

Ach, Marie, du schaffst es ja nicht einmal, auf das letzte Wort zu verzichten.

Meine Freunde lassen zu, dass ich zu ihnen gehöre.

Ich schwöre auf Wahlverwandtschaften, weil ich kein geliebtes Kind war. Obwohl das schon so lange her ist, erinnere ich mich genau an die strenge Art meiner Mutter. Sie verstand Erziehung als Abhärtung und erzählte mit einem gewissen Stolz, dass sie selbst, als kleines Mädchen, von ihren großen Brüdern während eines gewaltigen schlesischen Gewitters außen an das Fensterkreuz gebunden wurde und schreiend überlebt hat.

In ihrem Mütterleben testete sie, wann ich schreien würde.

Sie behandelte mich achtlos. Sie wickelte mir eine Speckschwarte um den Hals und schickte mich trotz Schluckbeschwerden zur Schule. Zu Ärzten hatte sie kein Vertrauen, sie akzeptierte nur mündlich überlieferte bäuerliche Heilpraktiken, deshalb musste ich bei Bauchschmerzen über einer Stuhllehne hängen. Sie ließ mich allein mit Fieber im Kinderzimmer und sah nebenan »Der Goldene Schuss« mit Lou van Burg. Auf dem Schrank im Wohnzimmer lag ein dicker gelber Rohrstock, er hieß in unserer Familie »Der gelbe Onkel«. Sie drohte, mich damit zu schlagen. Der gelbe Onkel ragte immer ein kleines Stück über die Schrankkante ins Zimmer. »Er sieht alles«, sagte meine Mutter, die fürchtete, dass ich Schande ins Haus bringen könnte. Das Schlimmste wäre ein uneheliches Kind gewesen. Als ich, ein Teenager von vierzehn Jahren, erstmals verabredet war, folgte sie mir heimlich. Sie saß im Dunkeln hinter uns im Kino. Der Junge küsste mich. Im Kinoausgang hat sie mich wortlos geohrfeigt. Der Junge stand verlegen daneben.

Sie hat mich nie getröstet. Sie hat mich nie umarmt. Ich rächte mich durch lebenslängliches Durchkreuzen ihrer Pläne und wurde die Tochter, die sie nicht haben wollte.

Meine Mutter wünschte sich, dass ich Floristin werde oder zahnärztliche Helferin. Berufe, die ihr einleuchteten. Sie kaufte mir grundsätzlich nur die Schuhe, die ich von allen Schuhen im Laden am hässlichsten fand. Sie wollte, dass ich dieselbe Sorte Kleider trug wie die Schaufensterpuppen in ihrem bevorzugten Geschäft, einem Einzelhändler am Rosenthaler Platz, der sich ohne Ehrgeiz auf Übergrößen spezialisiert hatte. Wenn meine Mutter außer Haus war, nähte ich mit klopfendem Herzen auf ihrer alten Singer-Nähmaschine meine Röcke enger, nähte tief in den Stoff die Linie einer Hüftkurve, mit dem Ohr zur Tür.

In den Augen meiner Mutter war ich immer zu dünn. Sie war eine dicke Frau. Nachdem ich eine eigene Wohnung hatte, bestand sie darauf, dass ich jeden Sonntag zum Essen kam. Mit großer Geste lehnte ich ihre deftigen dunkelbraunen Soßen ab, obwohl sie wunderbar schmeckten. Ich verdrängte die Rührung, die mir in die Kehle stieg, wenn sie die heißen Töpfe mit stark zitternden Händen aus der Küche ins Zimmer trug. Ihren Kuchen, den sie mir im Pergamentpäckchen mitgab, verschlang ich später zu Hause, ohne darauf zurückzukommen. Ich sagte »Mutter« zu ihr, niemals »Mama«.

Wir haben nur miteinander gekämpft. Wir haben uns nicht versöhnt.

Jetzt sehe ich auf alten Kinderfotos, dass sie kleine Hirsche und Hasen in den Saum meines Trägerröckchens gestrickt hat, dass ich eine große karierte Taftschleife in meinen blonden Locken trage. Sie hatte nie viel Geld, und es war noch nicht sehr lange nach dem Krieg. Meine Mutter hat sich Mühe gegeben, damit ich niedlich werde. Aber ich wurde nur störrisch.

Sie hat mit mir nie über meine Arbeit gesprochen. Lange dachte ich, sie wüsste überhaupt nicht, dass ich Journalistin bin.

Aber ich habe fast alle meine Artikel in einer Schublade ihres Schranks entdeckt. Sie hat sie ausgeschnitten und gesammelt. Sie hat meinen Vornamen in Sütterlinschrift auf den Zeitungsrand geschrieben. Sie war vielleicht doch stolz auf mich.

Und ich fand eine Schublade mit Gedichten. Meine Mutter hat beinahe jeden Tag gedichtet. Sie wendet sich immer an einen fernen Geliebten, an einen zärtlichen, behutsamen Mann, der mein Vater nicht gewesen sein kann. Vielleicht hat sie dabei an Gott gedacht, meine katholische Mutter, die 35 Jahre lang Witwe war.

Ich, ihre Tochter, komme niemals in diesen Gedichten vor. So wie wir zueinander standen, war ich kein Stoff für Poesie. Sie schreibt über Blumen und Tiere und die liebe Sonne, sie verabschiedet sich von dem alten Haus, aus dem sie nach vierzig Jahren wegen eines Wechsels des Eigentümers in eine enge Neubauwohnung umziehen musste. Ihre Verse sind schön. Ich wusste nicht, dass sie diese Worte besaß. Ich kannte diese Seite nicht.

Meine Mutter hatte einen großen Freundeskreis, sie war zu allen außer mir sehr herzlich und galt als grandiose Geschichtenerzählerin. Sie saß mit ihren früheren Kollegen oder mit ihren Nachbarn im Wohnzimmer, trank Eierlikör und lachte mit wackelndem Bauch, wenn ich in der Tür stand. Sie zeigte mir, dass sie mich nicht brauchte.

Sie war enorm unordentlich. Ihre Besucher, die bei einer alten, halb blinden Frau über das Chaos selbstverständlich hinwegsahen, konnten nicht wissen, dass meine Mutter niemals Ordnung gehalten hatte. Es wäre ihnen auch völlig zu Recht egal gewesen. Meine Mutter lebte, seit ich sie kannte, unbeschwert zwischen Stillleben aus Wäscheklammern, abgebrannten Streichhölzern,

Postwurfsendungen, Haarklemmen, einzelnen Strümpfen und Tulpenzwiebeln. Sie reagierte sehr unwillig, wenn ich ihre Küche aufwischte oder die Gläser polierte. Es konnte passieren, dass sie sich mir in den Weg stellte. Sie wollte meine Hilfe nicht, weil sie spürte, dass sie aus einem Vorwurf kam.

Meine Mutter war eine starke Frau in ihrem Reich.

Ich räume die Wohnung leer. Stecke ihre Kleider, Nachthemden, Tischläufer, Tabletten und Wandteller in blaue Müllsäcke. Einen uralten, verbeulten Topf, der nur noch einen Griff hat, habe ich früher mehrmals hinter ihrem Rücken zum Container gebracht, sie hat ihn hinter meinem Rücken mehrmals zurückgeholt. Dieser Topf begleitete als Kronzeuge unsere Auseinandersetzung über Haushaltsführung. Jetzt geht er seinen letzten Gang.

Ich verschenke die beiden Teppiche, die sie sich von dubiosen Händlern aufschwatzen ließ. Gegen meinen dringenden Rat, nichts an der Tür zu kaufen. Die Teppiche standen seit ihrer Anschaffung aufgerollt an der Wand.

An diesem Tag, als ich allein in ihrer verlassenen Wohnung war, habe ich um die alte Frau geweint.

Ich kenne das Leben, ich bin es gewohnt.«

Der Satz steht in »Ausweitung der Kampfzone« von Michel Houellebecq. Marie liebt den Autor – nicht nur, aber auch wegen solcher Sätze. Genau, sagt sie. So ist es. So reden die Erwachsenen.

Marie blüht auf, wenn sie, eine Vielleserin, eine Filmeverschlingerin, eine süchtige Diskutantin, auf Gedanken trifft, die sie selbst hat oder die sie gerne hätte. Sie hakt im Geist jeden unter, der so tickt wie sie, und marschiert strahlend mit imaginären Genossen in einer Front. Her mit den sarkastischen Wahrheiten. Her mit der Floskel, die sie sich merken wird. Oft genügt schon eine Pointe, sie in Laune zu versetzen.

Ich glaube nicht, dass Marie Bücher und Filme wirklich genießt, denn sie ist immer auf der Suche nach dem Nutzwert. In ihrem enormen Gedächtnis lagern Dutzende internationale Kinoszenen und Textzitate. Sie sucht nach Parallelen zu ihrem eigenen Leben, nach versteckten Hinweisen. Leider hat sie auch mich damit angesteckt.

Früher hat sich Marie bezeichnenderweise mit riesigen kleinteiligen Puzzles beschäftigt. Mit großer Geduld setzte sie aus nahezu identischen Teilchen den Kölner Dom zusammen. Sie schlägt jedes unbekannte Wort sofort im Lexikon nach. Beliebten Urlaubszielen nähert sie sich mit gerunzelter Stirn im Autoatlas, sie sucht nach günstigen Routen, obwohl sie gar nicht vorhat, dorthin zu reisen. Sie trainiert afrikanische Hauptstädte und liest im Duden, welche Wörter mit Ypsilon beginnen. Ein Wort wie Ymir, zum Beispiel, erfreut sie, auch wenn sie keine weitere Verwendung dafür weiß.

Marie ist unablässig damit beschäftigt, ihr Wissen zu komplettieren.

Wahrscheinlich denkt sie, dass sie dann die Welträtsel gelöst hat.

Ich saß vor kurzem mit Petra und Magda in einem Café. Wir kennen uns lange. Petra dreht Dokumentarfilme für das Fernsehen, Magda ist Bühnenbildnerin am Theater. Wir erzählten uns unseren größten nicht erfüllten Lebenswunsch.

Petra sagte: »Ich wollte immer eine weltberühmte Regisseurin werden.«

Ich sagte: »Ich wollte immer eine harmonische Familie.«

Magda sagte: »Und ich wollte immer eine schöne Wohnküche.«

Uns sind verschiedene Dinge wichtig. Es sieht so aus, als ob wir es alle drei nicht mehr schaffen. Ich am allerwenigsten.

Einige Jahre nachdem mich mein Mann verlassen hatte, zog in das Haus schräg gegenüber eine junge Familie ins Hochparterre. Es genügte, dass Mann und Frau und zwei Kinder am Sonntagmorgen mit Decken und Körben das Haus verließen, um einen Ausflug zu machen – schöne Eltern, reizende Kinder, alle früh am Morgen picobello in Schale, während ich noch im Bademantel und ungeduscht am Fenster stand –, um mich in Tränen aufzulösen.

Warum heulst du?, fragte Marie. Wahrscheinlich krachen die sich schon unterwegs im Auto. So viel Glück hält nicht. Sie sind zu jung. Sie sehen zu gut aus. Sie wissen nicht, dass sie sich anstrengen müssen.

Seitdem stehe ich öfter, abends nach der Arbeit, auf der Straße und gucke in ihre erleuchteten Fenster. Ich beobachte sie, in eine Nische geduckt oder am Fenster wartend. Ich will, dass sie es schaffen. Ich suche nach Anhaltspunkten und merke mir kleinste Details. Die Leute kennen mich nicht, man grüßt mich gleichgültig über die Straße, wenn sich unsere Blicke treffen. Sie wissen nicht, dass ich ihr Schutzengel bin.

Ich will, dass Marie Unrecht hat.

Gestern Abend, bevor ich zu meinen Freunden fuhr, stand die fremde Frau am Fenster und sprach lachend über die Schulter in das erleuchtete Zimmer. Dann schob sie die Gardinen und die Vorhänge vor und verschwand als graziöser Schatten in einem anderen, größeren Schatten.

Also ist noch alles gut.

Ich trage die Kirschsuppe in den Garten.

Hinter den Büschen bewegt sich etwas Blaues. Da ist jemand.

»Ach«, sagt Magda, »der Kubaner ist gekommen. Er sollte den Kompost umsetzen. Frag ihn, ob er mit uns essen möchte.«

Es ist ein großes Haus mit einem großen Garten. Es gibt viel zu tun. Wir haben schon mit verschiedenen Berufsgruppen gegessen. Magda kocht extrem gut, aber sie kocht auch extrem. Redliche Handwerker machten ihre

Späße, wenn sie die Knoblauchgerüche einatmeten oder wenn sie hörten, dass der Braten mit Backpflaumen gefüllt wurde. Den Löwenzahn, den wir so gerne als Salat essen, muten sie nur ihren Karnickeln zu.

Meine Freunde behandeln ihre Handwerker höflich, aber sie stellen klar: Wer zahlt, ist der Chef. Und der Chef bestimmt.

Ich hätte von meinen Freunden lernen sollen, aber ich bin erstens ein anderer Typ und zweitens eine allein stehende Frau. Die Profis erkennen meine Schwachstellen, schon wenn ich die Tür öffne. Mit dem ersten Satz biete ich einen Kaffee an. Mit dem zweiten erkläre ich meine Dankbarkeit für ihr Kommen. Mit dem dritten bin ich in ihrer Hand. »Machen Sie alles so, wie Sie es für nötig halten, Sie sind der Fachmann.«

Sie haben mich beklaut und betrogen, sie haben meine Wohnung verschandelt und sind verschwunden, sie kamen besoffen, und sie kamen gar nicht. Als ich einmal eine völlig überhöhte Rechnung monierte, erzählte der kräftige Mann, dass er seine letzte Arbeitsstelle verloren hätte, nachdem er in einem Wutanfall seiner Chefin an die Gurgel gegangen war. Die Frau soll schon ganz blau im Gesicht gewesen sein. Ich stellte den Scheck aus unter Tränen.

Mein Sohn war zu jung, um einschüchternd wirken zu können. Seit er nicht mehr zu Hause wohnt, drohe ich manchmal mit seinem Besuch. Ohne Effekt.

Nur in solchen Situationen vermisse ich noch meinen Mann. In diesen Momenten, in denen ich ohne Beistand bin, denke ich an das alte Kinderspiel: »Ich sitze hier und schneide Speck, und wer mich lieb hat, holt mich weg.«

Dann beneide ich alle Frauen, die einen kräftigen Typen zu Hause haben, der den Handwerkern notfalls mit Prügel droht. Auch, wenn er sonst zu nichts taugt. Ich habe mir schon die Ehemänner von Freundinnen für einen dramatischen Auftritt ausgeborgt, aber sie sind manchmal auf die Schnelle nicht zu haben.

Marie ist verschwunden, wenn ich ihre coole Attitüde nötig hätte.

Sie behauptet, dass mir mit meinem Mangel an Misstrauen sowieso nicht zu helfen wäre, und erinnert an die 5000 Mark, die ich einmal einem Herrn Zimmermann bar in die Hand drückte, einem Handwerker, der während meines Urlaubs ein paar Einbauten machen sollte – eine Zwischendecke im Korridor, ein paar Regale, Arbeitsplatten in der Küche und einiges andere. Er wollte das Material besorgen und alles fein herrichten. Herr Zimmermann rief mich sogar in meinem Hotel in Tunesien an, berichtete vom Fortgang der Arbeit und schlug vor, eine Tür von links auf rechts schlagend umzustellen, des besseren Durchgangs wegen. Ich lobte seine Umsicht und freute mich von ganzem Herzen auf die Rückkehr in ein schönes Heim.

Nach drei erholsamen Wochen schloss ich gegen Mitternacht meine Wohnung auf. Im Korridor standen fremde Reisetaschen, Plastiktüten und Getränkekästen. Im Wohnzimmer standen dicht an dicht Campingliegen, und auf den Liegen schliefen fremde Männer. Als ich Licht machte, schreckten alle hoch und flüchteten, zum Teil in Unterwäsche. Sie flohen mit Gepäck an mir vorbei durch die noch immer links schlagende Tür. Es gab in der Wohnung auch keinerlei neue Einbauten, keine Zwischendecke, keine Arbeitsplatte.

Ein älterer bärtiger Mann, der den anderen nachhinkte, flüsterte, als er an mir vorbeiging: »Zimmermann nix gut.«

Jetzt gerade wird mein Haus saniert. Die Handwerker haben angefangen, während wir Mieter auf Ersatzwohnungen warten. Fremde Männer werfen im ersten Licht des Tages aus der leer stehenden Wohnung über mir Bretter, Metallgestelle, Waschbecken, Ziegelsteine aus dem Fenster. Alles fällt zwei Meter Luftlinie von meinem Kopf entfernt auf den asphaltierten Hof. Ich sehe hinter dem Fenster die Dinge im Flug und zucke bei ihrem Aufschlag zusammen. In der Wohnung liegt auf jeder waagerechten Fläche grauer körniger Staub, die Äpfel in der Schale sehen aus, als hätte ich sie in einen Ascheregen gestellt.

Meine Nachbarin alarmiert mich: Diese Männer haben unsere privaten Keller ausgeräumt.

Weil Marie immer gleich losrennt, wenn das Telefon klingelt, ist sie mit dem Fuß gegen eine Türfüllung geknallt und ging wegen der Schmerzen zum Arzt, der einen gebrochenen Zeh feststellte. Deshalb hocke ich mit einer Fußbandage auf dem Müllberg vor dem Haus und versuche, unter dem ganzen Dreck meinen ursprünglichen Besitz zu finden. Über meinem Kopf zanken sich andere Mieter mit der herbeigeeilten Hausverwaltung. Während ich überlege, ob meine alte Tetanusimpfung noch schützt, zerre ich zwischen Brettern mit rostigen Nägeln die Schätze meines Sohnes hervor – die damals aus dem Westen eingeschmuggelten Micky-Maus-Hefte seiner Kinderzeit, die er für seine eigenen Kinder aufzuheben vorhatte.

Ich will ihnen eine gute Großmutter sein, ich rette Donald und seine drei Neffen, Daniel Düsentrieb und Gustav Gans, die Panzerknacker-Bande, Onkel Dagobert und Pluto. Ich rette soeben die Erbschaft meiner ungeborenen Enkel.

Von ferne höre ich schon zarte Stimmen: »Danke, Großmutter!«

Manchmal wird es mir einfach zu viel: Ich wische und putze und organisiere und schmeiße den Laden alleine. Von Auto bis Zahnarzt. Von Aufstehen bis Zubettgehen.

Ich gestand in einem Stimmungstief meiner Freundin Karola, dass ich, die erfolgreiche Journalistin, die erwachsene, emanzipierte Frau, von einem nahezu beliebigen Mann schon für zwei kurze Sätze zu haben wäre: »Bleib sitzen. Ich mach das!«

Der Kubaner hört mich nicht. Er schaufelt den Kompost aus einer gemauerten Kammer durch einen schräg gestellten Maschenrahmen. Ich nähere mich ihm und registriere einen vollkommenen Hintern unter dem blauen Arbeitsoverall.

»Hallo!«, sage ich, weil ich das für ein internationales Wort halte. Er dreht sich um.

»Möchten Sie mit uns essen?«, frage ich und führe täppisch einen gedachten Löffel zum Mund. Es fehlt nur noch, dass ich happahappa sage.

»*Si. Con mucho gusto*«, sagt er und lächelt mich an.

Ein freundliches Lächeln in einem lächelbereiten Jungmännergesicht.

Ich gehe voran zum Tisch, seinen vollkommenen Hintern vor dem inneren Auge.

Es ist einfach so: Der Körper eines jungen Mannes macht mich an. Da hab ich nun studiert und gemacht und getan, bin mit anspruchsvoller Literatur und Philosophie erwachsen geworden und entdecke etwas Primitives an mir: eine begehrliche Verbraucherhaltung, einen eigentlich eher den Männern zugeschriebenen Blick. So fixieren alte Knacker junge Mädchen.

Meine Freundin Karola, die diesen Blick von mir kennt, schwankt zwischen Entsetzen und Bewunderung. Sie findet mein leichtsinniges, stromerndes Interesse unfassbar. Karola ist verheiratet. Sie hat es nicht nötig, die Palette der Suche nach der Lust zu erweitern. Oder sie traut es sich nicht.

Inzwischen erkenne ich in dem bekannten Spruch der Sängerin Cher, die etwa in meinem Alter und ebenfalls allein stehend ist, eine geistige Verwandtschaft: »Nehmt ihn, wascht ihn, und bringt ihn in mein Zelt!«

Ich weiß, dass ich nur auf den Putz haue, wenn ich das schreibe.

Es ist ein Satz, der Marie gefällt. Sie glaubt, dass man sich nur mit starken Sprüchen behaupten kann, dass man so tun muss, als ob man am längeren Hebel sitzt, damit wenigstens die anderen es glauben.

Früher war alles anders. Also dieser Spruch stimmt nun wirklich.

Ich kann mich an die Lüsternheit erinnern, die ich als junges Mädchen weckte mit so einfachen Mitbringseln wie nackten glatten Beinen, schön konturierten Armen und einer festen hohen Brust. Jede Mode stand mir. Jeder Schuh trug sich, egal wie hoch die Absätze waren. Das leichte Kleid fiel über die Hüften, ohne aufzusetzen. Ich ging mit Vergnügen an spiegelnden Schaufensterscheiben vorbei. Ich registrierte das Interesse der Männer und vergewisserte mich meiner Wirkung beiläufig, ohne Provokation. Provokation war gar nicht nötig, es genügte, dass ich jung war.

Ich hielt das für eine Tatsache von Bestand.

An der Universität gab es einmal eine Konferenz, und zu Beginn kam der Rektor mit einem großen Blumenstrauß zu meiner Dozentin, die zufällig neben mir saß. Sie wurde an diesem Tag fünfzig Jahre alt, und ich wurde dreiundzwanzig. Am selben Tag. Natürlich kannte keiner der Chefs meinen Geburtstag, ich war eine unbekannte Studentin ohne Verdienste. Heute erinnere ich mich mit großer Verlegenheit meiner damaligen Hochnäsigkeit, meines Überlegenheitsgefühls: Die Dozentin stand auf, stand auf geschwollenen Knöcheln in ausgetretenen Pumps, stand da in einem unförmigen schwarzen Kostüm, und bedankte sich für die Gratulation, während das kleine Luder neben ihr dachte: »Okay, du bekommst Blumen und Ehre. Aber ich kann Männer haben.«

Genau das habe ich gedacht.

Inzwischen kommt nun mein eigener Chef mit Blumen zum Geburtstag in mein Zimmer und sagt nette Sachen. Ich versuche in diesem Augenblick, die Gedanken meiner jungen Kolleginnen zu lesen, die daneben stehen, lächelnd zuhören und ein Glas mit mir trinken.

Marie klopft mir auf die Schulter: Junge Hühner denken nun mal so. Mach dir nichts daraus. Schöne Blumen übrigens.

Als junges Mädchen interessierte ich mich ausschließlich für viel ältere Männer, von denen ich mir Erfahrung versprach. Eine Schule des Lebens. Das Geschenk eines unverbindlichen Vorgriffs auf die Zeit des Erwachsenseins. Diese älteren Männer waren galant, gewandt und sicher, sie kannten die Welt und die wichtigen Leute. Ich ging ihnen nach. Sie bildeten meinen Geschmack und rochen an meiner rosigen Haut. Ich habe sie verführt und ausgeplündert mit dem Recht meiner Jugend.

Als ich mich hinreichend präpariert fühlte, wendete ich mich den etwa Gleichaltrigen zu.

Eine Frau um die 30 hat die freie Wahl. Sie sollte das genießen, denn so gut wird es nie wieder – nach meiner Erfahrung ist das unsere beste Zeit: Sublimierung und Entfesselung zugleich, finanzielle Unabhängigkeit, erotische Ausstrahlung, sexuelle Erfahrung und eine erste Sicherheit, was man im Leben braucht und was nicht.

Ich entschloss mich, reif für die Ehe zu sein und ein Kind zu bekommen. Es ging sehr gut, und dann ging es doch schief. Ich war 39, als sich mein Mann verliebte. In eine Frau, die gerade 30 wurde.

Die beste Zeit für eine Frau, ich sag's ja.

Von einem bestimmten Zeitpunkt an, so etwa ab dem 40. Geburtstag, gehörst du nicht mehr zur Zielgruppe gleichaltriger Männer. Sie verlieren das Interesse an dir. Sie sind, wenn sie überhaupt frei sind, geschieden, und sie wollen sich dringend verbessern.

Häufig wollen sie auch noch ein Kind. Jedenfalls möchten sie sich diese Option offen halten. Mit genetisch bedingten Reflexen, die sie aus der Steinzeit mitbringen, checken diese Männer in den ersten Sekunden der Begegnung deine Eignung, sie und ihre wunderbaren Erbanlagen durch ein Kind in die Ewigkeit zu verlängern.

Sie erkennen deine Jahre. Ihr Unterbewusstsein registriert eine kleine hamsterbäckige Ausbuchtung deiner Gesichtskontur unterhalb der Mundwinkel, einen Verlust an Lippenfülle, deine Falten, die nicht nur vom Lachen kommen, die Runzeln auf den Fingergliedern und erste braune Pigmentflecken auf deinem Handrücken. Wenn sie sehr gute Augen haben oder nahe genug herangelassen werden, entdecken sie vielleicht auch noch deine neuerdings borstiger gewordenen Augenbrauen.

Sie sehen, ohne wirklich darüber nachzudenken, dass du nicht mehr die Mutter ihrer Kinder sein wirst. Wahrscheinlich nicht. Sie mustern dich aus.

Aber die unbegreifliche Mutter Natur hatte keine Skrupel, gebückten Greisen das Privileg der theoretisch zeitlich unbegrenzten Zeugungsfähigkeit zu schenken.

Ältere Männer dürfen sich wie Zeitbomben fühlen. Unsereins fühlt sich entschärft.

Vor fünf Jahren habe ich mich in einen Mann meines Alters verliebt. Ein freier Typ mit freien Ideen unter dem grau melierten Lockenkopf. Er war ein bekannter Kinderbuchautor, auch mein Sohn hatte seine Bücher gerne gelesen.

Wir schlichen umeinander herum, wir mochten uns sehr. Marie war zufrieden, weil diesmal alles passte: die Interessen, der Humor, der soziale Status, die Bücherregale, die Ticks, die politischen Grundsätze, das Nichterwachsenseinkönnen.

Wir haben lange nur geredet, bevor wir uns küssten. Weil das an einer belebten Kreuzung in Berlin-Charlottenburg passierte, also gewissermaßen in der Öffentlichkeit, hielt ich diesen Kuss für ein Bekenntnis. Nach weiteren Wochen, da standen wir dann aber schon vor der Bettkante, sagte dieser Mann, der gerade Anstalten machte, mich umzulegen: »Es könnte schön mit uns sein, aber es wird nichts von Dauer. Denn eigentlich möchte ich noch ein Kind.«

Die vier, die er schon hatte, wuchsen bei drei verschiedenen Müttern auf, er sah sie selten. Aber es war ein guter, ehrlicher Satz in seinen Augen. Der Mann hat nie begriffen, wie tief er mich gekränkt hat.

Dann gibt es noch die andere Sorte Männer um die fünfzig: die Frühgreise. Sie wären heute für mich leicht zu haben, wie für fast jede Frau. Denn sie können nicht alleine sein. Sie möchten eine verlässliche, fürsorgliche Freundin, sie wollen Verständnis für ihre Melancholie, für die sichtbaren Anstrengungen ihres bisherigen Lebens und endlich, endlich ihre Ruhe. Sie möchten ihren Gedanken und Passionen nachgehen, sonntags am Arm der Gefährtin durch den Tiergarten spazieren und bei passender

Gelegenheit in einem selbst bestimmten Rhythmus ihrer gezügelten Sexualität frönen. Sie sind auf der Suche nach einem Sauerstoffgerät in Menschengestalt. Diese Männer glauben, dass ich inzwischen dankbar sein muss für Angebote.

Marie hat das auf den Punkt gebracht: »Mein Alter bringt mir folgende Errungenschaft – jeder traut sich an mich ran! Eindeutig eine Wertminderung!«

Irgendwann hatte ich das alles satt und habe den Spieß umgedreht. Aus Notwehr.

Irgendwann sah ich die jüngeren Männer.

Es gibt unglaublich viele, es werden immer mehr.

Ich lebe allein in der großen Stadt. Die jungen Männer schießen hier wie die Pilze aus dem Boden.

Junge Männer stehen an heißen Tagen im Unterhemd vor dir am Sparkassenschalter, und du musst dich beherrschen, die Hand nicht auf ihren gebräunten Nacken zu legen. Du siehst aus dem Auto, wie sie neben dir freihändig Fahrrad fahren, den Oberkörper entspannt zurücklehnen und die Sonnenbrille ins Haar schieben. Sie legen einen leichtfüßigen Trab ein, wenn sie die Straße überqueren – ohne Zeitnot, nur aus überflüssiger Kraft.

In meiner Jugend sahen die Jungs alle gleich aus, sie hatten ähnliche Vorstellungen von Männlichkeit in der Mode. Sie trugen meistens Blue Jeans, ein Hemd und eine schwarze Lederjacke. Sie hätten sich lächerlich gemacht mit einer knalligen Hosenfarbe, mit Schmuck oder gefärbten und in den Himmel gegelten Haaren. Damals hätten sie auch noch Angst gehabt, als schwul zu gelten.

Die jungen Männer heute haben entschiedene Ideen,

wie sie aussehen wollen. Sie treiben Aufwand. Alle Verkleidungen sind denkbar und erlaubt. Häkelmützchen, rosa Brillen, Sakkos über nackter Haut, glänzende Hosen, zerrissene Hosen, in den Kniekehlen hängende Hosen, Zottelfellwesten, elegante Anzüge, gefleckte Tarnjacken oder wehende bodenlange Mäntel. Viele zeigen ihre Muskeln, ihre Piercings und Tätowierungen. Sie tragen ihre Haut zu Markte.

Du beobachtest sie. Du näherst dich.

»Tolle Suzuki!«

»Sie interessieren sich für Motorräder?«

»Und wie.«

»Schon mal damit gefahren?«

Das wäre ein Einstieg. Man muss sich nur zuvor ein paar technische Daten aus der Motor-Beilage der Zeitung vom Wochenende gemerkt haben.

Ich habe angefangen, mit diesen Jungs zu flirten.

Danach geht es ganz leicht, denn sie sind noch neugierig. Sie glauben, dass sie was lernen können im Bett. Damit haben sie Recht.

Sie riechen an meinen Parfüms im Badezimmer und sprühen sich das teuerste in Wolken unter die Achseln. Sie holen mich von der Arbeit in meinem Auto ab. Es ist kein Problem für sie, wenn ich im Restaurant bezahle, denn sie wissen, dass ich mehr verdiene. Sie zahlen dann eben für die Cola am Kiosk. Ich bin an der Seite solcher Jungs auf dem Weihnachtsmarkt die schärfsten Achterbahnen abwärts gesaust und habe den billigsten Glühwein getrunken. Alles bekam mir ohne Kopfschmerzen, auch die Abende in Discos mit Technomusik, auch die sonderbaren Filme, in die heute die Jugend rennt, einfach nur um abzulachen oder Special Effects zu bestaunen. Ich saß dazwischen, weil mich einer von denen mitgenommen hatte. Ich war einfach dabei. Ich habe vieles erlebt, von dem ich sonst in meinem Alter keinen blassen Dunst hätte. Man kann danach andere Artikel in der Zeitung schreiben, man erweitert seine Themenkompetenz – eindeutig ein Vorteil in meinem Beruf.

Die Jungs brachten ihre CDs in meine Wohnung mit, mehr nicht.

Irgendwann riefen dann auf dem Handy meiner Besucher junge Mädchen an, die Steffi, Sandra oder Cindy hießen. »Natürlich können wir reden«, sagten die Jungs in ihr Handy und lächelten mich dabei an wie eine Kumpanin.

Du verstehst das doch, bedeutete dieser Blick.

Aber ja. Natürlich verstehe ich.

Jegliches hat seine Zeit. Ich bin schlau genug, mit nichts mehr als dieser Zeit zu rechnen. Marie hat es mir eingehämmert. Wenn man das weiß, tut es nicht weh. Tut es nicht so weh.

Mit großer Scham erinnere ich mich eines Gesprächs mit meinem Sohn vor einigen Jahren.

Er hatte mir in Folge ein, zwei, drei Freundinnen vorgeführt, allesamt liebenswürdige, intelligente und fröhliche Mädchen. Allerdings war keine besonders attraktiv. Als er mich schließlich nach meinem allgemeinen Eindruck fragte, das Wort seiner Mutter ist ihm tatsächlich wichtig, äußerte ich ein zustimmendes Grundgefühl und stotterte dann herum, dass ich mir – außerdem, ein wenig, etwas mehr – gutes Aussehen seiner Freundinnen vorstellen könnte.

Er sah mich an und machte eine lange Pause.

Dann sagte er: »Weißt du, ich achte mehr auf die inneren Werte.«

Ich versank damals in den Boden. Zwar hatte ich meine Affären seit der Trennung von meinem Mann mit Diskretion behandelt, aber es war doch gelegentlich zu Begegnungen zu dritt am Frühstückstisch gekommen. Ich hatte meinen Sohn geliebt für seine Unkompliziertheit, mit der er ein weiteres weiches Ei zu kochen anbot oder ein Gesprächsthema von allgemeinem Interesse fand. Ich hatte nicht geahnt, wie kritisch er trotzdem meine kurzfristigen Gefährten beobachtete.

Ich bin seine Mutter, und er gönnt mir alle Erlebnisse, wenn sie mich nur vergnügt machen. Er mag es, wenn ich lache. Er mag es, wenn ich Leute nachahme, und ich bin darin eine Virtuosin dank der Beobachtungsgabe von Marie. Besonders gut kann ich geile Männer beim Tanzen spielen. Ich kann auch die vor Wichtigkeit platzenden Coaches nachmachen, die in Kursen mir und meinen Kollegen bessere Motivation antrainieren sollen: Dann springe ich wie ein Teufelchen in einen gedachten Kreis der Mitarbeiter und verlange, die Ideen aufzuheben, die unsichtbar auf dem Fußboden liegen. Ich kann die dramatischen Sterbeszenen von Stummfilmdiven – aufgerissene Augen, Hand aufs Herz und Teppichsturz mit Verzögerung. Manchmal, darum bittet er mich immer wieder, führe ich ihm meine damalige Schwebebalken-

Kür vom Sportabitur vor – in Andeutungen, versteht sich.

Mein Sohn ist ohne Eifersucht und ohne Arg. Aber irgendwann muss er beschlossen haben, von mir zu lernen, dass er es anders machen will.

Er lässt mich trotzdem gelten. Er ruft aus Amsterdam an, um zu hören, ob ich am Abend etwas vorhabe. Ich melde, dass ich mit Karola ins Kino gehe oder dass ich mit den Kollegen ein Bier trinken werde.

Alles ist ihm recht, nur nicht, dass ich alleine zu Hause bleibe. Er ist immer so glücklich über meine Pläne, dass ich ihn – sehr, sehr selten – auch schon beschwindelt habe. Ich war dann in Wahrheit doch alleine zu Hause.

Meistens ist das gar nicht schlimm.

Ich habe mich an die Stille in meiner Wohnung gewöhnt.

Niemand drängelt, wenn ich mich mehrmals vor dem Weggehen umziehe. Niemand sieht skeptisch auf die Preisschilder, wenn ich wieder unbequeme Schuhe gekauft habe. Partys verlasse ich, wenn ich mich langweile oder müde bin. Seit Jahren war ich nicht mehr eifersüchtig. Ich lese am Sonntagmorgen ungestört Berge von Zeitungen und brühe starken türkischen Kaffee – Männer hassen im Allgemeinen diese braunen Krümel im letzten Schluck. Der Abwasch hält sich in Grenzen, die Wäsche auch. Ich gehe ins Bett, wann ich will, schiebe mir zwei Kopfkissen in den Rücken – zwei Kissen, ein echter Zugewinn, seit der Mann weg ist –, esse einen Apfel und lese gute Bücher, bis die Zeilen vor meinen Augen verschwimmen.

Ich behaupte, dass allein stehende Frauen, sofern sie

keine kleinen Kinder versorgen müssen, überdurchschnittlich belesen sind.

Wir haben viel Zeit in der Nacht.

Und manchmal bin ich sehr alleine.

Ich kann nichts machen gegen diesen wiederkehrenden Traum: Ich stehe an einer Straße und sehe, dass viele Leute in eine bestimmte Richtung gehen. Meine Freunde sind dabei, die Kollegen, sogar meine Eltern. Sie marschieren alle gut gelaunt irgendwohin. Keine Ahnung, was sie vorhaben. Keiner sieht mich. Ich rufe. Keiner dreht sich um. Ich bin einfach nicht da. Ich bin unsichtbar.

Dann wache ich verstört auf.

Ein Problem ist noch die Zeit zwischen Weihnachten und Silvester. Ich halte die Luft an über diese paar Tage, an denen sich alle Welt als glückliche Familie versammelt, und atme erst Anfang Januar wieder aus.

Weihnachten kommt mein Sohn nach Hause und drückt mich ganz fest, wenn er sieht, dass ich wieder die ganze Wohnung dekoriert habe. Rudel von Weihnachtsmännern, Engeln und Schneemännern. Goldene und silberne Schalen mit Dominosteinen und Nüssen. Glöckchen hängen an den Lampen, Lametta glänzt an Tannenzweigen. Natürlich gibt es Gänsebraten.

Zum Glück habe ich dieses Kind.

Ich schließe die Augen, wenn sich um mich herum Silvester die Paare Schlag zwölf Uhr küssen.

Die küssen sich doch auch bloß zu Silvester, sagt Marie. Es ist Theater, nichts als eine Gewohnheit.

Ja, aber es gibt Dinge, an die ich mich gerne gewöhnen würde.

Wer schon ein paar junge Männer ganz aus der Nähe gesehen hat, betrachtet die Zufallsbegegnung mit einem jungen Kubaner, der neben mir gerade große Mengen Salz über Magdas fein ausgewogene Komposition schüttet, mit professioneller, nüchterner Neugier. Mehr nicht. Wirklich nicht! Ich bin nicht auf der Suche, im Übrigen ist der Mann verheiratet und zieht schon bei der Kirschsuppe, die er wiederum stark nachzuckert, Fotos einer kleinen reizenden Tochter aus der Brusttasche seines blauen Overalls.

Er könnte um die dreißig sein und spricht etwas Deutsch. Er heißt Jesús, was in seiner Heimat wohl ein verbreiteter Vorname ist. Ich erwähne den von mir sehr verehrten kubanischen Schriftsteller Jesús Díaz. Es wird nicht ganz klar, ob unser Gast ihn gelesen hat – Díaz ist in seiner Heimat politisch angeeckt und lebt seit langem im westlichen Ausland –, aber er nickt höflich.

Der Kubaner kommt seit Jahren auf Einladung eines Ehepaars nach Deutschland, um sich hier mit Hilfsarbeiten etwas Geld zu verdienen. Ich entnehme seinen Worten, dass die Ausreise aus Kuba kompliziert und wohl auch teuer ist. *Muy costoso* sogar, alles in *dolares* zu bezahlen und *muy complicado.* Seine Gastfamilie, beide sind Romanisten an der Humboldt-Universität, spricht natürlich Spanisch. Die Eheleute haben Jesús im Urlaub kennen gelernt und organisieren für ihn in Deutschland drei Monate Zuverdienst. Sie wohnen in einem östlichen

Vorort von Berlin, nicht weit weg von Martin und Magda, und schicken ihn im Bekanntenkreis herum. So kam der Kubaner auch in diesen Garten an das Kompostsieb und an unseren Tisch.

Ich nicke Jesús zu und ziehe dann meine Schultern nach oben: Ich spreche nicht Spanisch, *lamentablemente*. Dieses Wort, das »leider« bedeutet, habe ich mir vor Jahren in den Weltsprachen beigebracht – man kommt damit ein Stück weiter und zeigt guten Willen in der Fremde. Auf Ungarisch heißt es übrigens »sajnos«. Das weiß nicht jeder.

Ich frage nach der Stadt, aus der Jesús kommt: »Havanna?«

»No. Minas, Camagüey.«

Wo auch immer das liegt, Kuba ist schön.

1988 bekam ich eine Dienstreise nach Havanna zu einem Film- und Fernsehfestival.

Ich flog in bedrückter Stimmung weg, denn meine Ehe war in Gefahr. Zum ersten Mal. Mein Mann hatte mich betrogen. Ich hatte ihn ertappt. Am Vormittag. Bei hellem Licht. Auf frischer Tat. Er stieg hektisch in seine Unterhose und zog mich weg aus dem Zimmer mit dem nackten Mädchen in unserem Bett.

Er redete in der Küche auf mich ein. Ich verstand nichts.

Ich wusste nur, dass ich etwas Unerhörtes tun müsste. Ich nahm meine Handtasche, ging weg und kaufte Zigaretten. Dann kam ich zurück in die Wohnung mit meinem betretenen Mann, inzwischen ohne die Braut. Ich hatte seit der Schwangerschaft nicht mehr geraucht. Jetzt steckte ich mir vor den aufgerissenen Augen des Ehebrechers eine Zigarette an und blies den Rauch in drohenden Wolken stumm in die Küche.

Mein Mann riss das Fenster auf.

Am nächsten Morgen flog ich für zwei Wochen nach Havanna und habe seitdem das Rauchen nicht mehr aufgeben können.

Ich war in meiner Ehe zum ersten Mal betrogen worden, und ich war zum ersten Mal in der Karibik.

Das ist eine explosive Mischung für eine Frau. Aber diese Affäre wäre trotzdem nicht passiert, wenn das Festival mich mit einer ordentlichen Dolmetscherin und weniger Podiumsdiskussionen versorgt hätte. Am Abend liefen interessante Filme, aber am Tag saß ich in einem abgedunkelten Seminarraum, in den die Klimaanlage mit großem Getöse eisige Luftströme wirbelte, und verstand kein Wort. Meine Dolmetscherin lag derweil, man kann es ja verstehen, am Swimmingpool des Hotels, zu dem sie außerdienstlich keinen Zutritt hatte. Sie lag da und lackierte sich die Fußnägel mit dem Lack, den ich ihr mitgebracht hatte. Nach Kuba fährt man nicht, ohne etwas mitzubringen. Heute nicht und damals auch nicht.

Ich glaube nicht, dass mir Estelas Übersetzung der Diskussionen über die Funktion kubanischer Telenovelas die Zeit angenehmer gemacht hätte, aber ich wäre nicht so ganz von Leere erfüllt gewesen. Ich wollte etwas erleben.

Einmal ging ich am Nachmittag, Podiumsdiskussion hin oder her, in ein normales Kino in der Altstadt von Havanna. Es gab »Platoon« von Oliver Stone. Diesen

Film hatte ich zu Hause nicht sehen können und hier nicht erwartet. Der Film lief schon, als ich eintrat und im Dunkeln wie blind nach den Reihen tastete. Ich fand eine, ließ mich auf den ersten Platz fallen, über dem ich keinen Kopf sah, und fiel nach unten durch. Da stand nur noch ein leerer Holzrahmen. Ich stemmte mich aus der Hocke hoch, tappte tief gebückt durch die Reihe und klopfte mit der Hand vor mich her. Die Leute lachten. Ich gab hier den Clown. Ich fand einfach keinen leeren Stuhl mit einer Sitzfläche, verließ das Kino und war reif für Alfredo.

Es gab in der zweiten Woche des Festivals für die internationalen Gäste einen Ausflug nach Varadero, zum weißen Strand unter Palmen, zum türkisfarbenen Meer.

Es war Dezember, und wir fuhren zum Baden. Unglaublich. Ich sah aus dem Busfenster Bäume, Blumen und Vögel, die ich nicht kannte. Sogar die Kühe hatten ein anderes Fell: ein graues.

Für eine, die wie ich aus dem Osten kommt, bedeutete diese Reise das große, unvorstellbare, geschenkte Glück.

Man flog damals nicht so ohne weiteres nach Kuba. Weil die Maschinen aus der DDR im kanadischen Gander zwischenlanden mussten, befürchteten unsere Behörden Fluchtversuche. Kuba war durch diesen vorgebauten Posten wie Westen.

Damals bei meiner Reise verschwanden auch wirklich ein paar Touristen. Sie gingen, nach unserem Anflug über braune eisglasierte Felsen zwischen dunkelgrünem Wasser, auf dem Flughafen durch eine kleine Tür auf die andere Seite der Welt. Sie wussten offenbar genau, wo diese entscheidende Tür war. Niemand hielt sie auf.

Ich dachte an meinen kleinen Sohn. Ich hätte nicht mitgehen können. Ich spielte nicht einmal mit dem Gedanken.

Danach wurden als Sicherheitsmaßnahme alle Koffer auf dem Rollfeld ausgeladen und den verbliebenen Fluggästen auf Zuruf zugeordnet. Das überzählige Gepäck schafften Arbeiter weg.

Die Stunden bis zum neuen Start verbrachte ich staunend in einem landestypischen Devisen-Shop, von dem mir Unmengen sanftäugiger, samthäutiger Kuschelrentiere in Erinnerung geblieben sind.

Kuba also.

Quasi Miami, ich bin dicht an Amerika, nur durch die Floridastraße entfernt, eigentlich nur eine Straße weit weg. Jedenfalls gibt es dasselbe Licht, dasselbe salzige Wasser des Atlantiks, dieselbe feuchte Hitze. Was anderes lassen die Amis in ihrem südlichsten Staat auch nicht an ihre Haut. Unter Kuba liegt Jamaika. Rechts daneben Haiti. Und darüber die Bahamas. Schöne ferne Atlaswörter.

Nur ein paar Monate vorher war ich wegen einer Gegend wie dieser hier in Tränen ausgebrochen. Da lief im Westfernsehen Reklame für irgendeine Seife: Junge schöne Menschen rannten in eine blaue Lagune vor einer Märcheninsel und tauchten spritzend in das Wasser ein. Ich weinte.

Ich dachte in diesem Augenblick vor dem Fernseher, dass ich in meinem Leben nur als rüstige Rentnerin auf so eine Insel kommen könnte. Die DDR ließ mich seit dem Mauerbau nicht raus. Ich würde, wenn alles so weiterging – und ich war überzeugt, dass es so weitergehen würde –, erst als Rentnerin ausreisen dürfen. Und irgendwann am Stock über exotische Strände tapern. Ich hätte ein Gebiss und einen verwelkten Körper.

Die Tiefe meiner plötzlichen Verzweiflung vor dem Fernseher überraschte mich selbst. Dieses untröstliche Schluchzen musste sich über eine lange Mauerzeit angesammelt haben.

Der Anlass war ganz lächerlich, aber Marie weinte mit.

Wir sind die ersten Tage in Havanna wie im Rausch, dass wir tatsächlich hier unter Palmen frei herumlaufen können. Da denken wir auch noch, dass die Dolmetscher deshalb schon zum Frühstück in unserem Hotel sind, weil sie so tüchtig früh mit ihrer Arbeit anfangen. Später begreifen wir, dass sie hier nur etwas essen wollen, dass sie die Chance ihres Berufs nutzen, wenigstens dann satt zu sein, wenn sie dolmetschen. Später wird uns Alfredo die Hornhaut an seinen Händen zeigen und mit ausholenden kehrenden Gesten erklären, dass er in Kuba ein Straßenfeger ist, wenn es nichts zu übersetzen gibt.

Ich sehe ihn zum ersten Mal im Bus nach Varadero – das heißt, ich sehe zuerst nur einen unglaublich langen, geschmeidigen, dunklen Arm. Wie eine schöne Plastik. Ich stehe im Bus kurz auf und erkenne nun, Reihen vor mir: An dem Arm hängt ein langer, geschmeidiger, dunkler Mann.

Er geht nicht baden in Varadero, kein Kubaner geht im Dezember baden. Aber er bleibt am Strand an meiner Seite, obwohl er bei einer anderen Delegation erwartet wird – bei den Tschechen. Alfredo ist Übersetzer für Tschechisch. Ich kann kein Tschechisch. Ich lerne aus meinem Reiseführer ein paar Worte Spanisch und freue mich, wie er sich freut, wenn er etwas versteht.

Er steht eines Abends, was ihm amtlich strengstens verboten ist, vor meinem Hotelzimmer und möchte fernsehen. Es gibt »Die blaue Lagune« mit Brooke Shields, wir liegen auf dem Bett, und dann gehen wir ins Bett. Ich denke dabei, dass ich jetzt mit meinem Mann gleichziehe.

Alfredo begleitet mich zwei Tage später zum Flughafen, und ich bin völlig überrascht, als ich sehe, dass er weint.

In Berlin kaufe ich im Centrum-Warenhaus am Alexanderplatz drei Hosen und drei Hemden für Alfredo und gebe die Sachen einem Kollegen mit, der ein paar Tage später nach Kuba fliegt. Damit, denke ich, kommt diese Geschichte für alle zu einem guten Schluss.

Aber der Kollege bringt mir nach seiner Rückkehr eine elend schwere, große Muschel mit und einen von einem Dolmetscherbüro in Havanna übersetzten Brief: Alfredo will heiraten, ich solle meine Ehe beenden, das Kind störe ihn nicht, der Altersunterschied auch nicht.

Marie sagt: Tot stellen.

Es kommt ein Telegramm: »Ich bin Kummer, Du nicht schreiben.«

Ich nehme mehrmals in der Woche Briefe mit diesen bunten Luftpoststreifen aus dem Kasten im Hausflur und verstecke sie sofort. Alfredo schreibt, dass er mir meine Vergangenheit verzeiht.

Nun schreibe ich auch: Dass er ein wunderbarer Mann ist, aber zu jung für mich. Dass es sehr schön mit ihm war in Kuba, aber nun Schluss sein muss. Und alles Gute für ihn.

Alfredo antwortet völlig unbeeindruckt, wie er sich darauf freue, mein Kind zu erziehen, und wie reif er sich fühle. Er sei menschlich sogar viel reifer als ich, was seine Entschlossenheit beweise. Seine Briefe werden immer länger und drängender, und einmal schreibt der offenbar genervte Dolmetscher für Deutsch aus dem Übersetzungsbüro unten auf den Briefrand in Klammern: »Leicht gekürzt«.

Alfredo kommt überraschend nach Europa und ruft aus Prag an. Er schreit »Alfredo! Hier Alfredo! Aus Praha!« in den Hörer, als ob er durch reine Lautstärke die Distanz überwinden könnte.

Ich muss meinem Mann die Affäre beichten, schon weil Alfredo droht, mich demnächst zu erstechen. Mit einem Messer, mit einem *cuchillo*. Damals gab es noch keine Anrufbeantworter im Land, deshalb gehe ich beim Klingeln ans Telefon und erwarte mit fürchterlicher Angst, dass es Alfredo ist. Wenn mein Mann den Hörer nimmt und es nur rauscht, sehen wir uns ängstlich an.

Alfredo hielt drei Jahre durch, etwas länger, als meine Ehe von da an noch dauerte. Dann verschwand er, und ich strich kubanische Affären für immer aus der Liste meiner Möglichkeiten.

Weil wir gerade so nett im Garten sitzen und Marie etwas Unterhaltendes auch für unseren kubanischen Gast beitragen will, erzählt sie Jesús diese Geschichte von Alfredo. Leicht gekürzt. In Deutsch und vermuteten spanischen Vokabeln. Jesús lacht auf eine zurückhaltende Art und schüttelt den Kopf über seinen aufdringlichen Landsmann. Offenbar ist ihm die Geschichte als Kubaner peinlich. Martin macht ein unbestimmbares Gesicht, und Magda fragt etwas zu laut, wer jetzt alles einen Kaffee möchte.

Ich gebe Marie einen Tritt, lege die Hand auf mein Herz und sage: »*Pero Cuba es bella, muy bella.*« Das verstehen alle bei Tisch und können zustimmen.

Am nächsten Morgen komme ich wieder aus dem Haus. Ich federe auf meinen Turnschuhen und winke dem Kubaner flüchtig zu, der schon so früh die Erde bei den Fliederbüschen auflockert. Er winkt zurück und sieht mir nach, weshalb ich etwas schneller als üblich zum See renne.

Er ist wieder weg, als ich zurückkomme.

Ich gehe unter die Dusche, frühstücke mit meinen Freunden und fahre zurück nach Berlin.

Man kommt kaum durch, die Stadt hat ein anderes Gesicht, wenn Love Parade ist. Unterwegs begegnen mir junge Leute. Sie sind geschminkt, kostümiert und meistens halb nackt. Die Nacktheit ist ohne Obszönität, sie sieht aus wie ein fröhliches Spiel. Die Raver haben wie meistens Glück mit dem Wetter und ziehen durch Berlin. Ein junger Mann hat seinen Penis mit goldenen Bändern umwickelt, er trägt sonst nur noch eine Brille und einen Rucksack und ist ganz alleine auf der Friedrichstraße unterwegs. Drei Mädchen mit Glitzerröckchen und nackten Brüsten stehen wartend an einem Getränkeladen. Ein dicker Mann, der sich als Freiheitsstatue verkleidet hat, pinkelt mit der einen Hand vor mein Auto und beißt mit der anderen in eine Wurst.

Onk, Onk, Onk macht die Musik. Ich höre das sehr gerne. Techno entspannt und vitalisiert mich, wenn ich konzentriert zuhöre, wie sich die Bassdrums innerhalb eines Klangteppichs verschieben. Es wird warm in meinem Bauch.

Es ist sehr heiß. Am Straßenrand stehen überall voll gepackte Autos und Wohnwagen, davor sitzen erschöpfte und bekiffte Raver auf Klappstühlen und gießen sich aus Kanistern Wasser über den Kopf. Onk, Onk, Onk, der Rhythmus liegt über der Stadt.

Etwas weiter muss ich warten. Hier zieht eine Gegendemonstration der Techno-Pioniere entlang. Die Musik ist so hart und laut, dass sie schmerzt.

Einem Lastwagen mit schwarzer Dachplane, Tarnnetzen und der Musikanlage folgen die Tänzer. Alle sind schwarz gekleidet. Sie gehen gekrümmt. Sie schieben ein Bein vor und federn gebückt einen Takt nach, wobei sie eine Schulter vorschieben – wie Boxer, die sich warm machen. Runde Rücken, sie sehen auf den Boden unter ihren Füßen, ein schwarzes Bataillon fällt in Ekstase, in Trance. Mir scheint, dass alle bleich und sehr dünn sind. Wie ausgezehrt.

Ich kann nicht verstehen, was sie rufen, aber sie müssen sich einig sein, denn mit einem bestimmten Schrei schütteln alle im selben Augenblick verächtlich die Fäuste gegen die Häuserwände.

Ich sehe nur wenige Mädchen bei ihnen. Sie haben Kapuzenpullover an, schwarze Leggins, die sich in den Kniekehlen falten, und schwere schwarze Schuhe. Unisex. Alle folgen der Musik, sich schüttelnd, sich voranschleppend.

Sie gehen vorbei wie ein Spuk. Ihre Musik hängt noch in den Bäumen des Parks.

Ich fahre um die Ecke und parke das Auto vor meinem Haus.

Als ich am Montagmorgen das Auto aufschließe, riecht es nach Erbrochenem. Der Gestank zieht während der Fahrt nicht durch die offenen Fenster ab, er wird immer stärker. Er ist noch ekliger am nächsten Tag. Ich sehe unter die Sitze und finde nichts.

Es gibt nur eine Erklärung: Die schwarzen Tänzer haben in meinem Auto einen Feind gesehen, ein kapitalistisches Wohlstandssymbol. Sie müssen Buttersäure durch eine Ritze gegossen haben, oder etwas Ähnliches. Ich kenne den Geruch aus einem Kino, bei einem Film, der den Autonomen nicht gefallen hat. Das Kino hat sich damals rasant geleert und konnte ein paar Tage nicht bespielt werden.

Mein Auto sieht zwar teurer aus, als es war, aber diese Aggression erscheint mir völlig unangemessen. Ich rieche sogar an fremden parkenden Autos vor meiner Tür. Nichts.

Wieso gerade ich? Wieso hassen die mich so? Nun, wenn sie Krieg wollen, können sie Krieg haben, beschließe ich ohne einen genauen Plan. Das Auto stinkt.

Am nächsten Tag stelle ich meine Pfandflaschen in den Kofferraum und entdecke in einer Falte der Abdeckung den Mozzarella, den ich vermisst hatte, als ich bei Magda und Martin den Einkauf auspackte. Der Käse war herausgefallen und befindet sich nun in meinem Kofferraum im Stadium der Verwesung, mit diesem Geruch zum Erbrechen. Als ob eine Bestie explodiert wäre.

Ich hebe die aufgequollene Packung vorsichtig hoch, sie zerplatzt und spritzt. Jetzt rieche ich wie damals das Kino.

Sorry, schwarzes Bataillon.

Ich neige immer mehr zu kurzen Schlüssen.

Statt eine Situation mit kühler Gelassenheit zu bewerten, reagiere ich sofort – als ob ich der rasenden Zeit in den Arm fallen will, als ob ich mein Reaktionsvermögen immerzu beweisen müsste.

Ich will tausend Mark am Geldautomaten der Sparkasse abheben und lese auf dem Display einen Kontostand, der sich nur mit einer fremden unberechtigten Abräumerei erklären lässt. Diebe! Vielleicht sind sie übers Internet an meine Kontonummer gekommen! Jetzt zählt jeder Augenblick! Ich drehe auf dem Absatz um, stürme die Treppe nach oben zum Schalter und verlange schwer atmend von den Angestellten, mein Konto sofort zu sperren. Sofort! Da fällt mir ein, dass ich unten mit meiner Geheimnummer die tausend Mark schon eingegeben habe, und renne die Treppe wieder herab: Eine Frau dreht sich vor dem Automaten mit einem Packen Scheine in der erhobenen Hand fragend um die eigene Achse. Ich reiße ihr das Geld aus der Hand, erinnere mich im selben Augenblick daran, dass mein Sohn wegen der Studiengebühren und Miete eine größere Abhebung von meinem Konto angekündigt hatte, und verlasse umgehend das Haus.

In meinem Kielwasser bleiben viele ratlose Personen zurück.

Es ist nicht leicht mit mir.

Wahrscheinlich war ich immer schon ein bisschen hektisch, aber ich glaube, dass sich mit den Jahren diese Anlage verstärkt hat.

Hektik wächst mit der Unsicherheit. Man kann immer weniger Dinge so gut, wie man sie einmal konnte. Man rutscht aus der Verlässlichkeit seiner Gottesgaben.

Zum Beispiel das Sehen. Die erste Brille, 0,5 Dioptrien, war eher ein Modegag, eine schmale, randlose Lesebrille, die ich kichernd benutzte wie das Requisit einer vorübergehenden Schwäche. Wenige Jahre später kam die Abhängigkeit. Es ist ein Unterschied, ob man sich auf einem Flughafen, in einer Amtsstube oder auf einer Speisekarte mit eigenen Augen schnell orientiert oder ob man erst nach der Brille sucht, die Bügel hinter die Ohren schiebt und dann die erforderliche Schärfe des Blicks gewinnt. Beim Autofahren liegt die Gegend, die ich in wenigen Augenblicken durchfahren werde, zunächst in einem bunten Nebel. Eine Gleitsichtbrille schafft das Wunder des Sehens bis zum Horizont, aber sie führt eben leider auch zu diesem typischen vogelartigen Kopfheben und Kopfsenken in einer Senkrechten.

Ohne Brille bin ich plötzlich eine hilflose Person. Ich erinnere an die Verzweiflung von Sean Connery im mörderischen Kloster, als ihm im Film »Der Name der Rose« die kostbaren Augenlinsen abhanden kommen. Im Roman sieht Bruder William an dieser Stelle auf das alte Pergament und sagt: »Die griechische Schrift im unteren Teil ist zu klein, und der obere Teil ist zu ungewiss.«

Immer mehr Fähigkeiten meines Körpers verlagern sich in diesen Bereich des Ungewissen.

Ich kann nicht mehr so schnell nach der S-Bahn rennen.

Musst du eben früher losgehen, sagt Marie.

Ich kann nicht mehr richtig lange und tief schlafen.

Der Körper holt sich schon, was er braucht, sagt Marie.

Ich bemerke einen enormen Verlust meines Balancegefühls und falle nach kurzer Zeit um, wenn ich mit geschlossenen Augen auf einem Bein stehe.

Du bist ja auch kein Flamingo, sagt Marie.

Wenn Marie selbst auf einem Bein steht, behält sie die Augen offen. Sie fasst an das Fußgelenk des anderen Beines und zieht die Ferse hoch an ihren Hintern. So dehnt sie beim Stretching ihre Muskeln, die sie zuvor an Spezialgeräten gekräftigt hat.

Marie ist entschlossen, dem Alter entgegenzutreten wie eine Kriegerin. Sie kaufte sich bunte Haarbänder, Höschen und Leibchen. So verkleidet, tritt sie zwei Mal wöchentlich vor eine Spiegelwand und sieht zu, wie sie zusammen mit anderen Frauen rhythmisch hin und her springt. Zwischen den Übungen trinken alle aus großen Wasserflaschen. Marie braucht den Gruppendruck, mein einsames Walken um den See reicht ihr nicht.

Wenn die junge Kursleiterin die Ziele einer Anstrengung erläutert, hat sie die verbreiteten Schwächen des alternden weiblichen Körpers im Auge, die in der Sprache dieser Spezialistinnen »Problemzonen« heißen: Wir wollen doch keine schlabbrigen Oberarme, oder? Wir wollen doch alle keinen Hängehintern! Und keine gewellte Innenseite Oberschenkel! Oder?!

Nein, nein, nein!

Die jungen Mädchen in bauchfreien Tops weichen vor den Problemzonen zurück wie vor einem Abgrund. Sie hängen Gewichtmanschetten um die Gelenke. Sie wippen in der Rückenlage bei aufgestellten Beinen mit dem angespannten Hintern nach oben, eine ungemein obszöne Bewegung, die nur in einem Frauen-Fitnessstudio ohne Verlegenheit gezeigt werden kann. Sie drücken in der Seitenlage das obere Bein angewinkelt nach unten, was nach einiger Zeit ausgesprochen wehtut.

Marie, in jedem Kurs die Älteste, hält durch, macht alles mit. Für die Innenseite der Oberschenkel. Gegen die Gesetze der Schwerkraft. Eine späte Tochter des Sisyphos schindet sich.

Beim Duschen vergleicht Marie ihren nahezu fünfzigjährigen Körper mit den nackten Mädchenleibern neben ihr. Da stehen Nymphen, Models, Sportlerinnen. Sie haben Brustspitzen in Achselhöhe, flache Bäuche, lange Oberschenkel mit viel Luft dazwischen. Und Tätowierungen wie die Maori.

Auf Maries Bauchnabel laufen Zitterlinien zu. An ihren Oberarmen hängen beim Anwinkeln kleine Hautbeutel. Ihre Füße sind irgendwie größer geworden und die Knie weniger knochig.

Allerdings lässt sich Marie von ihrer Selbstprüfung nicht niederdrücken. Sie beschließt stattdessen, noch mehr an sich zu arbeiten.

Marie glaubt tatsächlich, dass Jugendlichkeit eine Frage der inneren Einstellung und des äußeren Eindrucks ist. Mit Mühe konnte ich ihr ausreden, diese bei den jungen Mädchen in Mode gekommene Schamhaarfrisur zu übernehmen – ein senkrechter schmaler Strich statt eines lockigen Büschels. Überraschenderweise sieht man dieses Detail oft bei jungen Türkinnen, die zuvor mit Kopftüchern und langen leichten Mänteln das Studio betreten haben. Ich konnte Marie mit dem Argument überzeugen, dass zu selten jemand dieses Strichlein zu sehen bekäme, das aber regelmäßig rasiert oder gezupft in Form gehalten werden müsste. Bestimmt tut die Prozedur auch weh. Mit Gedanken über Effizienz ist Marie meistens zu gewinnen.

Sie kommt nach dem Sport durchpulst nach Hause und erzählt von irgendwelchen freigesetzten Glückshormonen, die jetzt in ihren Adern kreisen. Sie turnt mir auf unserem Teppichboden ein paar Übungen vor.

Was glaubst du, fragt sie keuchend, warum Jane Fonda

immer noch diese unglaubliche Figur hat? Weil sie sich täglich bewegt! Demi Moore und Pamela Anderson – alle diese berühmten Schauspielerinnen trainieren ihren Körper! Cher verreist nicht, ohne ein paar Kraftmaschinen mitzunehmen!

Ja, Marie, die sind aber auch alle von ihren Männern geschieden. Wie ich. Ich pfeif auf deine Glückshormone. Ich glaube an ein anderes Glück.

Ich möchte glauben, dass die guten Männer, die wirklich guten Männer, bei einer Frau auf Wärme achten, auf Intelligenz, Humor. Frauen, die geliebt werden, müssen keinen straffen Hintern haben.

Aber besser, wenn doch, sagt Marie.

Sie hat nicht ganz Unrecht.

Einmal habe ich versucht, einen Operettenregisseur zu verkuppeln. Er war gerade von seiner Frau, einer Tänzerin des Fernsehballetts, verlassen worden und weinte sich bei mir aus. Er sagte, er wolle nichts anderes mehr an seiner Seite haben als eine Frau mit Herz. Er hätte die Nase voll von den Kapriziösen, Verwöhnten, Strahlenden. Nur das gute Herz zähle. Herz zu Herz. Das einfache Glück.

Der Regisseur war selbst keine Schönheit: ein kompakter, gebauchter Korpus mit zu kurzen Extremitäten, ein ungesund gerötetes Gesicht. Er verhalf sich zu ein wenig Extravaganz, indem er sein dünnes langes Haar mit Hilfe eines Gummis als Zöpfchen im Nacken trug.

Ich glaubte, dem Manne helfen zu können. Die Welt ist doch voll von gutherzigen, einsamen Frauen. Eine Freundin, mittelalt, mittelschlank, mit krausem rötlichen

Haar und einer enormen Bildung, reagierte auf meine Fürbitte positiv. Sie wunderte sich zwar, dass ein Regisseur eine Buchhändlerin suchen könnte, aber okay. Warum nicht.

Es kam zu einem Blind Date im Café.

Ich saß zu der vereinbarten Zeit ganz aufgeregt in meiner Wohnung und malte mir das Treffen der beiden aus. Wie sie ernst miteinander sprachen und eine Seelenverwandtschaft entdeckten. Wie sie dann lachten und Wein tranken. Und mich zu später Stunde immer wieder dankbar erwähnten. Mich und meine Menschenkenntnis.

Aber nur fünf Minuten nach dem Termin rief der Regisseur bei mir zu Hause an: Ob ich denn völlig verrückt geworden sei! Wie ich auf die Idee kommen konnte, ihm eine Frau Jedermann zuzuführen! Wie zum Teufel er jetzt aus dieser verdammten Lage wieder rauskäme!

Ich stellte mir vor, mit welchen Gefühlen meine Freundin in dem Café gesessen haben muss, als der Regisseur unmittelbar nach der Begrüßung erst mal telefonieren ging. Wir haben über den Vorfall niemals gesprochen. Sie hielt später Abstand zu mir.

Seitdem weiß ich: Wenn ein Mann betont, eine Frau mit Herz zu suchen, dann meint er eigentlich Marilyn Monroe.

Das war damals mein letzter Kuppelversuch, denn ich habe begriffen, dass ich den männlichen Blick auf eine Frau nicht kenne. Sonst wären mir bestimmte Paarungen nicht so rätselhaft. Ich begreife nicht, warum sich Männer eine bestimmte Frau aussuchen.

Es ist eine andere Optik – wie in dem Gesellschaftsspiel »Ich sehe was, was du nicht siehst«.

Ich würde viel dafür geben, einmal durch Männeraugen sehen zu können.

Auch auf mich und Marie.

Bin in Berlin!«, sagt Gerhard.

»Wie lange?«, fragt Marie. Sie wedelt vor einer Kollegin, die eben in ihr Zimmer kommt, mit einer gespreizten Hand hin und her: Geht jetzt nicht! Telefon! Wichtig!

»Nur heute Abend. Kannst du?«

»Wenn ich will, kann ich immer.«

»Ich nicht«, sagt Gerhard. »Aber ich würde es versuchen.«

Dann lachen beide. So reden sie immer, und sie wissen nicht, ob diese Tonlage zu etwas führt. Sie reden auch darüber, dass sie es nicht wissen. Sie sind völlig offen miteinander und seit Jahren enge Freunde, ohne zusammen im Bett gewesen zu sein. Obwohl es jederzeit passieren könnte. Das ist der Reiz.

Gerhard Kadritzke, ein Hamburger Kollege, arbeitet derzeit als Korrespondent in London. Er weiß viel und gehört zu den Männern, die gerne von ihrem Wissen abgeben. Marie bewundert kluge Männer. Sie schätzt auch Gerhards Herkunft: Eine aus dem Osten ist angewiesen auf Kenner und Interpreten der westlichen Welt.

Für Marie war die deutsche Wiedervereinigung im Herbst 1990 eine Katastrophe, weil die Lernergebnisse ihres bisherigen Erwachsenenlebens fast zu nichts mehr taugten.

Ausgerechnet Marie.

Sie hätte die Namen von zwanzig ungarischen Schauspielern richtig aussprechen und ihre Rollen im Schlaf aufzählen können. Sie wusste, dass man einen Trabant-Motor im Winter vorne mit einer Pappe vor dem Vereisen schützen musste. Sie hatte sich mit Buchhändlern angefreundet, die ihr die interessanten Neuerscheinungen über den Ladentisch zuschoben – ohne Worte und schon in braunes Papier eingewickelt. Sie hatte durch Charme und häufiges Erscheinen die Sympathie des Kollektivs der Autoschlosser ihrer Werkstatt gewonnen. Sie wusste, wem, wo und wie laut man politische Witze erzählen konnte und welche davon wirklich gut waren. Sie kannte die Regeln des Landes.

Dies und vieles andere war nun vollkommen überflüssig. Sie fing wieder bei null an.

Marie kaufte sofort nach der Währungsunion ein dtv-Taschenlexikon in 20 Bänden, einen halben Meter Bücher über die Geschichte der Bundesrepublik Deutschland inklusive Grundgesetz, ein SPIEGEL-Abonnement, einen ADAC-Autoatlas, das gelbe Buch von Franz Konz über das Steuernsparen, einen gebrauchten Computer, sie belegte einen Englischkurs und entschloss sich, den Westen zu lernen.

Sie tappte los. Lange sehr unsicher.

Gerhard wurde ihr Blindenhund. Er führte sie durch den Tumult und sah sich immer wieder um, ob sie auch nachkam.

»Wohin gehen wir?«, fragt Marie am Telefon.

»Wohin du willst«, sagt Gerhard.

Marie mag pflegeleichte Männer. Andererseits weiß sie: Nichts zu verlangen heißt, alles zu erwarten.

Weil in ihrem Kopf verschiedene Varianten einer Begegnung mit Gerhard durchrattern, bricht sie ihre Arbeit mit einer Ausrede ab und rennt in das Kaufhaus gegenüber.

Marie hält es für unbedingt erforderlich, auf Eventualitäten vorbereitet zu sein. Sie führt in ihrer Handtasche eine kleine Taschenlampe, Heftpflaster und Nähzeug mit, in der kühlen Jahreszeit auch eine Ersatzstrumpfhose. In ihrem Portemonnaie hat sie die Telefonnummer der Auskunftsstelle für den Standort abgeschleppter Autos: Kfz-Umsetzzentrale, Berlin 69 93 55 99. Sie hat immer mehrere Kugelschreiber und einen Ausweis mit ihrer Blutgruppe dabei. Marie will dem Leben grundsätzlich vorbereitet begegnen.

Für mögliche Wendungen des Abends mit Gerhard kauft sie deshalb einen schönen glänzenden Body in der Farbe Écru, den sie in Absprache mit der Verkäuferin gleich anbehält. Sie schminkt sich in der Umkleidekabine nach, parfümiert ihre Armbeuge, kämmt das Haar und verwuschelt es danach sorgfältig, sieht auf die Uhr, rennt zur Rolltreppe, rennt durch die Stadt bis zur Ecke vor dem Restaurant und bleibt stehen, um Luft zu holen. Sie zählt noch bis zehn und biegt elegant um die Kurve zu den Tischen auf dem Bürgersteig.

Eine coole Lady ist im Kommen.

Da sitzt er. Der Traummann. Marie verdrängt sein einziges Handicap.

»Bist du gerannt?«, fragt Gerhard.

Marie überlegt. Das sind zwar nur drei Worte, aber sie kennt diesen Satz von irgendwoher. Solche Erinnerungslücken kann Marie nicht hinnehmen. Sie kneift vor lauter Konzentration die Augen zusammen und steht mit einem Faltengitter über der Nasenwurzel immer noch vor dem Tisch.

»Den Satz kenn ich doch.«

»Moritz Bleibtreu zu Franka Potente«, sagt Gerhard. »Am Ende von ›Lola rennt‹.«

Marie öffnet die Augen. Der Mann ist perfekt.

»Also – bist du nun gerannt?«, fragt Gerhard.

»Das letzte Stück. Ich kam leider nur ganz knapp aus der Redaktion raus, weil ich bis zum letzten Augenblick schreiben musste.«

»Dann entspanne dich jetzt.«

Es ist ganz leicht.

Mit Gerhard kann sie den Hebel in ihrem Rücken von »Power« auf »Stand-by« umlegen.

Marie liebt seinen Geruch, seine immer warmen Hände, seine Lachfalten und die graue Igelfrisur. Sie liebt es, dass er sich unternehmungslustig die Ärmel des Jacketts umkrempelt und seinen kleinen netten Bauch nicht einzieht, wenn er später mit ihr tanzt. Dafür müssen sie eine Pause im Unterhaltungsprogramm der Bar abwarten. Zunächst steigen zwei Cowgirls auf ihren Tisch und klappern mit den Stiefelabsätzen, wobei sie ihre von einem Glanzfaden bedeckten Hintern ausschwenken. Gerhard applaudiert mit aufrichtiger Bewunderung. Die Mädchen lachen und drücken ihre Brüste ein Stück aus den Körbchen ihrer Korsagen.

»Das könntest du bestimmt auch«, sagt er zu Marie. Gerhard hat das Talent und auch das Bedürfnis, der Begegnung von Frauen jedes Konkurrenzgefühl zu nehmen.

Marie kann mit ihm überall hingehen. Alles ist ohne Anstrengung. Gerhard Kadritzke ist seine Lebenszeit zu wertvoll, als dass er sie mit der Attitüde eines Schnösels, der alles irgendwo auf der Welt schon viel besser gesehen hat, vergeuden würde. Gerhard ist ohne Dünkel, eine Rarität in seiner Gehaltsklasse.

Sie tanzen an diesem Abend noch in einem illegalen Club, dessen Adresse Gerhard irgendwo in London gehört hat. Er weiß viel mehr über die Szene der Stadt als die Berlinerin an seiner Seite. Aber das ist normal. Alle Berliner wundern sich, mit welchen Geheimtipps ihre Besucher immer anreisen. Echte Berliner sind nie auf dem Laufenden.

Man klopft, geht durch ein unscheinbares Türchen in einer Seitenstraße hinein, läuft um mehrere Ecken durch Korridore bis zu einem halb dunklen überfüllten Saal mit einer Bar. Später fällt Marie ein, dass sie in diesem von jungen Asiaten bewirtschafteten Raum vor etwa 25 Jahren den Antrag für ein privates Telefon gestellt hat, der sieben Jahre später positiv beschieden wurde. Heute kann man hier tanzen, Roulette spielen und mit den gewonnenen Jetons Drinks kaufen. Marie hat eine Glückssträhne.

Sie sind beide viel älter als alle anderen Leute. Mindestens eine Generation älter als der Durchschnitt der Gäste. Es macht nichts. Beide tanzen gerne. Wenn man nur lange genug herumspringt, gehört man dazu.

»Außerdem sind wir Journalisten, wir dürfen überall

rein, wir passen überall hin«, sagt Gerhard, der meistens weiß, was Marie gerade denkt.

Hier sind sie richtig.

Dieses Gefühl, am richtigen Platz zu sein, kennt Marie selten.

Jetzt ist es wieder so, jedenfalls ist es nahe daran.

Ihr fallen momentan nur noch zwei andere Situationen ein: Einmal, als sie vor vielen Jahren mit ihrem Mann in einem eingeschneiten, ausgekühlten Personenzug auf freier Strecke hinter Leipzig auf die Weiterfahrt wartete – Marie war verliebt, schwanger und mit nichts als dem Gedanken beschäftigt, bei diesem Mann sein zu wollen, auch bei Eis und Schnee. Besonders bei Eis und Schnee.

Das andere Mal war in München, im Sommer des Jahres vor dem Mauerfall. Marie durfte zum 60. Geburtstag eines Cousins für vier Tage ausreisen. Der Anlass galt als dringende Familienangelegenheit, die DDR-Behörden waren am Schluss lockerer mit solchen Besuchsgenehmigungen. Im Augenblick des größten Glücks bei dieser Reise in den Westen saß Marie im Badeanzug allein im Garten in Pasing und kürzte die Hose, die der Cousin zu seinem Fest tragen wollte. Die Sonne schien, die Vögel sangen, und hinter der dichten grünen Ligusterhecke war München. Das wusste Marie, und der Gedanke genügte für dieses Gefühl des großen Glücks. Eines betäubenden und gelassenen Glücks. Beides.

Dann essen sie an einem Kiosk Pizza von Papptellern.

Es ist morgens um drei, und die Oranienburger Straße ist immer noch voller Leute. Autos fahren langsam an den Prostituierten vorbei. Die gestiefelten, schlanken Schönheiten beugen sich zum Verhandeln in die Autofenster, sie steigen ein oder gehen wieder zurück auf Anfang, mit dem Ausdruck gekränkter Verkäuferinnen, die es nicht einsehen, für gute Ware Rabatt zu geben.

Ein junger Mann bleibt vor dem Kiosk stehen. Er hält zwei dünne Bücher in die Luft und fragt: »Haben Sie Interesse an ökologischen Märchen?« Sein sehr spezielles Angebot trifft auf keine Nachfrage. In goldene Capes gekleidete Männer, die für ein Restaurant werben, begegnen einer Mädchengruppe in roten Overalls, die Zigaretten verschenken. Die Pulks vermischen sich in spontanem Interesse. Ein verwirrter Passant beschimpft jeden, der ihm entgegenkommt – »Geht weg! Ich wohne hier. Ihr nicht!« Eine feine Dame rammt ihm ihren Ellenbogen in die Magengrube. Nebenbei und ohne sich umzusehen.

Man sitzt auf dieser Straße wie im Kino in der Spätvorstellung.

Gerhard erzählt, dass es in London zurzeit das Gerücht gebe, Tony Blair würde sich abends zu Hause sein Haar auf Lockenwickler drehen, anders wäre seine schwungvolle Frisur nicht zu erklären. Marie lehnt leicht betrunken an seiner Schulter, auf ihrem Fuß sitzt ein fremder Hund. Gerhard sagt, dass er bald nach Hamburg in seine Redaktion zurückkehren wird. Marie denkt, dass sie sich dann öfter sehen könnten.

Neben ihnen auf der Bank zählt der Verkäufer einer Obdachlosenzeitung das Geld aus seiner Hosentasche und bietet Marie an, auf eine Hupe zu drücken, die er aus Werbegründen mit sich führt.

Als Marie ein quäkendes Geräusch in die Nacht

schickt, sagt Gerhard: »Möchtest du meine Geliebte werden? Für immer?«

Ich packe Marie, die neben mir im Bett liegt, an der Schulter.

Was hast du geantwortet?

Dass ich es mir überlegen werde.

Aber der Mann ist verheiratet!, schreie ich.

Deshalb kann ich ja nur seine Geliebte sein.

Das ist zu wenig!

Wenig ist besser als gar nichts.

Denk an seine Frau!

Ich kenne die Frau nicht. Außerdem habe ich nichts gegen sie.

Du bist die Zweitbesetzung.

Und?

Was ist los mit dir, Marie? Du rechnest doch sonst alles vorher aus. Es kann nicht gut gehen mit ihm. Du wirst warten. Du wirst auf Abruf leben.

Ich habe das alles im Griff. Und meine Freiheit gebe ich ja deshalb nicht auf.

Das ist eine Phrase. Du wirst klammern!

Aus dem Alter bin ich raus.

Aber ihr werdet dann keine Freunde mehr sein können.

Und wieso nicht?

Weil du nicht mit jemandem befreundet sein kannst, der dich vögelt! Das sind doch ganz andere Gefühle!

Marie schiebt meinen Arm weg. Ich warte. Ich will, dass sie einen Witz macht. Sie schweigt.

Und was wird nun?, frage ich.

Wir haben ausgemacht, dass es noch in diesem Jahr passiert, sagt Marie. Oder es passiert überhaupt nicht.

Sie dreht sich um. Weg von mir.

Sechs Monate also noch. Ich muss auf Marie aufpassen. Ich muss auf mich aufpassen.

Auf wen denn noch alles.

Das Paar von gegenüber macht mich auch unruhig, ich habe es schon tagelang nicht gesehen. Dann begegne ich der jungen Frau im Supermarkt. Ich schiebe meinen Wagen neben ihren und versuche, aus dem Einkauf auf ihre Lebenslage zu schließen. Mehl, Zucker, Nudeln, Milch. Graue Grundnahrungsmittel. Alles reichlich. Eine Riesenmelone. Eine Familienration.

Nicht schlecht.

Martin ruft mich in der Redaktion an.

»Hast du nicht erzählt, dass du deinen alten Computer verschenken möchtest? Ist der so weit noch in Ordnung? Der Kubaner hat gesagt, dass er den gut gebrauchen könnte.«

»Kann er haben. Hoffentlich gibt's in Kuba den richtigen Strom dafür. Haben sie da überhaupt Strom im Augenblick?«

»Dann sollte er sich den Computer mal ansehen.«

»Aber erst nächste Woche. Muss schreiben.«

Muss schreiben.

Mit diesem Satz habe ich mich in den letzten Jahren um viele Freunde gebracht.

Einmal kann man kurzfristig einen Geburtstag absagen, aber nicht dreimal hintereinander. Man darf nicht zu oft kleine Babys nicht angucken kommen, ins Theater nicht mitgehen, einen Spieleabend mit »Trivial Pursuit« nicht mitmachen, bei einem Frauenfrühstück nicht erscheinen, einer kranken Cousine keine heiße Hühnerbrühe ans Bett tragen, beim Umzug nicht helfen.

Tut mir Leid. Geht nicht. Bitte um Verständnis. Muss schreiben.

»Weißt du, wie ich deinen Zustand nenne?«, sagt eine mehrmals versetzte Freundin: »Soziale Verwahrlosung!«

Sie trifft Marie und mich mitten ins Herz.

In unseren Zeitungstexten geben wir uns die größte Mühe, für gesellschaftliches Engagement zu werben, für soziale Verantwortung, Kultur, Toleranz und ein sinnerfülltes Leben. Und leben selber wie die Zombies.

Aber sieh sie dir an, die Journalisten – die meisten sind so ähnlich. Für eine aktuelle Reportage auf der Seite 3 lassen sie die Silberhochzeit ihrer Schwiegereltern sausen, und wenn Real Madrid gegen Bayern München spielt, muss irgendjemand einspringen, der mit der nach langer Ankündigung angereisten alten Tante des Sportredakteurs am Nachmittag in den Zoo geht.

So weit ich das überblicke, arbeitet man in unserem Beruf viel und lange. Wir ignorieren die schwer erkämpften Errungenschaften der Gewerkschaft, wir vertrösten unsere Kinder am Telefon auf den nächsten Abend, während wir auf dem Bildschirm den Text aufrufen und nicht richtig zuhören.

Die paar Kollegen, die regelmäßig früh verschwinden, werden am Fahrstuhl mit bissigen Bemerkungen abgefangen. Ich schieße Hasspfeile in den dicken Hintern einer Redakteurin: Hinter meinem Bürofenster beobachte ich, dass sie am Freitag um 14 Uhr nach Hause geht.

Wir Journalisten verdienen unser Geld mit der pünktlichen Lieferung von druckreifen Manuskripten. Unsere Texte haben zum Anlass, dass etwas in der Welt passiert ist. Soeben, gestern Nacht, heute Morgen. Eine Theaterpremiere kann nicht besprochen werden, wenn uns danach zumute ist, eine Agenturmeldung reißt uns aus den privaten Plänen. Wenn der berühmte Schauspieler XY plötzlich stirbt, muss ein kenntnisreicher Nachruf her. Der Redaktionsschluss tickt, aber der Computer meldet unten links in einem weißen Feld: »Es fehlen noch: 77 Zeilen.« Wenn uns jetzt nichts mehr einfällt, kommt die Zeitung morgen früh mit einem großen weißen Fleck heraus. Der einzige Trost besteht darin, dass das noch niemals in der Welt geschehen ist. Man hätte davon gehört. Aber fürchterliche Minuten lang denken wir, dass wir die Ersten sein könnten, denen das passiert.

Wir schreiben unablässig dem Lauf der Welt hinterher und hoffen, dass wir alles richtig verstanden haben. Wir haben immer das Gefühl, zu selten im Blatt zu sein. Seit es das Internet gibt, könnte jeder Depp über den Archiv-Link kontrollieren, wie viel wir im letzten Monat oder in den letzten Jahren geschrieben haben. Der eigene Chefredakteur könnte das auch.

Ich stelle mir vor, wie er meinen Namen eingibt, die Anzahl der Texte abliest und mit der eines Lokalredakteurs vergleicht. Oder mit der von den Politik-Kommentatoren. Wahrscheinlich erwägt er gerade, mich rauszuschmeißen.

Marie erinnert in diesen angespannten Momenten mit der ihr eigenen Theatralik an die Statistik, wonach Journalisten von fast allen Berufen am frühesten sterben. Sie haben die zweitniedrigste Lebenserwartung, gleich nach den Piloten. Man liest das manchmal, keine Ahnung, ob es wirklich stimmt.

Als mein Sohn jünger war, habe ich an meinen freien Abenden wohl etwas zu demonstrativ auf Familie gemacht. Kochte für ihn, wirbelte um ihn, wollte alles, alles von seinem Tag erzählt bekommen, drückte ihn immerzu an mein Herz und kuschelte vor dem Fernsehprogramm, das er allein bestimmen durfte. Alles sehr durchsichtig.

»Heute machen wir uns einen ganz schönen Abend!«

»Du willst, dass ich eine schöne Kindheit habe«, sagte er. »Ist schon okay, Mama, ich habe eine schöne Kindheit. Wirklich!«

Wir lachen heute noch über diesen Satz, aber ich weiß, dass ich ihn zu viel allein gelassen habe. Viel zu viel. Einmal habe ich ihn frühmorgens in den Korridor zurückgeschubst, als er mich nicht aus der Tür gehen lassen wollte – ich musste auf eine Dienstreise. Mein Mann schlief hinten, das kleine Kind blieb nicht etwa alleine in der Wohnung zurück, aber ich kann sein verweintes, verzweifeltes Gesicht nicht vergessen. Es ist für mich ein Wunder, dass mein Sohn mir das noch nie vorgeworfen hat.

In meinem Beruf schiebe ich zuerst weg, was sich nicht wehrt, was keinen Druck macht.

Druck macht immer der nächste Auftrag.

Da kommt Hansi Lohmann in das kleine Bistro auf dem Flughafen München. Natürlich erkenne ich ihn sofort. Groß, gute Figur, gutes Gesicht mit einem langen Kinn. Hansi trägt schwarze Jeans, ein schwarzes Shirt und eine weiche hellbraune Wildlederjacke.

Der attraktive Mann fiel vor anderthalb Jahren als Gast in einer Daily Talkshow auf, als er zu dem Thema »Ich kann jede haben!« sofort nach seinem Auftritt durch ein glitzerndes Portal den Moderator zu einem Schwanzvergleich herausforderte und an seiner Hose nestelte. Danach erklärte er dem Moderator, der sich schon aus dem Augenwinkel nach den Sicherheitskräften im Saal umgesehen hatte, dass dies nur ein dummer Scherz gewesen sei, mit dem er ein verbreitetes Macho-Denken kritisieren wolle. In Wahrheit zähle immer nur das Gefühl. Hansi Lohmann fiel an dieser Stelle vor einem älteren weiblichen Studiogast auf die Knie. Er sang a cappella »Love Me Tender«.

Weil er eine wirklich gute Stimme hatte und der Frau wie dem Saalpublikum die Tränen in den Augen standen, vermittelte ihn danach der Produzent der Show an eine Plattenfirma. Die Single »Ich will nicht jede haben, denn ich hab ja dich, dich, dich« kam sofort in die Charts. Hansi rückte bei »Bunte« in die Rubrik »Leute von morgen« auf, spendete bei einem Prominententreff von »Bild« seine Gage für SOS-Kinderdörfer und lehnte Nacktfotos ab, um die er, als erster Mann übrigens, von einer gut zahlenden Illustrierten gebeten wurde. Er widerstand der Empfehlung seiner PR-Agentur, seinen kindlichen deutschen Namen in »Jack Loman« zu verändern. »Das würden meine Eltern nicht verstehen«, soll er gesagt haben.

Alles in allem nicht unsympathisch.

Hansi Lohmann wird ab nächster Woche eine große Abendshow in einem Privatsender moderieren.

Seinetwegen bin ich heute sehr früh aufgestanden, habe im Flugzeug das Archivmaterial mit grünem Textmarker durchfeuchtet und meine Interviewfragen zu einem sensiblen Gedankenbogen geflochten. Wir haben jetzt einen Termin. Der Text soll morgen im Blatt sein.

Ich winke dem Entertainer zu.

»Du schaffst das schon«, sagte gestern Abend der Verantwortliche der Seite 3, der weiß, dass ich grundsätzlich eine Aufmunterung brauche.

Ich habe immer Angst vor dem Schreiben, sie hört mit den Berufsjahren nicht auf, sie ist keine Koketterie, sondern echte Panik. Und weil ich das überhaupt nicht verbergen kann, trage ich die Angst vor mir her wie eine Monstranz. Dann behandeln mich die Kollegen wie einen Pflegefall, der ihrer Fürsorge anvertraut ist. Ich schnappe nach ihren Freundlichkeiten wie ein Hund nach der Wurst.

»Der soll doch ganz nett sein«, sagte meine Zimmernachbarin von der Außenpolitik. »Hack's einfach rein!«, sagte der Sportredakteur, der daran gewöhnt ist, ein Fußballspiel parallel zur Spielzeit in Worte zu fassen. Bis zum Seitenschluss hat er noch etwa fünf Minuten für die Einschätzung und einen witzigen Abgang. Er schafft es immer.

Jetzt geht es noch gar nicht um das Schreiben, jetzt kommt der leichtere Teil davor: Recherche und Interview. Es geht darum, gut zu fragen, gut zuzuhören und dem jungen Mann Lust zu machen, mir mehr und Bedeutenderes zu erzählen als den ranschmeißerischen Plaudertaschen vom Boulevard. Es geht zunächst um mein aufmerksames, einladendes Gesicht.

Die hohe Kunst der Kommunikation. Maries Strecke.

Sie greift sich lockernd in den Stufenschnitt und geht dann lächelnd mit ausgestreckter Hand auf den Entertainer zu.

Eine kleine dünne Frau in schwarzem Lack schiebt sich dazwischen. Sie wechselt ihre Zigarette von der rechten in die linke Hand, bevor sie die Finger von Marie zerquetscht.

»Linda Bauer. Ich bin die Agentin. Sie haben dreißig Minuten!«

Von einer Agentin war bei der Verabredung nicht die Rede gewesen.

Marie hasst bei Interviews zwischengeschaltete Instanzen, die nur aufpassen, dass kein falsches Wort fällt und für die spätere Prüfung des genauen Wortlauts ein eigenes Band mitlaufen lassen. Bei Ministerpräsidenten sitzt immer der Pressereferent dabei, da kann Marie nichts machen, aber dieser Singezahn, bitte schön, wird sich doch wohl selbst vertreten können.

»Eine Stunde war vereinbart!«

»Dreißig Minuten. Hansi ist müde.«

Die Agentin lässt sich auf den Stuhl fallen und wirft dem Kellner einen Falkenblick zu.

Hansi Lohmann setzt sich auch, er sieht wirklich müde aus.

Marie beschließt, die Situation zunächst zu nehmen, wie sie ist, und dann das Beste daraus zu machen.

»Wozu darf ich Sie einladen?«

Der Raubvogel ordert für sich einen Whiskey.

»Und für Sie, Herr Lohmann?«

»Hansi trinkt eine heiße Milch mit Honig.«

Kann der Mann nicht für sich selber sprechen?

Der Kellner bittet um Verständnis: Es gebe einen kleinen technischen Schaden in der Küche. Keine heißen Getränke außer Kaffee.

»Aber internationaler Flughafen! Aber die Flugpreise erhöhen!«, sagt Linda Bauer sehr laut. »Dann ein Wasser!«

Marie richtet mit nervösen Händen das Mikro ihres Aufnahmegeräts genau auf Hansi Lohmann. Jetzt läuft die Zeit, aber sie sieht schon, wie sich hinter Hansis Rücken zwei kichernde Mädchen aufbauen.

»Geht es Ihnen heute nicht gut, Herr Lohmann?«, fragt Marie. Irgendwie muss sie ja anfangen.

»Ist eben viel Trubel momentan«, antwortet der blasse Hansi.

»Haben Sie denn nicht genau das gewollt?«

»Als ich anfing, kam ja diese unerwartete Schwäche ...«

»Ihr Whiskey, Ihr Wasser«, sagt der Kellner und schiebt Maries Aufnahmegerät beiseite.

»Kann ich bitte zwei Autogramme haben?«, sagt das eine Mädchen. »Für Marleen und für Biggi.«

»Aber gerne«, sagt Hansi.

Der Raubvogel zieht ein paar Autogrammkarten aus dem Lackblazer und streut graue Zigarettenasche über Maries Archivmaterial. Hansi schreibt die Widmung.

Das Mädchen trollt sich rückwärts mit einem glücklichen Lächeln.

»Was für eine unerwartete Schwäche war das denn damals?« Marie setzt entschlossen nach und schiebt das Aufnahmegerät wieder direkt vor ihn.

Hansi muss überlegen, was er vorher gesagt hatte.

»Ach so, ja. Als ich anfing, kam ja diese unerwartete Schwäche im Aktienmarkt. Ich hatte mich stark am Neuen Markt engagiert. Und plötzlich ...«

Er zieht mit dem Arm einen Halbkreis, dass die Luft zu sausen scheint.

Linda Bauer runzelt die Brauen, sagt aber nichts.

»Da musste ich eben etwas Neues anfangen. Wobei eine Arbeit beim Sender auch nicht ohne Risiko ist. Quoten sind ja wie Kurse. Genau genommen.«

Linda Bauer winkt dem Kellner und deutet mit dem Zeigefinger auf die Mitte ihres leeren Glases. Hansi nimmt einen Schluck Wasser. Marie sieht auf die Uhr.

»Nun gut, aber wir alle wissen, dass wir aus Niederlagen ...«

»Haben Sie auch Aktien am Neuen Markt?«

»Da können wir gerne später drüber reden. Aber jetzt, Herr Lohmann, lassen Sie uns dieses Interview machen. Sie haben früher, wie ich gelesen habe, als Elektriker gearbeitet. Also als einfacher Arbeiter. Welche Erfahrungen aus dieser Zeit sind denn hilfreich in Ihrer neuen Welt der Unterhaltung, der Medien und bei der Bekanntschaft mit berühmten Leuten?«

»Er steht immer unter Strom«, sagt der Raubvogel und schnüffelt in das gefüllte Glas.

Hansi lacht gutherzig, wobei seine berühmten sympathischen Lachfältchen erstmalig zur Geltung kommen.

Dann denkt er nach und sagt: »Die Lehre habe ich abgebrochen, als das mit den Aktien losging. Alle wurden Daytraider. Ab da saß ich den ganzen Tag am Computer und verdiente vorübergehend einen Haufen Geld. Ist aber, wie gesagt, alles wieder weg. Insofern habe ich keine Erfahrungen als einfacher Arbeiter. Irgendwie wusste ich aber immer: Unterhaltung ist mein Ding!«

»Noch fünfzehn Minuten«, sagt der Raubvogel und tippt eine SMS ins Handy.

»Warum können Sie so schön singen? Hatten Sie eine Ausbildung oder eine Anregung in Ihrem Elternhaus?«, fragt Marie.

»Singen war auch immer mein Ding«, antwortet Hansi.

»Und worum geht es bei Ihrer neuen Show?«

Linda Bauer zieht eine Kassette aus dem Lackblazer: »Die können Sie sich schon mal als Preview ansehen. Aber beachten Sie die Sperrfrist!«

Sie winkt dem Kellner.

»Herr Lohmann«, sagt Marie, »dass Unterhaltung Ihr Ding ist – also könnten Sie das noch ein bisschen ausführen? Was ist denn heute gute Unterhaltung?«

»Sagen wir mal so: Unterhaltung ist das Einfache, das schwer zu machen ist. Es geht ja um dic entscheidende Zielgruppe. Wenn die Jugend zusehen soll, dann muss was abgehen. Hightechmäßig. Bei uns ist echt was los im Studio!«

Der Kellner stellt ein Glas für die Agentin hin und wendet sich mit fragendem Gesicht an Marie, die sich zu einer wegscheuchenden Bewegung hinreißen lässt.

»Hansi wird die ganze Zeit aus einem Laserkreis heraus moderieren«, sagt Linda Bauer. »Er sitzt in einem Käfig im Strahlengewitter und kämpft gegen die Kandidaten!«

»Gegen sechs Kandidaten«, sagt Hansi. »Ich alleine gegen sechs. Die Show heißt ›Sechs mit einem Mann‹. Da steckt übrigens noch eine kleine Anzüglichkeit drin. Haben Sie die rausgehört?«

Marie nickt heftig.

»Der Titel geht voll auf die Zielgruppe«, sagt Linda Bauer.

»Und dann singe ich ja noch«, sagt Hansi Lohmann. »Mein neuer Titel reißt den Käfig am Ende auseinander.«

»Toll«, sagt Marie. »Aber gibt es außerdem noch eine richtige Idee? Sieht man so was nicht in jedem Videoclip?«

Der Raubvogel zieht mit scharfem Ansaugatem den Rest aus dem Glas und steht auf.

Marie sieht, dass auch Hansi aufsteht. Er gibt ihr die Hand.

Sie hat nichts auf dem Band, das sich verwenden lässt. Sie hat ihre schlauen Fragen nicht stellen können. Sie soll noch heute einen Text für die beachtete, bedeutende Seite 3 von morgen liefern.

Marie hält Hansis Hand in ihrer fest. Sie lässt sie einfach nicht los und läuft verzweifelt weiter neben ihm her.

»Herr Lohmann, eine letzte Frage – wie sind Sie denn damals bei Ihrem allerersten Fernsehauftritt auf diese Idee mit dem Vergleich gekommen? Ich meine, das ist doch etwas sehr Persönliches, so ein Schwanz?«

Hansi zieht seine Hand heftig zurück: »Das war ein Einfall vom Redakteur! Das war doch nicht von mir! Und, ganz ehrlich: Im Unterschied zu Ihnen würde ich privat nicht mal das Wort in den Mund nehmen. Ist einfach nicht mein Stil!«

Diesmal rettet mich Gott oder ein anderes höheres Wesen. Derjenige welcher hat zu einem starken Mittel gegriffen und eine Sturmflut über die deutsche Ostseeküste geschickt. Entwurzelte Bäume, Häuser ohne Dach, ängstliche Urlauber, entschlossene Helfer in gelben Jacken, tobendes Meer. Dieses Jahrhundertunwetter drängt auf die Seite 3.

Ich nehme in Berlin nach meiner Ankunft das Bedauern des zuständigen Redakteurs über die Vertreibung meiner Geschichte von seiner Seite in angemessener Haltung zur Kenntnis – »ja, ist sehr schade, aber ich sehe es natürlich ein«.

Ich schreibe eine kurze Ankündigung der Show von Hansi Lohmann für die Medienseite und wähle mit der Fotoredakteurin ein Bild aus, das seine Lachfältchen zeigt.

Meine eigenen sehe ich mir erleichtert im Spiegel der Damentoilette an.

Muss nicht schreiben.

Der Kubaner kniet vor meinem alten Computer, den ich im Zimmer meines Sohnes auf dem Fußboden abgestellt habe. Er liest auf der Rückseite die technischen Daten und atmet auf. Den verlangten Strom gibt es also auch in Kuba. Jedenfalls manchmal.

»Was wollen Sie?«, fragt er und zeigt auf den Computer. Der ist etwa fünf Jahre alt und demnach aus der Steinzeit.

»Nichts«, sage ich und wedele energisch mit den Armen.

Wieso sollte ich dem armen Kubaner etwas abknöpfen? Früher habe ich schließlich auch Geld für »Milch für Kubas Kinder« gespendet.

»Nichts?«, fragt er, »*¿verdad que no?*«

»*Naturalmente*«, sage ich wie eine alte Kubanerin.

Er strahlt mich an: »*¡Gracias!*«

»Kann ich helfen?«, fragt er und zeigt vage in alle Richtungen meiner Wohnung. »Ich machen alles!«

Ja, wenn es so ist.

Ich führe Jesús durch die Zimmer. Demnächst werde ich umziehen. Viele Möbel könnten eine Reparatur gebrauchen. Hier wackelt ein Tischbein, und dort fällt die Tür aus dem Schrank, wenn ich sie schnell öffne. Einer Stuhllehne fehlt eine Strebe, und die Platte von meinem Biedermeiertisch ist zerschrammt.

Jesús macht vor jedem Schaden eine wegwerfende

Handbewegung – kein Problem für ihn. Kubaner sollen ja Meister im Reparieren sein. Ich habe gelesen, dass sie alte Strumpfhosen noch als Keilriemen für Autos weiterverwenden.

Er läuft aufmerksam durch meine Wohnung und sucht Arbeitsaufgaben, die er dem Wert eines Computers in seiner Heimat gleichsetzen will. Offensichtlich geht ein Geschenk von einer Fremden gegen seinen Stolz.

»Mehr noch?« Er sieht mich erwartungsvoll an.

Also gut – dann zeige ich ihm mein Bett.

Ich räume das Federbett beiseite, hebe die Matratze an und deute auf das Problem: Der Lattenrost ist aus dem senkrechten Kopfteil herausgebrochen. Was früher als Brett zusammengehörte, stellt sich nun geborsten und zersplittert gegeneinander auf. Meine Matratze hängt nicht mehr in den Verankerungen. Deshalb schlafe ich seit einiger Zeit mit dem Kopf nach unten.

Jesús sieht überrascht auf das ramponierte Bett.

»¿Por qué?«

Ja, warum? Das, *mi amigo*, kann ich dir nicht erzählen. Es ist mir ja selber peinlich.

Zu den bisher nicht erwähnten Nachteilen des weiblichen allein stehenden Lebens gehört bei mir eine bestimmte Schwermut bei gesellschaftlichen Ereignissen: Ich stehe da meistens alleine herum.

Manchmal denke ich, dass sich andere Frauen für solche Feste einen Begleiter organisieren. Wahrscheinlich zahlen sie sogar Geld dafür. Es gibt doch viele allein lebende Frauen, aber auf den großen Partys sehe ich immer nur Paare – scherzende, flanierende, nach allen Seiten hin grüßende, glückliche Paare. Alle haben mit allen Kontakt. Alle scheinen sich blendend zu amüsieren.

Ich dagegen stehe an einer Wand und ziehe den Bauch ein.

Meine zwei Ausgehkleider sind seit einiger Zeit ein bisschen eng. Ich möchte sie ungern ausrangieren, weil ich irgendwann wieder reinpassen will, und Marie redet sie mir ein, weil sie sich einen großen Auftritt verspricht. Besonders von dem einen, in einem gefährlichen Rot. Obwohl es keinen tiefen Atemzug erlaubt, nur ein flaches Hecheln.

Eigentlich müsste ich in diesem Kleid sofort in Ohnmacht fallen.

Ich fühle mich unsicher und greife deshalb zu oft nach den Sektgläsern auf den Tabletts.

Die PR-Agentur hat wieder ihre schnelle Eingreiftruppe geschickt: Junge, spindeldürre, baumlange Mädchen in Schlauchkleidern posieren im Rudel vor den Fotografen.

»He, Mädels, zeigt mal was!«, ruft einer dieser Knipser, und die Mädels rollen ihre Unterlippen bis zur Schleimhaut auf. Zu so genannten Schmollmündern. Die Partygirls bringen die Aufmacher-Fotos für die Lokalseiten und erwecken den Eindruck, dass wieder toll was los war. Deshalb liegen ihnen die Fotografen zu Füßen.

Haben diese Schnitten irgendwelche Verdienste außer einer Konfektionsgröße für Vierzehnjährige?

»He, schön dich zu sehen! Ich suche dich schon die ganze Zeit!«

Na endlich.

Mit Henry Koballa habe ich gerechnet.

Schließlich ist dies das Eröffnungsfest der Berliner Filmfestspiele, und Henry ist Schauspieler. Ein richtig guter sogar. Einer aus dem Osten, der auch im Westen große Rollen bekommt. Wir kennen uns lange und begegnen uns immer wieder bei Filmpremieren und Festivals. Nicht allzu viele Leute aus dem Osten haben es in die Events von heute geschafft. Wir stehen dann immer eine Weile zusammen und reden über früher – wie alte Kameraden, die mal bei derselben Truppe gedient haben.

Was ich an Henry bewundere, ist neben seinem Talent die Begeisterung für Arbeiten seiner Kollegen.

Normalerweise enden Gespräche mit Schauspielern bei ihrer letzten Rolle. Man kann mit der Weltlage ein Gespräch anfangen, mit Genforschung oder mit Kindererziehung – am Ende redet man meistens über ihre letzte oder die derzeitige Rolle. Ich glaube nicht, dass Schauspieler mit mir über ihre Arbeit reden, weil ich Journalistin bin.

Sie müssen das einfach machen. Sie müssen sich diese Begeisterung fortwährend erhalten, Holzklötze ins Feuer legen und um die Kultstätte tanzen. Sie sind lebenslängliche Darsteller. Im Kino und im Fernsehen sehen sie sich später auch von außen bei der eigenen Arbeit zu, das kann kaum einer in seinem Beruf. Schauspieler überlegen in Gesprächen, was da eigentlich mit ihnen geschieht, und es ist beinahe egal, wer ihnen zuhört.

Wir kennen ihre Hautporen aus der Großaufnahme, ihren Augenschnitt, ihre Zahnreihen, wir rücken ihnen nahe bis auf die flimmernden Härchen auf ihrem Handrücken. Wir sehen die Oberflächen. Schauspieler sind ein öffentliches Gut. Sie halten ihr Gesicht hin für einen Text, den sie nicht geschrieben haben, für einen Produzenten, dessen Marktstrategien sie nicht kennen, für einen Regisseur, dem sie zu vertrauen beschließen müssen.

Wenn Schauspieler so gerne privat über ihre Arbeit sprechen, dann steht dahinter, vielleicht, das Bedürfnis, endlich über ihren eigenen Anteil nachzudenken – über ihr Talent. Über diese geheimnisvolle innere Kraft, die plötzlich die Motorik bis in den Gang hinein verändert, die ihren Arm in einer bestimmten Art anhebt, die in einer Situation einen Räuberblick schenkt und in einer anderen einen seelenvollen Augenaufschlag. Sie folgen ihrer Intuition in Abschnitten, für die Dauer einer Kameraeinstellung – für die Zeitspanne, in der jemand »Action!« und dann »Gestorben!« schreit.

Natürlich redet auch Henry Koballa gerne über seine Rollen.

Aber ich beobachte einen Unterschied: Er kann von sich absehen. Seine Begeisterung für andere Schauspieler ist kindlich, vehement und maßlos. Er kann Kollegen anbeten, Männer wie Frauen, und sie müssen nicht in Hollywood drehen oder sonst wo in der Ferne, wo sie keine direkten Konkurrenten sind.

Es kostet nichts, Robert de Niro gut zu finden, aber Henry Koballa lobt auch den viel jüngeren, noch unbekannten Kollegen in der Hauptrolle eines neuen deutschen Films, in dem Henry neulich eine kleine Rolle spielte. Neben dem jungen Talent. Und sieben Zeilen später im Vorspann des Films.

»So kam der in das Zimmer seines Dienstherrn, dieses Dingsda, fällt mir gerade der Name nicht ein«, sagt Henry eben.

Er geht dabei ein Stück von mir weg, dreht wieder um, geht mitten auf der Eröffnungsfeier der Berlinale mit plötzlich umdüsterter Miene durch die Gästeschar. Er rempelt die Leute an, geht immer weiter und bremst vor einer gedachten Tür. Dahinter stehe ich, unversehens mitspielend. Henry fasst an einen gedachten Türknauf, zieht die Tür mit einem Ruck auf und sieht mir nun in die Augen. Er spielt, dass er den, der an meiner Stelle steht, hasst, aber er hält den gedachten erwiderten Blick nicht aus und bricht zusammen. Dann wälzt er sich als erbärmliches Bündel auf dem Parkett. Schluchzend.

»Toll, oder?«

Henry Koballa steht lachend auf, ein paar Staubflocken hängen jetzt an seiner dunkelgrauen Hose. Er grinst zu den erstarrten Ballgästen, die erleichtert applaudieren. Solche Auftritte liebt er.

»Oder die Stelle, wo er die Frau seines Dienstherrn umlegt? Also da macht er zuerst einen Ausfallschritt und …«

»Nein. Danke, Henry. Lass mal. Kann ich mir aber sehr gut vorstellen. Wo ist denn Feli?«, frage ich.

»Irgendwo da hinten.«

Henry ist seit Ewigkeiten mit Felicitas verheiratet, einer bewunderten, südländisch schönen, wahrscheinlich nicht ganz unkomplizierten Malerin großformatiger Bilder, auf denen starke großbusige Frauen über die Männer herrschen. Diese Riesenfrauen drängen Zwergenmännchen an den Rand.

Henry und Feli leben glücklich zwischen diesen flammenden Bildern in einer Fabriketage mit Blick auf die Spree. Ich habe sie da einmal besucht für ein Interview. Während des Gesprächs flog eine Möwe herein. Wir rissen alle Fenster auf, sprangen mit ausgebreiteten Armen herum und halfen ihr ins Freie.

Für beide ist es die dritte Ehe. Drei Wurf hat jeder, sagt man.

Es gibt Paare, die man für unverwundbar hält. Die beiden sind so eines und stützen meine kindliche Hoffnung, dass man in öffentlichen, viel beobachteten, an Verführungen reichen Berufen eine gute Ehe führen kann.

Da klopft ihm jemand von hinten auf die Schulter.

Henry wird von einem älteren korpulenten Mann angesprochen, der nach meiner Erinnerung der bekannte Fernsehserienproduzent Harald Husemann sein müsste. So oder so ähnlich sehen alle Medienmogule der deutschen Nachkriegsgeneration aus. Lärmende Dicke. Als Dampfer hätten sie eine große Wasserverdrängung.

Husemann unterbricht polternd unser Gespräch. Es gehört zu seiner Selbstachtung, mein unbekanntes Gesicht nicht wahrzunehmen. Er stellt Henry seine Frau vor, eine ältere, dünne Dame im rosa Spitzenrausch. Ich kenne diese Frau von den Gesellschaftsseiten der »Bunten«. Frau Husemann ist der Typ der lebenslänglichen Salatesserin. So knochige Knie kennen kein Schmalzbrot.

Das ist aber mein Spiel, flüstert mir Marie ins Ohr.

Husemanns gehören zu den Leuten, die beinahe jeden Abend irgendwo eingeladen sind. Der alte Mann hat eine Nase für Quoten bringende Fernsehserien, und er hat im Leben genug Geld gemacht, dass er es sich nun leisten kann, in jeder Runde zu erzählen, er selbst würde sich diesen Scheiß niemals ansehen. Aber er kenne halt am besten den Geschmack der Leute. Womöglich hat er Recht.

Seit die Kinder aus dem Haus sind – beide kamen gut in den Sendern unter, da hat der Name geholfen –, widmet sich Frau Husemann einem straffen Programm der Repräsentation. Sie hat an diesem Tag eine asiatische Fußmassage und einen Friseurtermin absolviert und der neuen bosnischen Putzhilfe geduldig erklärt, das Sèvres-Tafelservice mit der Hand statt mit der Maschine zu spülen. Nein, sie haben eine deutsche Putzfrau, die schon seit Geburt der Kinder bei ihnen ist, eine ältere verlässliche Person. Frau Husemann hat mit einigen Frauen, die wie sie auf der A-Liste der beauftragten Agentur stehen, telefoniert und sich danach für das pinkfarbene Escada-Kleid entschieden.

Herr Husemann kam später als abgesprochen aus dem Büro, er hat achtlos in seinen Teil des begehbaren Kleiderschranks gegriffen und sich rücklings auf das Bett gelegt, um seine Hose schließen zu können. Er hätte lieber einen schönen alten Film mit Romy Schneider und Alain Delon angesehen, aber das Taxi wartete schon. Und die Pflicht. Und die Frau. Im Festival-Kino nahmen sie ihre gewohnten Plätze im Mittelblock der Prominenten ein, Husemann öffnete seinen Hosenbund und schlief wenig später ein.

Dann gingen beide beim anschließenden Empfang im Hotel mit einem Lächeln auf den Regierenden Bürgermeister von Berlin zu, und als Frau Husemann die Fotografen wahrnahm, strich sie ihrem Mann noch schnell mit einer wischenden Bewegung eine graue fettige Strähne aus der Stirn. Eine halbe Stunde später pinkelte Husemann neben dem Bürgermeister in die pieksauberen Becken der Herrentoilette und machte eine abfällige Bemerkung über den Eröffnungsfilm, die der Bürgermeister mit einem gütigen Scherz parierte.

Frau Husemann stand derweil mit zwei Botschafterfrauen im Gespräch über den erwiesenen Steuerbetrug ihres bevorzugten Restaurantbetreibers. Alle drei Damen hielten ihr Kinn unnatürlich hoch – eine Empfehlung ihrer Kosmetikerinnen für einen straffen Hals, die aber nur wirkt, wenn ihr immer gefolgt wird.

Frau Husemann weiß, dass ihr Mann auf der Toilette etwas länger bleiben, eine heimliche, vom Arzt verbotene Zigarette rauchen und ein Mentholbonbon lutschen wird. Sie weiß, dass sein schlechtes Gewissen dahinter steckt, wenn er danach eine Spur zu liebevoll ihren Arm ergreifen, sie aus dem Gespräch herauslösen und mit ihr durch das Publikum schlendern wird.

Bei Henry Koballa bleiben sie stehen, weil der immer so unterhaltsam ist.

»Ich melde mich demnächst bei dir«, sagt Henry noch, bevor er zwischen den Husemanns zu den Tischen im großen Saal geht. Da sitzen viele Leute, die über Besetzungen entscheiden.

»Klar«, sage ich.

Komm, sagt Marie, ich habe Hunger. Das Büfett soll gut sein.

»Was machst du denn gerade?«, fragt Henry gleich am nächsten Tag am Telefon.

»Muss schreiben. Was gibt's denn?«

»Ich hätte da nämlich mal eine Bitte.«

Henry erzählt, dass er ein Theaterstück geschrieben hat. Henry ist ein Dichter? Ich wusste nicht, dass er so was kann.

»So genau weiß ich es auch noch nicht«, sagt Henry. »Könntest du mal über die Dialoge gehen? Nur so ein bisschen nachputzen?«

»Wieso denn auf einmal Theater?«

»Das verstehst du nicht? Theater ist edel. Es kostet auch nicht so viel wie Kino. Da hängt nicht so ein Riesenstab dran. Ich hab mir eine Geschichte ausgedacht: vier Schauspieler, eine Dekoration. Wenn du Glück hast, dann läuft so ein Stück über alle kleinen Bühnen im Land.«

»Die haben doch kein Geld.«

»Über die Jahre kommt schon was zusammen. Man könnte auch ein Hörspiel daraus machen oder ein Musical. Ich bin da ganz offen.«

»Aber du bist doch Filmschauspieler«, sage ich.

»Später kann man das Stück natürlich auch verfilmen. Ich glaube, der Stoff ist sogar international tauglich. Der Text müsste nur noch ein bisschen geputzt werden.«

»Und wie kommst du dabei auf mich?«

»Du bist intelligent, du kannst schreiben, du hast Lebenserfahrung. Wir sind eine Generation und kennen uns schon eine Weile. Ich muss dir nicht die Welt erklären, das spart Zeit. Außerdem bist du eine richtige Frau. Als ich dich gestern Abend auf diesem Fest so vor mir sah, da hast du mich als Package überzeugt.«

Ich bin ein Package. Das hat mir noch keiner gesagt.

Darauf würde ich mir nichts einbilden, sagt Marie. Er sieht dich als ein zusammengeschnürtes Bündel von Eigenschaften und hat die Frechheit, eine Quersumme zu ziehen.

Aber er kommt zu einem positiven Ergebnis, sage ich.

Wie bescheiden wirst du eigentlich mit den Jahren?

Oh! – Marie ist echt sauer.

Aber warum sollte ich Henry, meinem alten guten Freund Henry, nicht helfen? Ich arbeite schließlich jeden Tag mit Sprache.

Und du hast genug zu tun, sagt Marie in diesem ungeduldigen Ton.

Aber es könnte Spaß machen.

Spaß! Du lässt dich ausnützen und fühlst dich noch geschmeichelt. Kein Autoschlosser fühlt sich geschmeichelt, wenn jemand mit einem Getriebeschaden vor seiner Klitsche bremst.

Sag mal, Marie, könnte es sein, dass du zu einem Freundschaftsdienst gar nicht imstande bist und immer nur ausrechnest, was für dich selber rausspringt?

Und du, sagt Marie, du willst dir Liebe kaufen.

Henry schätzt meine Professionalität, das ist alles.

Der fragt dich doch nur, weil du alleine lebst und zur Verfügung stehst.

Na, na!

Und in den Gedankenpausen wird er dich vernaschen.

Na, na, na!

Henry wird sich genau so lange bei dir aufhalten, bis er das Wort »Ende« geschrieben hat. Und dann wird er sich seinen Laptop unter den Arm klemmen. Er wird sagen, dass er dich anrufen wird, und zu seiner Felicitas verschwinden – ohne einen Blumenstrauß. Ich meine: ohne einen Blumenstrauß für dich. Er wird genau so lange nett zu dir sein, wie er dich braucht. Als Package.

»Bist du noch dran?«, fragt Henry am Telefon.

»Ja, ich hab nur gerade was überlegt.«

»Und?«

»Was sagt denn Feli zu deinem Theaterstück?«

»Sag mal, weißt du es wirklich nicht? Bist du die Letzte in Berlin? Gehst du nicht mehr unter Leute? Wir sind seit vier Monaten auseinander.«

»Nein!!!«

»Feli ist weg. Sie hat das Stück also nicht mal gelesen.«

»Henry, das tut mir sehr Leid. Hast du dich von Feli getrennt?«

»Ich bin kein Trenner. Ich würde nie gehen. Außerdem bin ich, im Unterschied zu Feli, völlig monogam.«

»Dann geht es dir also nicht gut?«

Henry schweigt. Ich höre, wie sein Feuerzeug klickt und wie er eine Qualmwolke gegen den Telefonhörer pustet.

Ich höre mich sagen: »Ich hätte noch fünf freie Tage. Die könnte ich nehmen.«

Henry steht strahlend am späten Nachmittag vor meiner Wohnungstür, in einer Hand einen Laptop, in der anderen zwei Plastiktüten. Unter seiner einen Achsel klemmt eine Stange Camel, unter der anderen ein Schnellhefter.

Ich sehe in die Tüten: Hemden, Unterwäsche, Waschzeug. Eine ungarische Kaffeemaschine.

»Willst du bei mir einziehen?«, frage ich und schließe die Tür.

»Ich denke nur, wir sollten keine Zeit verlieren«, sagt Henry.

Er setzt das Gepäck ab, fasst meine Schultern und schiebt mich durch meine eigene Wohnung. Ich gehe rückwärts. Er sieht mir in die Augen, zieht bei diesem langsamen Gehen seine Jacke aus, sein Hemd, meine Bluse.

Es ist nicht zu fassen.

Hinter uns liegen immer mehr Klamotten auf dem Boden, wir legen eine Spur wie bei einer Schnitzeljagd oder wie Clint Eastwood und Rene Russo in »In The Line Of Fire« – die Stelle mit den Handschellen, Pistolen und der ganzen Security-Dienstkleidung, und wo dann, als sie so weit sind, das Handy klingelt und sie zum Einsatz für die Sicherheit des amerikanischen Präsidenten gerufen werden.

Wir stoppen vor dem Bett. Er muss einen eingebauten Kompass für mein Schlafzimmer haben.

»Das ist kein guter Anfang, Henry«, sage ich.
Er beugt sich über mich.
»Es geht zu schnell!«, sage ich.
Er legt mich sanft auf den Rücken.

Ich schiebe den Mann weg und richte mich auf.

»Pass auf, ihr seid im Herzen Jäger! Ihr könnt nichts dafür – ihr habt nun mal diesen Trieb in eurem Programm. Ihr kommt aus der Höhle und geht täglich auf die Jagd. Das Wild muss fliehen, der Vogel muss aufsteigen. Ihr müsst außer Atem sein und euch anstrengen. Es geht bei euch nicht ohne diesen Kampf. Ihr braucht ihn für das Erfolgsgefühl. Männer wollen siegen. Eine Frau darf euch nicht ohne weiteres in den Schoß fallen. Dann bedeutet sie euch nämlich nichts. Männer sind so!«

Eine gute Rede. Anschaulich und kenntnisreich. Die Rede könnte von Marie sein.

Henry setzt sich neben mich und schüttelt ungläubig den Kopf: »Aber ich nicht! Außerdem kennen wir uns doch schon lange. Wir können uns dieses ganze verlogene Theater sparen. Vielleicht brauchen es die anderen Kerle. Kann sein. Halte ich sogar für möglich. Aber ich doch nicht!«

Er sieht richtig gekränkt aus.

Ich werde unsicher.

Schließlich reden hier zwei sehr erwachsene Menschen. Und zwar, wie ich ja seit kurzem weiß, zwei freie, ungebundene Menschen. Das Leben ist kurz. Mein Leben ist Arbeit. Mein Sohn ist in Amsterdam. Sonst hat niemand einen Schlüssel zu dieser Wohnung. Feli hat einen anderen Mann. Meine Unterwäsche ist in Ordnung. Mein letzter Sex liegt lange zurück. Henry ist ein treuer Mann. Er wird also keine Filzläuse haben oder was in der Richtung. Eigentlich riskiere ich nichts. Ich habe Lust.

Henry hat sich die Hose ausgezogen, die Unterhose, die Schuhe und die Socken. Jetzt ist er nackt.

Ich speichere den Anblick eines erregten Mannes von 52 Jahren. Ich merke mir kleine Haarbüschel auf den Schultern, einen vorstehenden Brustkorb. Müdes, aber fettloses Körperfleisch liegt über den Rippenbögen. Seine Hüften sind fast zierlich, und vom Nabel bis zu seinem gekrümmt vorstehenden Geschlecht kräuselt sich graues Schamhaar. Er hat sehr schöne muskulöse Beine. Sein Gesicht ist ohne Ausdruck. Er sieht mich gar nicht. Er blickt in einen Mann hinein.

Henry landet auf mir mit einem Hechtsprung. Der Lattenrost des Bettes bricht krachend aus der Verankerung.

Ich denke, dass das eine gute Filmszene wäre. Na, vielleicht doch nicht. Zu primitiv.

Ja, Jesús, so war es.

So brach mein Bett, aber es ist keine Geschichte, die ich dir erzählen könnte. Auch keine, auf die ich stolz bin. Nicht am Anfang und nicht an ihrem Ende.

Der Kubaner bittet um einen Zollstock, er hat wohl eine Idee, wie mein Bett zu richten wäre. Ich bin begeistert – endlich nicht mehr mit dem Kopf nach unten schlafen.

Wir gehen nochmals durch die Wohnung, und ich notiere auf einem Zettel, welches Material und Handwerkszeug gekauft werden muss.

Dann brechen wir zum Baumarkt auf.

Ich kenne diesen Blick, Jesús. So fassungslos bin ich damals auch an den Regalen vorbeigegangen, damals, als ich Westen wurde.

Vorher kam das Westgeld.

Es kam am 1. Juli 1990. Den ganzen Tag schon lag über der Stadt das Geräusch von Autohupen, wie von Dampfern im Nebel. In einem Restaurant am Kollwitzplatz spielte jemand am Klavier um Mitternacht die DDR-Hymne. Lass uns dir zum Guten dienen, Deutschland, einig Vaterland. Draußen zog ein kleiner Demonstrationszug mit roten Fahnen vorbei. Die Marschierer skandierten: »Wir wollen keine – D-Mark-Scheine!«, und direkt an uns gerichtet riefen sie: »Schließt euch an, saufen könnt ihr später!«

Zischende Feuerwerkskörper gingen in der Nähe hoch, es war wie Silvester im Sommer.

Wir wünschten uns an den Tischen einen »Guten Rutsch« und zahlten die letzte Zeche in Ostmark.

Ich kam nicht aus der Armut, aber ich kam aus dem Mangel. Man griff zu in der DDR, deckte sich ein, dachte auch an den Nachbarn und schleppte den Fang nach Hause wie eine Beute. Drei Gläser polnische Senfgurken. Vier Mal H-Milch. Gleich mehrere schwarze Spitzenhemdchen. Chinesische Baby-Strampelanzüge aus Samt oder Bettwäsche mit Palmenmotiv, so viel, wie die Verkäuferin erlaubte.

Als es im »Exquisit« französische Herren-Kordanzüge gab, standen die Menschen in einer Schlange an der Kasse, und jeder Kunde, ob Mann oder Frau, hielt dieses eine Modell vor dem Bauch fest. In einem Autozubehörladen irgendwo in der Vorstadt waren Auspuffe eingetroffen, ich erinnere mich an eine lange, gekrümmte Menschenlinie, die von Person zu Person von einem silbern glänzenden Metallrohrkorpus unterbrochen wurde, den jeder vor sich aufgepflanzt hielt wie eine Hellebarde.

Ich kenne das Staunen, die Gier und den Rausch. So bin ich zum ersten Mal an den Kerzen im KaDeWe vorbeigelaufen – Stangen, Kegel, Kugeln, Quader, mit Glitzer, mit Engeln, durchsichtige Kerzen oder mit Metall umsponnene. Das ganze Sortiment auf verschiedenen Ständern in jeweils verschiedenen Farben. Alles noch einmal in Türkis, Rosa, Schwarz, Dunkelblau, Gold. Ich fasste es nicht. Oben in der Fressabteilung lagen über achtzig Sorten Schinken, ich habe nachgezählt.

Immer gab es alles. Von allem gab es mehreres, Unterschiedliches.

Es dauerte Jahre, bis ich ohne Taumel an den Angeboten vorbeischlenderte, nunmehr eine kühle Konsumentin. Es dauerte lange, bis ich vor dem Bannerwort »Reduziert!« nicht automatisch stoppte.

Jetzt lügst du aber, sagt Marie, du stoppst doch immer noch.

Ich verstehe das, Jesús, wenn du die folienverschweißten Schraubenpackungen achtungsvoll betastest. Du berührst sogar die Farbeimer, die Toilettenbecken, die Bretter. Eins bringen wir zum Zuschnitt, es soll mein kaputtes Bett zusammenhalten.

Der junge Verkäufer wandert mit seinen Augen zwischen dir und mir. Du bist kein Schwarzer wie Alfredo damals, aber deine Haut ist dunkler, viel dunkler als meine, du bist dunkelhaarig, und ich bin blond, du bist jung und ich nicht.

Der Verkäufer stellt gerade ein Ungleichgewicht zwischen uns fest. Wir passen in seinen Augen nicht zusammen.

Ich denke, dass er denken muss, dass wir als Paar für einen gemeinsamen Hausstand sorgen, und ich war noch nie in dieser öffentlichen Situation mit einem viel jüngeren Mann. Mit meinen jungen Freunden ging ich ins Kino und in Kneipen, aber wir haben niemals zusammen eingekauft. Wir waren nur abends oder nachts draußen unterwegs. Diese Affären hatten nichts, gar nichts mit meinem Alltag zu tun. Das war die Bedingung.

Bei unserem letzten Wochenende erzählte Magda eine Geschichte aus ihrem Theater: Ein 21-jähriger Tänzer hat eine Affäre mit der Solistin, die fünf Jahre älter ist. Die Geschichte ist im Ballett bekannt geworden. Die Tänzer nennen ihren Kollegen jetzt den »Mufi« – die Abkürzung für einen »Mumienficker«.

Wir fanden das beide empörend, aber unser Kopfschütteln wird die ungerechte Welt nicht verändern.

Marie erlaubte mir die jüngeren Männer nur, wenn ich sie geheim hielt.

Nimm sie dir, so lange du sie kriegen kannst, aber

sprich nicht drüber. Mit niemandem! Du wirkst lächerlich. Es sieht peinlich aus. Du schadest deiner Reputation, sagte sie.

Marie verfällt leicht in einen geschwollenen Ton, wenn sie mir erklärt, wie ich leben soll.

Der Verkäufer ignoriert Jesús und fragt, was ich möchte. Mich ärgert sein unhöfliches Benehmen. Ich sage: »Mach du das bitte!« und trete den Einkaufszettel an den Kubaner ab.

Jesús zögert einen Moment, dann zeigt er auf die Maße und reicht das Brett über den Tisch. Wie der Chef persönlich. Er lächelt mich an. Er spielt mit.

Ich muss heute keinen Wagen schieben, nichts anheben, nichts tragen. Ich muss heute nicht entscheiden, welche Dübel gebraucht werden. Welche Abbeize, welches wie stark gekörnte Schleifpapier.

Ich habe heute frei und sehe entspannt zu, wie der Kubaner sein Handwerkszeug zusammenstellt. Umsichtig, planend, er vergleicht sogar die Preise und spart mit meinem Geld.

Dann gehen wir noch in den Supermarkt gegenüber.

»Was möchtest du essen?«, frage ich.

Jesús zeigt auf gekochten Schinken. Ich nehme zwei Packungen.

»Was noch?«

Jesús möchte Bier. *Cerveza*. Ich folge seinem zögernden Finger weiter durch die klimatisierten, hell erleuchteten, von sanfter Musik erfüllten Gänge und packe den Wagen nach seinen Zeichen und mit meinem schlechten

Gewissen voll: Ich habe nichts dafür getan, dass ich dieses Geld habe und hier lebe – mir fiel die Wende in den Schoß und deshalb auch der Reisepass, der Baumarkt und dieser Supermarkt.

Ich erkaufe mir Ablass, indem ich in den Wagen werfe, wovon ich mir für den Kubaner eine Freude verspreche.

Jesús bleibt vor den Süßigkeiten stehen. Er sieht aus, als ob er losweinen möchte.

»Ich muss denken an meine Tochter. Miranda hat nicht Essen.«

Ein Kind in Kuba hat nichts zu essen? Der *Comandante en Jefe Fidel Castro* lässt kleine Kinder hungern? Ob das überhaupt stimmt?

Ich erinnere mich an das Foto der vierjährigen Tochter, das Jesús bei unserer ersten Begegnung im Garten von Martin und Magda gezeigt hatte – ein sehr hübsches Kind, das für den Fotografen mit einer pompösen Flechtfrisur etwas unnatürlich zurechtgemacht worden war, für meinen deutschen Geschmack. Elend sah das Mädchen jedenfalls nicht aus.

Übertreibt mein Handwerker jetzt mit der Not in Kuba? Sollte ich Schokolade für das Mädchen kaufen? Ich nehme eine große Tafel aus dem Regal, lege sie zum Einkauf und sage: »Für Miranda.«

Aber Jesús packt sie wieder zurück: *»No, qué va. Chocolate* geht nicht von Berlin nach Kuba.«

»Flughafen in Kuba – dein Haus: weit?« Ich breite die Arme aus, eine Entfernung andeutend, und sehe ihn fragend an.

»Erst *Aeropuerto Internacional de la Habana,* Terminal 3. Dann weit laufen zu Terminal 1 für normal Kubaner und warten. Dann fliegen nach Ciego de Avila. Dann warten. Vielleicht Autobus nach Camagüey. Fahren drei Stunden oder vier. Vielleicht *un amigo* mit Motorrad nach Minas. Oder Autostopp.«

Das klingt nach einer langen Reise in großer Hitze, das klingt zu weit für Schokolade im Koffer eines Vaters.

Vielleicht gebe ich Jesús ein paar Dollar mit. Für Dollar soll es ja alles in Kuba geben.

Für Westmark hat es ja auch alles in der DDR gegeben. Hübsche Mädchen an den Bars der Devisenhotels, die Produktpalette im Intershop, alle Handwerker auf Zuruf. Wer über eine Zeitungsannonce etwas suchte und selbst im Tausch »Blaue Fliesen« anbieten konnte, der würde in Westmark zahlen. Die Chiffre kannte jeder. Der Inserent konnte mit Zuschriften und Anrufen rechnen. Erstaunlich viele Leute waren imstande, mit blauen Fliesen zu winken.

Das Westgeld, nicht die Löhne, teilte damals das Land in Arm und Reich, in normale und beneidete Leute. Ich kenne einen Ingenieur, der sich heute noch als Kommunist versteht und den Westen verachtet. Er hatte eine reiche Tante in Köln, die ihm zu DDR-Zeiten alle drei Jahre über den Geschenkdienst Genex einen VW Golf spendierte. Sie zahlte in Köln ein, er holte den Golf in Ostberlin ab. Ohne erkennbare Gewissensbisse verkaufte dieser Mann die Autos teuer weiter, nachdem er drei Jahre damit gefahren war. Etwa 50 000 Ostmark brachte das jedes Mal – in einem Land, in dem der Durchschnittsverdienst um die 1000 Mark lag.

Spiel dich nicht so auf, sagt Marie, du hattest keine reiche Tante. Es ist leicht, der Versuchung zu widerstehen, wenn dich keiner verführt. Hättest du denn ein geschenktes Westauto weiterverschenkt? Einfach so, als guter Mensch?

Nein. Sicher nicht.

Marie lässt nicht locker: Und wenn er die Autos immer zu diesem Preis losgeworden ist, dann muss es ja wohl noch mehr Leute mit viel Geld gegeben haben, oder? Also ist die Sache mit dem Durchschnittsverdienst auch nur die halbe Wahrheit.

»Was verdient man eigentlich in Kuba?«, frage ich auf der Rückfahrt im Auto.

»200 Pesos«, sagt Jesús, der neben mir sitzt. »Zehn Dollar.« Er sieht sich gerade aufmerksam mein neues kleines Siemens-Handy an. »Auch Internet?«, fragt er beeindruckt.

Ja, auch Internet, aber ich habe keine Ahnung, wie man das macht und was ich mit den Informationen auf dem kleinen Display anfange. Alle moderne Technik in meinem Besitz leistet weit mehr, als ich ihr abverlange.

Zehn Dollar. Unglaublich. Das sind zwanzig Mark ungefähr. Wie kann man davon einen Monat lang leben?

Ich weiß nichts von Kuba. Aber weil mir meine Freunde gesagt haben, dass Jesús bei ihnen für die Arbeitsstunde 12 unversteuerte Mark bekommt, ahne ich, was diese jährlichen Reisen nach Deutschland für ihn bedeuten.

»Bist du ein reicher Mann in Minas?«

»Alle denken.«

»Und?«

»Nicht. Alles Geld geht für Essen. Große Familie. Keiner hat Arbeit.«

Ich weiß nichts von Kuba.

Ich habe im Kino die Spielfilme »Erdbeer und Schokolade« und »Guantanamera« gesehen und den Dokumentarfilm »Buena Vista Social Club« von Wim Wenders. Ich habe mehrere Bücher von Jesús Díaz und Reinaldo Arenas gelesen, die aus eigenen, jeweils anderen Gründen Kuba als Diktatur beschreiben. Ich habe eine vage Vorstellung davon, wie schwer das Leben mit dem US-Embargo sein muss und wie verändert, nachdem die Unterstützung des großen Bruders Sowjetunion weggefallen ist. Ich kenne Leute, die regelmäßig in Kuba Urlaub machen. An meiner Wand im Arbeitszimmer hing früher ein Poster von Che. Ich war einmal in Havanna und hatte eine Affäre mit Alfredo, die schwere Muschel der Erinnerung liegt immer noch in meinem Badezimmer. Ich habe letzte Woche in einer Bar Mojito getrunken und kubanische Musik gehört. Ich sehe gerne zu, wenn begabte Leute Salsa tanzen.

Das war es.

Wir tragen die Einkäufe in meine Wohnung. Jesús telefoniert mit seiner Gastfamilie und sagt mir dann, dass er schon erwartet wird, weil ein Nachbar Hilfe bei Maurerarbeiten braucht. Und morgen soll er bei Martin einen Zaun verlängern. Magda hat also gewonnen.

Aber Jesús kann am nächsten Wochenende in meiner Wohnung arbeiten. Ein paar Tage später wird er nach Kuba zurückfliegen. Seine drei Monate sind fast um.

»Wie lange brauchst du bei mir?«, frage ich.

»Zwei Tage. *Aproximado.*«

»Du kannst hier die eine Nacht schlafen, wenn du willst.«

Der Kubaner nickt.

Ich zeige ihm das Zimmer meines Sohnes, in dem immer noch der alte Apple steht.

»*Bueno*«, sagt er und klopft dem Computer seitlich aufs graue Gehäuse wie einem guten Pferd auf die Flanke. Der Kubaner hat sehr schöne Hände.

Als er gegangen ist, beziehe ich das Bett für ihn und denke, dass wieder ein fremder Mann in meiner Wohnung schlafen wird. Es war lange keiner mehr da. Keiner seit Henry.

Aber ich erinnere mich sehr gut daran.

Henry Koballa legt mir sein Theaterstück auf den nackten Bauch. Wir sind beide noch etwas atemlos.

»Was denn, jetzt soll ich das lesen?«, frage ich.

Er nickt mir aufmunternd zu und geht ins Bad. Die Tür bleibt halb offen. Ich höre, dass er kurz pinkelt, kurz duscht und lange hustet.

Irgendwie peinlich. Diese Intimität bin ich nicht mehr gewöhnt. Vielleicht sollte ich sie wieder lernen. Vielleicht wird man irgendwann eine sonderbare Alte, wenn man die körperliche Nähe eines anderen Menschen nicht aushalten kann. Ich lebe seit zehn Jahren alleine. Vermutlich habe ich Marotten. Jedenfalls rede ich im Auto schon manchmal mit mir selbst.

Ich fange an zu lesen. Henry kommt zurück und legt sich neben mich.

Er beobachtet meine Reaktionen. Manchmal lache ich deshalb ein bisschen mehr, als die Szene hergibt. Aber wirklich verstellen muss ich mich nicht – Henry schreibt mit Witz und Herz.

Er erzählt von drei Witwern in einem Pflegeheim, die sich geschworen haben, keine lamentierenden alten Säcke zu werden. Jeder sucht nach einer anderen Möglichkeit, um sich lebendig zu fühlen: Der erste kümmert sich um eine schwierige Enkelin. Der zweite hat eine virtuelle Liebesgeschichte mit einer Frau, die er täglich am Computer im Chat trifft. Der dritte rächt sich an einem betrügerischen Geschäftsmann, indem er einer jungen Unternehmerin alle Tricks beibringt, seinen früheren Partner auszubooten. Bei allen geht alles schief. Die Geschichte ist traurig und komisch.

Was weiß ich eigentlich über Männergemeinschaften?

Ich kenne Klöster, Knast oder Armee nur aus dem Kino, ich weiß nicht, ob sich Männer verändern, wenn sie unter sich sind.

Früher gab es an meiner Hochschule wie überall die Betriebs-Kampfgruppen. Unsere Dozenten trafen sich befehlsgemäß zum Einsatz, sie zogen derbe graue Uniformen an und probten die Verteidigung der DDR gegen die NATO. Manche nahmen das sehr ernst, andere weniger.

Bei einer Übung im Gelände hing einmal an einer Brücke ein großes Schild »Diese Brücke ist gesprengt!«. Ein kleiner Trupp marschierte trotzdem hinüber und wurde über Lautsprecher auf der anderen Seite sofort zur Umkehr aufgefordert. »Könnt ihr nicht lesen, ihr Arschgesichter? Die Brücke ist bereits gesprengt!« Die Männer auf der Brücke drehten sich um. Jetzt konnten die drüben sehen, dass an ihren Uniformen auf dem Rücken weiße Stoffstücke hingen. Darauf stand geschrieben: »Wir schwimmen!«

Dieser Trupp nahm die Übungen offenbar weniger ernst und hat einen mächtigen Anpfiff bekommen. Auch einen Eintrag in die Kaderakte.

Man hat mir erzählt, dass sich die Männer der Kampfgruppen in den Umkleideräumen schweinische Witze erzählten und unbekümmert furzten. Aber dabei war ich nicht.

Nur einmal, vor ein paar Jahren, habe ich eine vergleichbare Ausnahmesituation erlebt. Ich fuhr nach München für eine Reportage über ein Männerwohnheim.

In diesem Haus wohnten damals knapp 400 Männer: junge ungebärdige Kerle, die ihre Alimente nicht zahlten, schlurfende Greise im Unterhemd, disziplinierte Schichtarbeiter. Deutsche und Ausländer, Arbeitslose, Künstler, Alkoholiker, Christen, Hindus, Muslime und Männer, die an nichts mehr glaubten.

Sie lebten auf einzelnen Inseln, die von Reinigungskräften geheizt und geputzt wurden. Die Inseln waren sechs Quadratmeter groß, sie hatten Spind, Bett, Tisch und Stuhl.

Die Männer schlossen die Tür ab und hörten sich in der Nacht durch die dünnen Wände weinen, husten und onanieren.

München ist teuer, diese Zimmer waren billig.

Der Eingang mit goldener Drehtür machte viel her für jemanden, der vorher unter den Isarbrücken geschlafen hatte oder dicht daran gewesen war, da zu schlafen.

Diese Männer lebten in einem Haus ohne Frauen. Frauen waren verboten. Manchmal versuchte jemand, eine Nutte einzuschmuggeln, aber bisher soll noch jede erwischt und der Mieter sofort rausgeworfen worden sein. Ich erinnere mich, dass mir im Unterschied zu draußen vor allem die anderen Stimmen auffielen: Es war ein ständiges dunkles Gemurmel überall, die höhere Stimmlage der Frauen fehlte. Und die Farben in der Kleidung fehlten auch.

Manche Männer wohnten schon vierzig Jahre im Haus, und manche starben auch hier. Der Pförtner erzählte, dass sich die Alten unter dem Bett versteckten, wenn sie fühlten, dass der Tod zu ihnen kam. Der Pförtner und der Tod haben sie trotzdem gefunden.

Außer den Putzfrauen war ich die erste und einzige Frau, die auf die Zimmer gehen durfte.

Manchmal hatte ich Angst, wenn die Männer hinter mir die Tür abschlossen. Niemand wusste, bei wem ich gerade war. In meiner Phantasie spielten sich Szenen ab, in denen ich tot und klein geschnitten in einem blauen Müllsack endete und nachts in der Isar versenkt wurde.

Aber diese Männer waren großherzige Gastgeber, die sich eine Tasse ausborgten, um Kaffee anzubieten. Ein alter Türke kochte Hammelfleisch und hielt das Essen auf einer eisernen Kochplatte warm, bis ich zum Gespräch kam. Wir aßen zusammen von seinem einzigen Teller, er überließ mir seinen einzigen Löffel und aß mit den Fingern.

Ich ging eine Woche in dieses Haus und hörte den Männern zu. Sie erzählten ihr Leben und sahen mich danach an, als ob sie Trost oder Rettung erhofften. Am Ende meiner Recherche war ich so erschöpft, dass ich direkt vor die Drehtür des Heims kotzte. Ich weiß noch, wie ich alles aus mir rauswürgte, und dass ich dabei einen schwarzen Mantel mit einem großen Fellkragen trug.

»Du liest viel zu schnell«, sagt Henry und pustet Rauch in mein Schlafzimmer.

Ich werde ein bisschen wütend. Es ist inzwischen Nacht, und ich habe mir von meinem neuen Liebhaber mehr Spaß versprochen.

»Ich verstehe trotzdem alles.«

»Dann hättest du auf dieser Seite lachen müssen. Oder wenigstens lächeln.«

»Ich lese kritisch. Ich denke, du willst, dass wir daran arbeiten!«

»Schlecht ist es nicht – oder?«

»Nein, Henry, es ist prima. Aber ein bisschen besser geht es vielleicht trotzdem noch.«

»Dann lass uns sofort schlafen und gleich morgen früh mit der Arbeit anfangen.«

»Ich kann aber nicht schlafen in diesem Qualm. In meinem Schlafzimmer wird grundsätzlich nicht geraucht! Nimm bitte etwas Rücksicht, auch wenn du ein erfolgreiches Stück geschrieben haben solltest!«

Henry beugt sich zum Aschenbecher.

Die Zigarette fällt ihm aus der Hand. Er springt aus dem Bett und schlägt fluchend mit seinem Schuh auf ein glühendes Häufchen, das sich in meinen petrolfarbenen Teppichboden frisst. Am Ende bleibt ein brauner karstiger Fleck, er sieht aus wie ein verlassener Grillplatz auf einer grünen Wiese. Es riecht verschmort.

»Wenn das Stück ein Erfolg wird, lege ich dir die ganze Wohnung neu aus«, sagt Henry, an den Brandrändern kratzend. »Und zwar nicht mit solchem Plastikscheiß!«

Seit jener Nacht habe ich jeden Morgen auf diesen braunen Fleck gesehen. Gleich nachdem ich die Augen öffnete und mich aufsetzte, hatte ich ihn im Blick.

Da besitzt du wenigstens eine unvergängliche Erinnerung, sagt Marie. Nur dieser versengte Fleck kann bezeugen, dass Henry überhaupt hier war. Sonst hat euch ja keiner zusammen gesehen.

Das stimmt. Wir waren immer nur hier.

Wir haben fünf Tage an diesem verdammten Stück gearbeitet und uns von den Reserven meines Kühlschranks ernährt.

»Henry! Können wir nicht mal kurz was essen gehen? Nur auf die Schnelle, in irgendeine Kneipe um die Ecke?«

»Lass uns erst diese Sache zu Ende bringen. Dann führe ich dich aus, ins feinste Restaurant.«

Er nimmt meinen Kopf in seine Hände und küsst mich.

Ich sitze während unserer Arbeit am Computer, lese laut eine Passage vor, mache einen Vorschlag und warte auf Henrys Entscheidung. Schließlich ist es sein Stück.

Henry hat nach kurzer Zeit Rückenschmerzen bekommen, deshalb liegt er auf dem Boden, neben meinen Füßen. Er hat sich unsere beiden Kopfkissen zwischen seinem Nacken und der Wand aufgetürmt, er ächzt und sinnt.

Ich sage: »Ich finde, dass dieser Satz von Kurt besser wäre ohne das ›eigentlich‹.«

Meine Finger schweben über der Tastatur. Sie schweben und warten.

Henry grübelt.

»Dieses ›eigentlich‹ ist überflüssig. Ich bin mir sicher«, sage ich.

Henry raucht schweigend. Vor seinem inneren Auge läuft dieser eine Satz durch, immer wieder. Mit und ohne »eigentlich«.

Ich höre, wie meine Lebensuhr tickt, und irgendwann sagt Henry: »Nimm's raus!«

Geradezu dankbar drücke ich zehn Mal auf die Taste mit dem Pfeil nach links. Elf Mal, mit Leerzeichen.

»Eigentlich« ist raus. Wir sind eine Zeile weiter.

Wenn Henry nicht neben mir auf dem Boden liegt, grübelt und raucht, dann ist er mit der ungarischen Kaffeemaschine beschäftigt, die seine Anwesenheit und Kontrolle erfordert. Meinen schnellen türkischen Kaffee lehnt er kategorisch ab.

Zwischendurch essen wir Rührei, Müsli, Spinat aus der Tiefkühltruhe und dann nur noch Knäckebrot mit Butter.

»Henry! Lass uns was essen gehen.«

»Halte durch, Süße. Alles später. Aber später wirklich alles!«

Süße. Später. Alles.

In meinen Ohren geigt ein größeres Orchester sofort ein romantisches Motiv.

Ich denke, dass jemand, der so ein Stück schreibt, ein guter Mensch sein muss. Auch wenn er das in der Wirklichkeit momentan nicht richtig zeigen kann. Henry ist in einer schwierigen persönlichen Situation. Ein begabter und von seiner schönen Frau verlassener Mann. Ein Dramatiker vor seinem ersten Werk. So einem sehe ich doch eine momentane Gereiztheit nach. Ich weiß doch, wie witzig der später wieder sein wird.

Wir sitzen fünf Tage in meiner Wohnung wie im Bunker. Vorhänge zugezogen, Telefon auf Anrufbeantworter. In den Nächten machen wir Liebe, aber sie ist hastig und in meiner Erinnerung ohne alle nachschwingenden Details, denn gleich nach dem letzten Aufbäumen sucht Henry nach seiner Lesebrille und arbeitet am Text weiter. Er streicht, er erfindet ganze Handlungsstränge neu. Seine Sorgfalt rührt mich.

Ich lösche die Lampe, die an meiner Seite des Bettes steht, und schlafe an seiner Schulter ein.

Nachts wispert Marie Warnungen in mein Ohr, aber ich nehme sie nur im Halbschlaf wahr, wie einen laufenden Fernseher, den ich auszuschalten zu müde bin.

Ich steige jeden Morgen auf die Waage im Badezimmer und stelle fest, dass ich etwas abgenommen habe. Es könnte von dem bisschen Essen kommen, aber ich glaube eher, dass ich mich verliebt habe. So ist das immer bei mir: Ich nehme ab, wenn es mir ernst ist mit einem Mann. Wenn ich denke, dass eine Liebesgeschichte beginnt. Manchmal hat mich erst mein verändertes Gewicht auf diese Idee gebracht.

Ich gehe in einer engen schwarzen Hose auf und ab vor meinem nachdenklichen Geliebten.

»Setz dich bitte hin. Dieses Getrappel macht mich nervös.«

Wir arbeiten konzentriert. Wir streichen eine langweilige Szene und erfinden einen neuen Schluss. Wir arbeiten an einer unterschiedlichen Sprache der drei alten Männer und spielen uns die Dialoge laut vor.

Henry steht meinen Einfällen aufgeschlossen gegenüber, aber viel dringender braucht er mich als Prellwand wie beim Squash oder als Sparringspartner beim Boxen. Er testet seine Ideen an meinem Gesichtsausdruck. Er erzählt sich seine Geschichte, indem er sie mir erzählt.

Er ist mit sich beschäftigt. Es gibt keine Küsse mehr.

Ich sehe uns von außen zu und stelle fest, dass aus einem Freundschaftsdienst ein Frondienst geworden ist. Am Ende lachen wir nicht mal mehr. Wir sind nur noch erschöpft.

Henry klappt seinen Laptop zu. Fertig. Vorhang. Ende.

Es ist Freitagnachmittag.

Er sagt, dass er mich anrufen wird und jetzt erst mal ausschlafen muss.

Ich lüfte, wasche Wäsche, kaufe ein, sehe die Post durch und kratze an dem braunen Fleck.

Am Montag gehe ich wieder in die Redaktion.

Ein halbes Jahr später erhalte ich eine Einladung. Henry Koballas Stück hat Premiere in einem kleinen Hinterhof-Theater in Berlin-Mitte.

Vom Vorderhaus führt als Wegweiser eine hellblaue Lichterkette an der Decke über den Hof zum Theater. Henry steht im Vorraum zwischen vielen jungen Leuten. Er hat einen Arm um Feli gelegt und winkt mir von weitem zu. Ich winke auch und suche mir schnell drinnen einen Platz. Die Vorstellung ist überfüllt.

Ich muss mich erst daran gewöhnen, dass alle Rollen von ganz jungen Schauspielern gespielt werden. Sie stellen das Alter dar, ohne es zu kennen, aber ich sehe an ihren körperlichen Übertreibungen, dass sie es fürchten.

Sie parodieren Hundertjährige, die mit einem ausgestopften Buckel über die Bühne schlurfen, die sich schwer atmend aus dem Ohrensessel stemmen, mit Fistelstimmen sprechen und mit zitternden Händen nach den Dingen greifen.

Nur die junge hübsche Schauspielerin, die alle drei Frauenrollen spielt, entspricht ihrem Bühnenalter, aber zwischen diesen Tattergreisen wirkt sie wie eine provokante Lolita in zu kurzen Röcken.

Aus dem Stück ist eine verjuxte Groteske geworden. Es wird viel gelacht.

Ich werde von einem neuen Schluss überrascht: Die drei Alten wickeln sich in weiße Stoffbahnen, die vorher die Zwischenwände waren, und legen sich offenbar zum Sterben nieder, während die junge Schauspielerin die Außenwände eintritt, hinter denen aber wieder neue Wände stehen, vor denen sie erschöpft aufgibt.

Dazu läuft eine CD: Die Londoner Tiger Lillies singen mit Kopfstimme eines ihrer abgründigen Lieder.

»All the people in your head are dead.«

Okay, kann man so machen.

Wahrscheinlich war dieser Schluss eine Idee des jungen, kahlköpfigen Regisseurs, der nun ohne ein Lächeln bleich in den von Whouu-Rufen begleiteten Schlussapplaus tritt und dann den Autor aus der ersten Reihe auf die Bühne winkt. Henry springt mit einem Satz über die Rampe und umarmt die Schauspieler. Er wickelt sich in eine dieser weißen Stoffbahnen, schlurft wie ein Greis herum und sieht sehr glücklich aus. Aber auch sehr alt.

Ich stehe danach unentschlossen im Hof. Von Henry habe ich seit seinem Aufbruch aus meiner Wohnung nichts mehr gehört. Ich sehe zu, wie er ein Interview gibt und dann auf ein altes Ehepaar in meiner Nähe zugeht.

Die Frau umarmt ihn.

»Das war sehr, sehr schön!«, sagt sie und küsst ihn auf die Wange.

»Und was sagt Papa?«, fragt Henry über ihre Schulter.

»Da kommst du auch mal hin, mein Junge«, sagt der Mann ganz ernst. »Und dann gibt's nichts zu lachen. Das wirst du auch noch merken. Und zwar schneller, als du denkst.«

»Lass doch, Vater«, sagt die Frau. »Wir werden alle älter.«

Der alte Mann beharrt darauf: »Aber komisch ist das nicht.«

Henry sieht seinen Vater lange an. Er sagt nichts.

Felicitas kommt mit mehreren Blumensträußen im Arm aus dem Theatereingang. Sie sieht mich und begrüßt mich: »Kommst du mit zur Premierenfeier? Wir haben ein paar Tische bestellt, gleich um die Ecke.«

Wie immer bestaune ich ihre Schönheit. Auch in ganz einfachen Sachen, schwarze Hose und weiße Bluse, sieht sie aus wie eine träge luxuriöse Katze. Sie hat große Ähnlichkeit mit der Schauspielerin Katy Jurado, die 1952 in »High Noon« Gary Coopers frühere mexikanische Geliebte spielte und, meiner Meinung nach, eine spannendere Frau war als diese Amy von Grace Kelly, mit der aber der Sheriff am Ende die Stadt verließ.

Ich verstehe Henry, wenn er von diesen Lippen und diesen Augen nicht wegkommt. Er wird mächtig gebaggert haben, um sie zurückzuholen. Feli ist eine besondere Frau. Es gibt Niederlagen, die ich auf sportliche Art einstecken kann.

»Danke für die Einladung, Feli. Aber ich muss morgen früh raus.«

»Na und? Du musst ja nicht lange bleiben. Komm doch auf ein Glas mit. Oder hat dir das Stück nicht gefallen?«

»Doch«, sage ich. »Doch.«

In der kleinen Kneipe ist es eng und laut.

Alle reden durcheinander und stehen mit Biergläsern in der Hand im dichten Rauch. Der bleiche junge Regisseur hat einen großen Hund mitgebracht, der verängstigt unter einem Tisch hockt. Als ein Bierglas umfällt, leckt die Dogge die Lache vom Fußboden auf und döst. Ich streiche behutsam über ihren starken Nacken.

Henry sehe ich nur von weitem. Er hält seine Eltern an der Hand und schiebt sich mit ihnen an Leuten vorbei, die ihm auf die Schulter klopfen. Feli steht in einer Traube ihrer Verehrer.

Ich sitze neben einer jungen verhärmten Frau, die einen Turban trägt und ein Kind stillt. Sie ist die Frau des Regisseurs und erzählt nach kurzer Zeit, dass ihr Mann wahrscheinlich eine Affäre mit der Hauptdarstellerin des heutigen Abends hat, weshalb sie ihn nicht aus den Augen lassen darf und so auch das Baby überall mit hinmuss. Das Kind ist während des Stillens eingeschlafen. Sie schiebt ihre große, weiße, blau geäderte Brust unter ein indisches Gewand zurück. Die Brust schaukelt jetzt hinter goldgestickten Paradiesvögeln.

Ich denke, dass man nichts verhindern kann. Nicht mit Großmut, nicht mit Wachsamkeit.

Als vor vielen Jahren aus meinem Ehemann ein Fremdgänger wurde, blieb ich bei Partys stur an seiner Seite. Er wechselte in ein anderes Zimmer, ich folgte. Er übersah mich. Er wollte frei sein, wenigstens frei erscheinen. Ich blieb trotzdem dran. Ich, die Klette. Jahre später hat mir eine Frau gebeichtet, dass sie bei einem dieser Feste mit meinem Mann in der Speisekammer gevögelt hat.

Man kann es eben nicht verhindern.

Meine Freundin Petra, die Dokumentarfilmerin, hörte von ihrem Mann, dass er sie liebe, aber eine gewisse Monique einfach nicht aus dem Kopf bekäme. Er brauche diese eine wichtige Erfahrung mit der anderen Frau, sonst könnte er nicht glücklich sein. Nimmermehr. Petra gestattete ihm, die wichtige Erfahrung zu machen. Sie wolle einen glücklichen Mann und würde geduldig, ohne Vorwürfe, auf ihn warten. Beide weinten bei diesem Gespräch.

Das ist jetzt zwei Jahre her. Der Mann ist zwar nicht mehr bei Monique, aber bei einer neuen, anderen Frau, die schwanger sein soll. Petra lebt seitdem alleine mit zwei halbwüchsigen Söhnen.

Marie hat für solche Fälle einen Ratschlag: Wenn ein Mann seiner Frau sagt, dass er mit einer anderen Frau eine wichtige Erfahrung machen muss, dann sollte sie ihm wortlos mit der Bratpfanne auf den Kopf schlagen. Und wenn er fragt, warum, gleich noch einmal.

Männer kommen niemals zurück, sagt Marie, aber sie gehen erst gar nicht weg, wenn man ihnen richtig Angst einjagt.

Als die Turbanfrau zur Toilette muss, übernehme ich das Kind, es schläft in meinem Arm weiter. Es atmet laut ein und aus. Seine Lider sind so dünn, dass sie wie durchsichtig aussehen. Die Unterlippe hat noch dieses dicke Saugpolster. Ich fühle eine Welle der Zärtlichkeit.

Plötzlich sitzt Henry neben mir.

»Ich wollte dich immer mal anrufen. Ich nehme an, du bist wütend auf mich.«

»Wieso?« Ein »Wieso« mit sanfter Stimme und einer leichten Hebung auf der letzten Silbe.

»Du bist sehr wütend.«

»Überhaupt nicht, Henry. Ich habe lediglich viel gelernt.«

»Aber du ziehst die völlig falschen Schlüsse!«

Henry regt sich auf. Der Hund unter dem Tisch öffnet ein Auge.

»Schrei nicht, das Kind schläft.«

Henry flüstert: »Es hätte die große Sache mit uns werden können. Die ultimative Liebesgeschichte. Es war nur der falsche Zeitpunkt. Du hast mich unter Erwartungsdruck gesetzt. Aber ich war in der größten Krise meines Lebens!«

Ich flüstere zurück: »Glücklicherweise war ich keine Sekunde in dich verliebt.«

Henry sieht mich überrascht an.

»Gar nicht?«

»Null!«

»Du hast nicht erwartet, dass ich mich melde?«

»Ich denke, wir wussten beide, dass es nichts Ernstes war. Und? Mit Feli alles wieder in Ordnung?«

Henry zieht die Achseln hoch.

»Wird schon wieder«, sage ich.

»Und du? Bist du noch allein?«

Jetzt ziehe ich die Achseln hoch.

Dann lege ich ihm meine Hand auf die Schulter und sage: »Du hast ein schönes Stück geschrieben.«

»Danke«, sagt Henry.

Die Turbanfrau kommt zurück und will wieder neben mir sitzen. Henry räumt den Stuhl. Die Turbanfrau trinkt Wasser, ich trinke Grappa. Wir lächeln uns an und schweigen lange. Das Kind in ihrem Arm macht einen langen Seufzer. Wie seine Mutter.

»Wird schon wieder«, sage ich ein zweites Mal an diesem Abend und spüre, wie der Alkohol mich wärmt und dieses Gefühl vollkommener Gegenwärtigkeit entsteht. Die Geräusche im Raum vermischen sich zu einem behaglichen Rauschen.

»Vielleicht sind es nur postnatale Depressionen«, sagt die Frau. »Ich bin so freudlos geworden. Ich muss etwas dagegen tun.«

Ich mag diese Frau. Wir legen das Baby ihrem wahrscheinlich treulosen Mann auf den Schoß und tanzen zu einem Titel von den Fugees. Dann schieben andere Premierengäste die Tische an die Wand und tanzen auch.

Der Abend wird eine große Party. Allerdings hält man jeden Abend für eine große Party, an dem man sich selber gut amüsiert und nicht ganz bei Sinnen ist.

Als ich im Morgengrauen ziemlich betrunken nach Hause gehe, fühle ich in einer stillen Nebenstraße plötzlich eine Berührung in meiner Kniekehle. Ich denke zuerst, dass mir Henry gefolgt ist. Aber es ist nur der große Hund des Regisseurs. Er wedelt mit dem Schwanz und trottet zurück.

Es ist das Gefühl einer unbestimmten Gefahr, weshalb ich schneller als sonst die Treppe in meinem Haus nach oben steige.

Unten öffnet sich die Tür und fällt ins Schloss.

Ich nehme schon das Schlüsselbund aus der Tasche, halte schon den richtigen Schlüssel bereit, mit der Kerbe nach unten.

Ich höre, wie mir Schritte folgen, leichte, schnelle Schritte.

Ich sehe mich nicht um. Ich renne über die letzten Stufen, schließe meine Wohnung auf und rufe in den dunklen Korridor den ersten Männernamen, der mir einfällt: »Peter! Komm her!«

Ich bin mit einer Schulter in der Wohnung, sehe, wie eine Hand nach meiner anderen Schulter greift und drehe mich um. Ein Mann weicht zurück.

Er trägt eine Strumpfmaske. Er hat sich das Höschenteil einer Damenstrumpfhose über den Kopf gezogen, die Strumpfbeine hängen neben seinem flach gedrückten, unerkennbaren Gesicht herunter. Sie schaukeln neben seinen Ohren.

Er könnte mich jetzt in meine Wohnung stoßen und folgen. Er weiß nicht, dass da kein Peter ist. Da ist niemand. Nur ich.

Der Mann flüchtet.

Wir müssen aus dem Fenster sehen, in welche Richtung er läuft, sagt Marie. Wir müssen uns seine Kleidung merken und ob er ein Auto hat, jede Beobachtung ist wichtig. Wir müssen sofort die Polizei anrufen.

Ich kann nicht zum Fenster gehen. Ich sitze stattdessen auf einem Stuhl. Unbeweglich. Irgendwann fange ich an zu zittern. Ich friere. Ich habe große Angst.

Später rufe ich die Polizei an. Zwei Beamte nehmen ein Protokoll auf und sagen, dass ich Glück gehabt habe.

Ich erkenne den Mann nicht wieder, als mir die Polizisten am nächsten Tag auf der Dienststelle Fotos von Männern zeigen, die einschlägig vorbestraft sind. Ich kann mir ihre Gesichter nicht unter einer Damenstrumpfhose vorstellen.

Jeder hätte es sein können.

Der Kubaner ist am Morgen gekommen und trägt das Arbeitsmaterial ins Schlafzimmer.

»Was ist das?«, fragt er und zeigt auf den braunen Fleck neben meinem Bett.

»Wo?«, frage ich. »Ach das da? Keine Ahnung.«

»Ist von Zigarette«, sagt Jesús. »Ich rauche nicht.«

Er raucht nicht. Sehr angenehm. Er ist überhaupt sehr angenehm.

Es ist Sonnabend, ein freier Tag. Die Hitze steht schon am Vormittag in der Luft.

Jesús arbeitet sich still durch die kleinen Defekte meines Haushalts und trägt dabei wieder seinen aufregenden blauen Overall. Ich gehe mit einem Wassereimer durch die Wohnung.

Im Unterschied zu vielen Frauen hasse ich die Hausarbeiten nicht. Ich kann dabei meinen Gedanken nachhängen. Manchmal fallen mir erste Sätze für einen Artikel ein, wenn ich mit ruhigen Bewegungen ein Fensterbrett abwische. Alles ist in meinem Haushalt am rechten Fleck, ich könnte im Dunkeln die Taschenlampe finden.

Mein Mann hat darunter gelitten.

Ordentliche Frauen wie ich neigen zu einem autoritären Benehmen.

Frauen wie ich dürfen sich nicht mit Sammlern zusammentun. Mein Mann hob alles auf. Gut, es war zu Ostzeiten, und sein Materiallager sah er als eine Fundgrube, um die Lücken der sozialistischen Planwirtschaft auszufüllen. Er legte alles zusammen in Kartons, so wie es ihm irgendwann in die Finger gekommen war: Holzstücke, einen alten Föhnmotor, Drahtrollen, Pappreste, einen Hammerstiel, auch einzelne Dominosteine, sogar die Glückwunschkarten zu seiner Konfirmation. Er konnte nichts wegwerfen.

So ein Mann ist schlecht beraten mit einer Frau, die eine leere Zuckertüte mit Wollust flach presst und gleich zum Altpapier legt.

Ich erinnere mich, wie wir als junges Ehepaar in diese Wohnung einzogen und mein Mann seine Chaosnester hereintrug. Ich ging in Kampfstellung.

»Ich will diesen Kram hier nicht mehr sehen!«

Er gab dem Karton einen Fußtritt, der rutschte unter den Kleiderschrank, und mein Mann strahlte mich an: »Jetzt ist er weg!«

»Aber ich weiß doch, wo er ist!«, schrie ich.

Wenn ich an unsere Auseinandersetzungen denke, höre ich meine keifende Stimme. Ich habe mich um Lappalien gestritten, als ob es um mein Überleben ginge. Diese junge Ehefrau ist mir heute unangenehm. Ich würde viel dafür geben, noch einmal anzufangen – mit dem, was ich jetzt weiß. Andererseits bin ich froh, nicht beweisen zu müssen, dass ich es jetzt wirklich besser weiß.

Wenn mein Mann nur mit Marie verheiratet gewesen wäre, hätte unsere Ehe länger gehalten. Auch mein Mann wäre mit Marie ein anderer Mann gewesen. Denn in der

Ehe, in jeder längeren Beziehung zwischen Menschen, auch bei Geschwistern, auch bei den Schwulen, auch bei einer Kinderfreundschaft, auch bei dem Kollegen, mit dem man das Zimmer teilt, ist es meiner Meinung nach so: Es beginnt mit einem spielerischen Kräftemessen, bei dem jeder Partner sein Claim absteckt – bis hierher und nicht weiter. Es ist bei jeder Paarung eine völlig andere Partie. Die ersten Züge gehen in eine bestimmte Richtung. Dann ruckeln beide noch ein bisschen, und danach stehen sie auf ihren Sockeln und spielen feste Rollen. Sie müssen damit nicht unzufrieden sein. Sie bleiben ja sie selbst, aber ein Teil ihrer Persönlichkeit lauert auf eine neue Chance.

Ein Mensch kann sich mit einem anderen Menschen erstaunlich verändern. Aber es muss dann auch wirklich ein anderer sein.

Ich bin mir sicher, dass mein Mann meine Nachfolgerin, seine heutige Ehefrau, niemals betrogen hat. Er hatte Angst, dass sie es selber tun würde, sie muss in dieser ersten Ruckelphase schneller die Stärkere gewesen sein. Er hat sie nicht so sicher in der Tasche gehabt wie mich. Man kann nur so unglücklich werden, wie man sich unglücklich machen lässt.

Ich habe oft nachts auf meinen Mann gewartet, lag mit gespitzten Ohren im Bett wie ein Hund in der Hütte. Mein Körper reduzierte sich auf zwei große Ohren. Ich atmete ganz flach und leise, um kein Geräusch zu verpassen. Seinen Schritt erkannte ich schon, wenn er noch auf der Straße war. Wenn er den Schlüssel zur Wohnungstür umdrehte, schlug mein Herz – was würde ich an Abenteuern erkennen, an dem Tempo, mit dem er ins Bad ging, Gerüche wegduschte und sich nackt neben mich ins Bett legte, an der Art, wie er mit seiner Hand meinen steifen Rücken berührte? Nebenan schlief unser kleiner Sohn, wir durften uns nicht laut streiten, deshalb flüsterte ich.

»Wo warst du?«

Ich habe in seinem Kalender nach Verabredungen gesucht und stand hinter der Tür, wenn er mit dieser besonderen sanften Stimme telefonierte. Mein Mann lebte mit einer Spionin zusammen.

Ich glaube, dass ich fast jede seiner Affären herausgefunden habe. Ich entwickelte einen siebten Sinn dafür, welche Frau ihm von allen Frauen auf einem Fest am besten gefallen würde, und war als bleiches Gespenst von Anfang an dabei. Kassandra als Ehefrau.

»Jetzt hast du schon wieder dieses Gesicht!«, sagte meine Freundin Karola, die mich in solchen Situationen besser kennt als jeder andere Mensch. Karola hat mich als eine Frau erlebt, die schon mit dem Eintritt in eine fröhliche Gesellschaft befangen war. Karola hat ein gutes Auge. Sie ist Fotografin. Sie versuchte immer, mich abzulenken, brachte was zu trinken und riss Witze, damit ich ein anderes Gesicht machen könnte. Aber ich hatte damals nur dieses. Ich hatte es lange genug, dass auch mein Sohn es kannte und das »Papa-Gesicht« nannte. Manchmal sieht er es noch heute – wenn ich mich unwohl fühle in einer Umgebung, wenn ich mich verstelle.

Ich habe mich später so oft hinter Marie versteckt, weil ich nie wieder dieses Gesicht haben wollte, eine eingefrorene Maske mit einem falschen Lächeln.

Lieber bin ich Marie – zu laut, zu demonstrativ lachend, zu prahlend und zu selbstsicher –, als dass ich mich in jene um Liebe bettelnde Verliererin von damals verwandeln möchte.

Ich sehe aus meinem Fenster, wie die Familie von gegenüber leere Flaschen in den Kofferraum ihres Kombi packt und zum Einkaufen losfährt. Vorher umarmt sich das Ehepaar, nicht nur oben mit den Schultern wie die meisten Leute. Sie pressen auch den Bauch und die Beine aneinander.

Die Sonne blendet. Ein dünner Schweißfilm liegt schon jetzt auf meiner Haut.

Ich habe das Nötigste besorgt. Ich koche nur noch selten etwas, was lange dauert und viele Zutaten braucht. Meinem Ehrgeiz mangelt es an Publikum. Aber für eine schnelle Mahlzeit ist immer genug da. Der Kubaner wird schon satt werden.

Ich gehe über den Korridor an den Fotos vorbei. Ein dickes, vergnügtes Baby liegt im Arm einer jungen Frau mit hüftlangem blonden Haar. Ein kleiner Junge steht sehr ernst neben einer Schultüte, die ihm bis zur Brust reicht. Auf einem anderen Foto halte ich seine Hände und erkläre ihm etwas, er hört mir aufmerksam zu. Wir reiten auf einem Kamel in Tunesien. Mein Sohn beim Skilaufen in Connecticut, bei einem Schüleraustausch. Ich habe ihn zu Ostern besucht, wir sind mit dem Zug nach New York gefahren und stehen auf einem Foto auf der Aussichtsplattform des World Trade Centers, man sieht hinter uns ganz klein die Freiheitsstatue. Ich liege im Garten auf der Luftmatratze, mein Sohn steht hinter mir, dünn, groß und erwachsen, in seinem Gesicht ist keine Kindlichkeit mehr. Er wird ein schöner Mann werden. Er sieht seinem Vater immer ähnlicher.

Ich sehe mich danach im Spiegel an.

Man altert in Schüben. Wenn mich mein Körper wieder verändert hat, dann ruht er sich eine Weile von der Anstrengung aus.

In der Küche lasse ich Wasser in einen Eimer laufen. Als ich ihn anheben will, steht der Kubaner neben mir.

»Nicht gut. Ist schwer«, sagt er und hebt den Eimer aus dem Becken. Ohne jede Anstrengung in einer fließenden Bewegung. Er geht gleich wieder zu seiner Arbeit zurück. Ich spüre noch verwundert den Druck seines Armes an meinem Arm. Da bleibt lange eine warme Stelle.

Als wir zusammen Mittag essen, beißt er in das Steak, sieht mich erstaunt an und fächelt sich demonstrativ Luft zu.

»Was ist?«, frage ich.

»*Muy picante.*«

»Nein. Nicht scharf. Ist normal«, sage ich.

»In Deutschland vielleicht normal. In Kuba nicht.«

»Erzähl mir von Kuba«, sage ich.

Sind nur vier Worte, sagt Marie. Aber ich kenne die von irgendwoher.

So heißt ein Roman von Jesús Díaz. Die Geschichte von einem jungen kubanischen Zahnarzt, der geflüchtet und über Mexiko in Amerika illegal eingereist ist. Um eine Aufenthaltsgenehmigung zu bekommen, versteckt er sich sechs Tage auf einem heißen Dach in Miami. Niemand darf ihn sehen. Er schmort in der Sonne, er badet in einem Blechkasten mit Salzwasser und lässt sich verbrennen bis auf das rohe Fleisch, damit er den *balseros*, den armen Teufeln von Bootsflüchtlingen, ähnlich wird. Denn nur wer mit Booten, Flößen oder Autoreifen von Kuba aus das amerikanische Ufer erreicht, darf bleiben. Das Haus gehört seinem älteren Bruder, der vor Jahren ins Exil gegangen ist. Dieser Bruder hat sich ausgedacht, wie man die Yankees täuschen kann. Er wird ihn nach diesen sechs Tagen in einer stürmischen Nacht mit einem Kutter auf das Meer hinausschaffen. Von dort wird der Kubaner alleine auf ein kleines Boot mit einem zerfetzten Segel umsteigen, auf Amerika zutreiben und ertrinken. Wahrscheinlich wird er ertrinken, das Buch hört an dieser Stelle auf.

Wie sehr muss jemand wegwollen, um so ein Risiko auf sich zu nehmen, habe ich beim Lesen gedacht.

»Viel Sonne in Kuba«, sagt Jesús.

»Ich weiß. Und was noch? Wie lebst du?«

»*Yo estoy solo.*«

Solo? Ich denke, er hat eine Familie.

»Und deine Frau?

Er macht eine waagerechte schneidende Handbewegung.

Ich hole jetzt ein deutsch-spanisches Wörterbuch. Marie hat in den Regalen eine eigene Stellfläche für den Umgang mit Fremdsprachen eingerichtet, wir wären sogar auf den Besuch eines Finnen oder eines alten Lateiners vorbereitet.

Jesús sucht einzelne deutsche Wörter und spricht sie halblaut vor sich her. Aus einem V macht er ein B. Bergeblich. Statt Leute sagt er Le-u-te. Aus R wird L: Vatel.

Ich erfahre in einer stockenden Wörterkette, dass er sehr jung geheiratet hat und dass seine Frau Lucía mit der kleinen Tochter in seiner Nähe wohnt. Sie sind noch verheiratet, aber sie haben sich getrennt. Lucía war nicht treu geblieben, als er im letzten Jahr drei Monate in Deutschland war.

»Bist du dir sicher?«

»Mein Vater sagt. Alle sagen.«

Er schlägt heftig die Fäuste vor seiner Brust zusammen. Die Geste soll wohl bedeuten, dass seine Frau umtriebig war.

Jesús wohnt mit seinen Eltern in einem kleinen Haus in Minas. Er hat vier ältere Brüder. Er hat früher in einem Hotel als Wachmann gearbeitet. Das war ein guter Job, Jesús verdiente Dollars.

»Der Staat bezahlt Kubaner in Dollar?«

»Touristen geben. Sie kommen mit Mädchen auf Zimmer. Ich sehe nicht.«

»Du hast Prostituierte heimlich in das Hotel gelassen?«

Jesús schüttelt den Kopf: »Du verstehst nicht. Man muss leben.«

»Wovon lebst du heute?«

»Ich mache Sachen. Ich will nicht sagen.«

Ich muss das auch nicht wissen.

»Noch ein Bier?«

Jesús nickt. Ich gieße uns beiden ein Glas ein. Er trinkt in langen, ruhigen Zügen, sein Adamsapfel bewegt sich.

Danach fragt er: »Und du? Wie lebst du?«

»Gut«, sage ich. »Sehr gut.«

»*¿Sola?*«

»Ja, aber ich habe einen Sohn. Er studiert Architektur in Amsterdam.«

»In Deutschland sind viel Frauen viel allein. Nicht normal.«

Na, also wirklich. Was weiß denn der Kubaner schon von deutschen Frauen.

Jetzt werde ich ein bisschen aggressiv: »Allein zu leben ist viel besser, als einen brutalen Mann zu haben, der trinkt und andere Frauen hat!«

Mein Mann hat wenig getrunken und niemals geschlagen, aber ich brauche jetzt Argumente für allein lebende deutsche Frauen.

Jesús sieht mich an. Er hat dunkelbraune Augen mit langen Wimpern. Schlafzimmeraugen. Bräunliche Lippen. Um seinen Mund läuft eine feine dunkle Linie, wie mit einem Konturenstift gezogen. Wenn er lächelt, entstehen hinter seinen Mundwinkeln zwei kleine tiefe Kerben. Zwei auf jeder Seite.

Der Kubaner blättert im Wörterbuch. Er flüstert ein Wort.

Dann sagt er: »Falsch«.

Er wälzt die vielen Konsonanten im Mund. »Du hast falsche Männer.«

Habe ich nicht, Jesús. Ich habe seit längerer Zeit gar keinen Mann. Und die Männer früher waren nicht falsch. Aber ich bin nicht gut im Verlieben, weil ich nicht Maß halten kann. Wenn ich an einem Montag mit einem Mann zum ersten Mal ausgehe, dann denke ich während des Desserts, was wir am Wochenende machen könnten. Ich denke das zu einem Zeitpunkt, an dem von einem Wochenende noch überhaupt nicht die Rede ist. Ich bin nicht gut in Taktik. Um die Kontrolle über mein Leben zu behalten, darf ich mich nie mehr verlieben.

Dann solltest du diesem jungen Mann nicht so gebannt auf seinen schönen Mund starren, flüstert Marie.

Der Kubaner zeigt mir einen Packen Fotos – »*Amigos* in Deutschland!«

Es sind Fotos von einer privaten Party, und seine Freunde in Deutschland sind Kubaner, Portugiesen und Polen. Jesús steht auf einem Foto neben einer drallen Kubanerin in einer Küche, sie hat ihre schwarzen Haare mit bunten Bändchen zu einem drahtigen Busch aufgetürmt. Die Frau reicht Jesús bis zur Schulter, obwohl sie auf Plateauschuhen steht. Männer mit harten, abgearbeiteten Gesichtern heben ihre vollen Gläser in die Kamera. In einer Badewanne stehen Wodkaflaschen im Wasser. Diese Wanne war auch eine Aufnahme wert.

Es sind Fotos von einer Feier armer Schlucker, die sich in Deutschland mit Schwarzarbeit durchschlagen. Zu diesem Kreis gehört Jesús, wenn er manchmal seine Gastfamilie verlässt und abends mit dem Zug nach Berlin fährt. Dann ist er nicht alleine in der großen Stadt.

»Ich bin müde«, sage ich. »Ich gehe schlafen. Möchtest du noch fernsehen?«

Der Kubaner nickt.

Ich liege bald danach im Bett und höre von fern die Videoclips eines Musikkanals. Könnte MTV sein. In Minas gibt es kein Westfernsehen. Videoclips sind interessant für junge Männer, ich glaube, es gibt keine, in denen nicht ein paar halb nackte Mädchen mit dem Hintern wackeln. Ricky Martin singt gerade. Das passt ja gut, der singt in Spanisch.

Am nächsten Morgen steht eine Blüte auf meinem Küchentisch. Ich kenne die Sorte, sie wächst unten auf dem Hof. Jesús hat die kleine weiße Dolde in ein Weinglas gestellt.

Er kommt mit nacktem Oberkörper aus dem Bad. Ich sehe eine senkrechte Rille, die zwischen seinen Brustmuskeln beginnt und in seinen karierten Shorts verschwindet. Mit diesem Oberkörper könnte der Mann in der Werbung arbeiten. Egal wofür.

Der Kubaner kommt näher und gibt mir einen ganz leichten Kuss auf die Wange:

»Guten Morgen.«

»Guten Morgen«, sage ich höflich und unbeteiligt, obwohl ich an meinem Oberschenkel einen harten Druck fühle. Männer sind ja öfter am Morgen erregt, das kommt von ihren Träumen.

Zwischen uns hat offenbar ein kleines Spiel angefangen.

Ich riskiere nichts – in ein paar Tagen reist der Kubaner ab.

Deshalb beuge ich mich bewundernd über die schöne alte Tischplatte, die er gestern geschliffen und heute poliert hat. Ich weiß, dass ich über einen schönen Brustansatz verfüge. Eigentlich ist die ganze Brust in Ordnung – ich trage, außer bei durchsichtigen Sachen, immer noch keinen BH.

Mit warmer Stimme lobe ich die geschickten Hände des Kubaners.

Übrigens zu Recht: Alles, was er anfasst, wird schön. Er hat diese Begabung, sicher mit den Händen zu arbeiten, er hat das richtige Gefühl für ein Gewicht, für einen Kraftaufwand, für einen Widerstand. Ich sehe ihm eine Weile bei der Arbeit zu.

Dann gehe ich an den Schreibtisch zurück und notiere Fragen für ein Interview, das ich am nächsten Tag mit einer berühmten Schauspielerin führen werde.

Jesús holt mich in mein Schlafzimmer und zeigt auf das Bett: »Probieren!«

Ich lasse mich fallen.

Tatsächlich liege ich nun ganz waagerecht. Das neue Brett an der Kopfwand sitzt richtig.

»¿Bien?«

»Ja. Sehr schön. Danke.«

Er steht vor mir gegen das Licht aus dem Fenster. Ein verführerischer männlicher Schattenriss vor meinem Bett. O Gott. Ich stehe sofort wieder auf. Etwas ungeschickt vor lauter Schwung. Der Kubaner lacht.

Am Abend ist er mit allen Arbeiten fertig.

Wir überlegen, wie wir den Computer nach Havanna verfrachten. Jesús muss vorher eine Einfuhrgenehmigung von der Kubanischen Botschaft in Berlin besorgen. Er sagt, dass er da jemanden kennt. Ich werde mich um einen großen Karton kümmern. Wir verabreden, dass er mich anrufen wird, wenn er die Genehmigung hat, dann werden wir den Computer zum Flughafen bringen. Wir haben wenig Zeit, sein Rückflug ist in einer Woche.

Wir stehen in der offenen Tür. Jesús bedankt sich nochmals für den Computer.

Ich küsse ihn mitten im Wort auf den Mund. Nur ganz leicht. Aber auf den Mund. Ich bin selber überrascht. Er sieht mich fragend an. Da schließe ich schnell die Tür.

Es ist Ende Juli. Draußen ist es noch hell.

Die Schauspielerin wohnt hinter Rosen. Rosen am Weg, am Zaun, an der Pergola. Weiße, rote, gelbe. Manche sind schon verblüht, andere Sorten knospen gerade. Hier muss es die Hälfte des Jahres nach Rosen riechen.

Die alte Frau wohnt wie Dornröschen hinter Blüten und Dornen, und es war nicht leicht, das kleine Haus am See zu finden. Ich bin erhitzt nach der Autofahrt aus Berlin angekommen und trinke zuerst einen Apfelsaft. Den dazugehörenden Baum kann ich hinter dem Fenster sehen.

Manja Gottschalk wird achtzig. Vor wenigen Tagen hat sie in einem Berliner Theater ihre letzte Vorstellung gegeben. Es war eine kleine Rolle, aber sie hat dieser alten Königin jene Bühnenpräsenz gegeben, für die Manja Gottschalk eine Legende wurde. Sie hat in ihrem Leben fast alle großen klassischen Rollen gespielt. Als sie älter wurde, entdeckten sie die jungen Regisseure für das moderne Theater. Diese weißhaarige Frau schenkte den neuen wilden Stücken eine Witterung nach der Ur-Erfahrung des Lebens. Ihre schleppende, raue Stimme schien von Geheimnissen zu wissen, die auch einem Sprachfetzen oder einer Obszönität eine andere Dimension gaben.

An ihrem letzten Abend überreichte ihr der Intendant einen Strauß weißer Lilien. Er kniete vor ihr an der Rampe. Die Gottschalk nahm die Blumen, stand im Applaus der Besucher, die sich erhoben hatten, und als Ruhe einkehrte, legte sie dem Mann zu ihren Füßen ihre schmale Hand auf den Scheitel, wie einem Schulbuben. Sie lachte ein paar rauchige Atemstöße lang auf einem Ton. Dann ging sie ab. Es war unglaublich.

Die Frau, dieses alte, angebetete Bühnentier, hat wenig Lust auf ein ordentliches Interview.

»Packen Sie Ihre Fragen weg. Lassen Sie uns reden, wie es kommt.«

Eigentlich will sie lieber kochen. In der nächsten Stunde stehen wir in ihrer kleinen, voll gestopften Küche, und ich lerne zunächst, dass eine Brühe nur klar wird, wenn man sie lange sprudeln lässt und den Deckel beiseite legt. Sie beschäftigt mich mit Hilfsarbeiten, ich reibe frischen Ginseng auf einen Salat und schabe Vanilleschoten aus für das Dessert. Sie korrigiert, sie hat eine genaue Meinung zu jedem Handgriff. Ich decke mit schönem alten Porzellan nach ihren Anweisungen den Tisch und bin längst von einer erwachsenen Frau zur Schülerin geworden.

»Wann reden wir?«, frage ich beim Essen.

»Schmeckt es Ihnen nicht?«

Ich nicke heftig, es ist die Wahrheit.

Aber das Essen ist nicht mein Job. So entsteht kein Porträt für meine Zeitung.

Ich sehe sie an, das Alter ist gnädig mit ihr gewesen. Es hat ihr die klaren hellgrauen Augen gelassen, volles Haar, eine schlanke Gestalt. Ihre Haut ist fein gefältelt und gedrückt wie Seidenpapier, eine teuer gepflegte Haut. Sie trägt eine weite weiße Hose, eine Leinenjacke und helle

Tod's. Ihre Hände sind zerkratzt, das kommt wohl von den Rosen im Garten.

Sie gießt Obstschnaps ein, einen Selbstgebrannten vom Pfirsichbaum. Wir reden über ihre Liebe zu alten Filmen, Jean Renoir, Max Ophüls, Erich von Stroheim, John Ford, Vittorio de Sica, Ernst Lubitsch. Nachts sieht sie fern, immer auf der Suche nach Filmen in Schwarzweiß. Diese Liebe teilen wir.

Als ich sage, dass diese Woche Viscontis »Rocco und seine Brüder« im Fernsehen laufen wird, fragt sie nach dem Sendetag.

Ich sehe das Programm auf dem Fensterbrett, stehe auf und spiele, dass mir ihr Schnaps zu Kopf gestiegen ist: Ich taumele und greife mit einer Hand in den Spitzenstoff, der von der niedrigen Decke bis zum Boden vor dem Bett hängt.

»Weg da!«, ruft sie mit der ganzen Stütze ihrer Bühnenstimme. Sie zittert vor Empörung.

»Gehen Sie weg!«

Was ist passiert?

Sie gibt keine Erklärung. Sie schiebt klirrend das Geschirr aufeinander, ihre Hände zittern. Sie zündet sich eine Zigarette an.

Aber ich darf ihr jetzt ein paar Fragen stellen, die sie kurz, bissig und witzig beantwortet. Zu ihrem Privatleben äußert sie sich nicht, wie immer. Sie zeigt nur mit dem Arm weit in die Runde – das Zimmer, die Küche, der Garten, der See –, nur das, was ich ohnehin sehen kann, lässt sie als Einblick in Privates zu. Sie spricht mit genauem und kaltem Blick von der deutschen Theaterszene und ihren bekannten Namen. Einmal zitiert sie den österreichischen Dramatiker Nestroy: »Wenn es keine Stricke mehr gibt, hänge ich mich auf.«

Ich überlege, ob das ein schöner letzter Satz in meinem Porträt der alten Frau sein könnte.

Zu der Legende Manja Gottschalk gehört die Liebesgeschichte mit einem Mann, der mit seiner jüdischen Frau aus der französischen Emigration in die DDR zurückkehrte und mit Misstrauen empfangen wurde. Manja Gottschalk verliebte sich in den Mann, der 1956 unter Spionageverdacht ins Gefängnis kam, und der seine Frau nie verließ. Manja Gottschalk hat das Ehepaar jahrelang finanziell unterstützt. Der Mann wurde später ein berühmter Schauspieler. Er hat ihr dieses kleine Haus am See geschenkt, bevor er zwei Jahre später bei einem Autounfall starb. In diesem Bett haben sie also geschlafen vor vierzig Jahren. Die Gottschalk soll nie wieder einen anderen geliebt haben.

Aber wer will das so genau wissen. Dieses Theater mit dem geheiligten Bett, dem sich kein Fremder nähern darf, würde allerdings dazu passen.

Wir unterbrechen unser Gespräch für einen Spaziergang durch ihren Rosengarten. Dahinter liegt gleich der See. Ein kleines Boot schaukelt am Steg.

»Steigen Sie ein«, sagt die alte Frau, »rudern Sie mich.« Sie zieht die Schuhe aus und steigt in das Boot. Ich schiebe das Boot ins Wasser, hebe die Ruderblätter in die Halterung und ziehe sie durch das Wasser.

»Sie haben keinen Rhythmus«, sagt die Gottschalk.

Na wennschon. Immerhin kommen wir überhaupt

voran. Die Wellen werden in der Mitte des Sees höher.

Neben uns liegen andere Ruderboote. Junge Männer fahren ihre Bikini-Bräute aus. Sie sehen zu uns herüber, vielleicht erkennen sie die Schauspielerin. Sie hat ja auch viel im Fernsehen gespielt.

»Schneller!«, sagt die Gottschalk. »Sie müssen ganz durchziehen!«

Ich gebe mein Bestes, aber ich rudere selten. Ich führe die Blätter unregelmäßig, wir treiben im Kreis, dann spritzt es. Manja Gottschalk laufen ein paar Tropfen über das Gesicht.

»Lassen Sie mich ans Ruder!«

Sie besteht darauf, dass wir quasi auf hoher See die Plätze tauschen. Die Achtzigjährige will mir zeigen, was ein richtiger Rhythmus ist.

Nach dem Tempo, das sie einlegt, war sie in ihrer Jugend deutsche Ruder-Meisterin. Oder sie trainiert jeden Tag. Oder dopt wie die Kraftsportler.

Als wir wieder an ihrem Uferstück anlegen, fragt sie nach meinem Alter.

»Fast fünfzig«, sage ich.

»Hätte ich nicht gedacht«, sagt sie.

Giftnatter, denke ich.

Aber sie hinkt. Die Königin der Bühnen und der Boote humpelt vor mir her ins Haus. Doch zu viel Anstrengung bei der Vorstellung eben?

Drinnen bittet sie mich, ihre Fußsohle anzusehen: Ich entdecke einen großen Holzsplitter, der bei dem Versuch, ihn mit einer Pinzette herauszuziehen, abbricht. Wir baden den Fuß in einer warmen Seifenlösung, aber der Bereich um den Splitter schwillt an, der ganze Fuß wird in der nächsten halben Stunde dick. Sie klagt über Schmerzen und kann nicht mehr gehen. Keinen Schritt.

Manja Gottschalk ruft ihren Arzt an. Der sagt auf dem Anrufbeantworter, dass er im Urlaub ist.

Wir müssen ins Krankenhaus. Ich lege die wimmernde Frau auf meinen Rücken und schleppe mich mit ihr zu meinem Auto. Ich sehe aus wie ein Soldat in einem Kriegsfilm, der seinen verwundeten Kameraden aus der Feuerlinie trägt. Wenigstens haben wir keinen Bauchschuss.

Der Oberarzt untersucht den Fuß und erzählt dabei von seiner Bewunderung für den Bühnenstar. Jahrzehntelang ist er mit seiner Frau deshalb nach Berlin ins Theater gefahren.

Manja Gottschalk stöhnt bei jeder Berührung.

Der Arzt macht einen kleinen schnellen Schnitt in ihre Fußsohle. Danach erstarren er und ich, denn die Gottschalk schreit. Laut, lange, klagend. Der Schrei einer verwundeten Kreatur. Diesen Schrei hat jeder im Ohr, der sie seinerzeit als Medea gesehen hat. Ich glaube ja, dass es sehr wehtut, aber es ist auch viel Lärm für einen Splitter. Der Fuß wird bandagiert, der Arzt verschreibt Antibiotika. Er verordnet Schonung.

Manja Gottschalk fasst meine Hand und fragt, ob ich über Nacht bleiben könnte.

Ich schlafe in einem kleinen hölzernen Pavillon im Garten. Plötzlich werde ich wach und höre eine Männerstimme. Die Worte sind nicht zu verstehen. Auf nackten Füßen gehe ich zum Haus und ducke mich unter das erleuchtete Fenster.

Manja Gottschalk sitzt in einem Sessel und sieht ein altes Tonbandgerät an, auf dem sich langsam zwei Rollen drehen. Der Schauspieler spricht deutsche Balladen. Ich erkenne die Stimme, weil ich viele seiner Filme gesehen habe. Die Frau hört gebannt zu, sie nickt, sie lächelt, sie schüttelt ungläubig den Kopf. Sie verhält sich zu dem alten Metallkasten wie zu einem lebendigen Menschen.

Wahrscheinlich sitzt sie jede Nacht so im Sessel, bevor sie den Spitzenvorhang hebt und mit einem Gespenst zu Bett geht.

Am Morgen schenkt sie mir zum Abschied einen großen Rosenstrauß.

Die Blüten haben sich weit geöffnet, als ich zwei Tage später im Radio höre, dass Manja Gottschalk kurz vor ihrem 80. Geburtstag an Herzversagen gestorben ist. Die Postbotin habe sie gefunden, schreibt »Bild« in einer ersten kurzen Meldung, diese Zeitung ist immer gut in der Detailrecherche.

Ich muss mein fertiges Porträt nur an ein paar Stellen umarbeiten, ein paar Verben in die Vergangenheitsform setzen – »sie war«, »sie bedeutete« –, damit ein Nachruf daraus wird.

Wahrscheinlich bin ich der letzte Mensch, der sie lebend gesehen hat.

Sie ist alleine gestorben. Alleine leben kann man, ich kann das doch auch, aber alleine sterben? Und vorher: alleine so alt werden?

Mich rühren alle Paare, die ein Leben lang zusammen sind.

Nebenan im Hinterhof wohnten so ein Mann und so eine Frau. Ich sah aus meinem Schlafzimmer, wie der klapperdürre Greis im Winter die Kohleneimer aus dem Keller nach oben in den dritten Stock schleppte. Seine Frau warf Brotkrümel aus dem Fenster, für die Tauben und Spatzen. Im Sommer saß das Paar auf der Bank und fütterte die einäugige Katze, die niemandem gehört und seit Jahren unter der Kellertreppe ihre Jungen zur Welt bringt.

Jeden Freitagabend verließen die beiden Alten Hand in Hand das Haus, und wenn sie nachts wiederkamen, waren sie betrunken und zankten sich. Einmal hörte ich, wie sie über den vereisten Hof schlitterten. Der Mann rief: »Ich halte dich!« Aber da lagen sie schon beide, und die Frau rief mit spitzer Stimme aus dem Dunkeln: »Jetzt hast du mir den Hut heruntergeschlagen!« Ich stand am Fenster und beobachtete, wie sie im Treppenaufgang torkelten, es war ein weiter Weg, zwischendurch ging mehrmals das Licht aus.

Wegen der Sanierung sind die ersten Mieter aus drei nebeneinander liegenden Häusern ausgezogen. Wir haben neue Besitzer, schon das vierte Mal seit der Wende. Sie wollen freie Bahn für die Arbeiten, zwei große Kräne stehen auf der Straße. Sie kosten, die Gerüste kosten, und die Mieter stören. Ich warte auf ein Wohnungsangebot, damit ich aus dem Baulärm und hinter der blauen Plane herauskomme. Das alte Paar ist wahrscheinlich schon weg.

Gestern Nachmittag sah ich den Mann wieder. Er

stand in einem gestreiften Bademantel auf der Straße vor dem Hedwigs-Krankenhaus. Ich ging an ihm vorbei, er kennt mich nicht. Der Mann sah über meine Schulter und winkte lächelnd jemandem in meinem Rücken hinterher, bestimmt seinem Besuch.

Ich drehte mich um. Die Straße war leer.

Wir sitzen in der Küche und trinken Tee.

Mein Sohn ist für einen Tag aus Amsterdam nach Berlin gekommen, er holt ein paar Sachen für den Urlaub an der Nordsee mit einer Freundin.

»Mit einer Freundin oder mit deiner Freundin?«

Ich halte die Frage für äußerst geschickt.

»Was wäre dir denn lieber?«, antwortet der Junge.

Ich weiß es nicht.

Vielleicht ist es gut, wenn mein Sohn eine etwas festere Bindung eingeht. Ich kann mir diese wechselnden Mädchennamen nicht merken. Er hat früh angefangen. Er war gerade 14, als ich beim Wäschewaschen Kondome in seiner Jeans fand. Meine Hoffnung, dass es sich nur um eine vorbeugende Anschaffung handelte oder um eine Protzerei – schließlich kaufen sich heutzutage noch viel kleinere Jungs Kondome, entweder um sie aufzublasen oder um mit Lügengeschichten anzugeben –, erfüllte sich nicht: Mein Sohn war keine Jungfrau mehr, und die Schulfreundin auch nicht.

Von seinem Vater hat er die gelassene, freundliche Art, die so anziehend auf Frauen wirkt. Hoffentlich hat er nicht auch die Treulosigkeit geerbt. Ich jedenfalls würde mich gerne auf ein festes Mädchen einstellen.

»Ich fahre mit meiner holländischen Freundin«, sagt er. »Sie heißt Meike. Wir glauben, dass wir schwanger sind.«

Jetzt ruhig bleiben. Nicht gleich losschreien. Die sind

doch wohl verrückt. Kinder kriegen Kinder. Mein Sohn steht im Studium. Er will Architekt werden. Dieses Mädchen wird sein Leben ruinieren. Sie werden mir beide auf der Tasche liegen. Wahrscheinlich werde ich mir nie wieder ein neues Auto kaufen können. Und wieso erfahre ich erst jetzt davon?

»Wieso erfahre ich erst jetzt davon?«

»Weil es erst jetzt ziemlich sicher ist.«

»Und was erwartest du von mir?«

»Frag mich, wie alt sie ist und was sie macht und ob ich mich freue.«

»Sag's mir.«

»Sie ist 25. Sie studiert Medizin. Ich freue mich.«

Medizin. Soso. Hätte schlimmer kommen können. Ich wollte immer einen Arzt in der Familie haben, ebenso einen Computerfachmann und einen Steuerberater. Aber sie ist vier Jahre älter als der Junge. Wieso nimmt der sich eine ältere Frau? Hat sie mein armes Kind mit Raffinesse überrumpelt?

»Ihre Eltern machen Stress«, sagt mein Sohn. »Sie sind dagegen, weil Meike das Studium unterbrechen muss. Sie haben sogar von Abtreibung geredet.«

Ja, sagt Marie, auf so eine Idee kann man kommen. Uns ist damals auch nichts Besseres eingefallen.

Ich habe das völlig verdrängt.

Jetzt sehe ich mich wieder in diesem ungeheizten Autobus nach Zakopane. Ich bin schwanger geworden im ersten Studienjahr. Nach einer Party. Nach Berechnung der sicheren und unsicheren Tage hätte nichts passieren dürfen. Der junge Mann, den ich später nie wieder gesehen habe, spielte Gitarre in einer ungarischen Band. Sie hieß »Souvenir« und trat in einer Berliner Hotelbar auf. Dieser Gitarrist lächelte mir immer wieder von der Bühne zu. Ich tanzte mit irgendwelchen Männern und lächelte über deren Schultern zurück. Danach ging ich mit András mit. Die Musiker waren in einer Mietwohnung untergebracht. András und ich schliefen im Kinderzimmer und erwachten in Bettwäsche mit aufgedruckten Teddybären.

In der DDR war zu diesem Zeitpunkt kein Schwangerschaftsabbruch erlaubt. Ich besorgte mir die Adresse eines Arztes in Polen und fuhr im tiefsten Winter hin. Um das Honorar zu bezahlen, stand ich nach meiner Ankunft auf einem kleinen Marktplatz am Fuß der Hohen Tatra mit einem roten und einem grünen Silastikpullover über den ausgebreiteten Armen – wie eine Vogelscheuche im Schnee. Umgerechnet brachten die beiden Pullover, die mir eine Westcousine geschenkt hatte, knapp 300 Mark. Der Arzt betäubte mich in seiner Privatwohnung nur leicht, ich wurde während der Kürettage wach und schrie. Er schickte mich danach gleich wieder weg und sah sich vorher auf der Straße nach allen Seiten um. Er hätte die Abtreibung nicht privat machen dürfen. Mein Bauch tat weh. Ich fuhr mit dem Bus zurück, der auf der vereisten Straße in den Kurven zwischen Bergen und Abgründen schlingerte.

Es war furchtbar.

Es war richtig, sagt Marie. Damals war es richtig für dich. Du hast monatlich nur 70 Mark als Hilfsassistentin beim Professor verdient und kein Stipendium bekommen. Deine Mutter hätte dich niemals unterstützt, ein uneheliches Kind war für sie eine Schande. Du warst zu jung, zu dumm und nicht bereit für ein Kind ohne Vater.

Du hättest es vielleicht nicht so geliebt wie diesen Sohn.

»Weißt du, auf was du dich einlässt?«, frage ich ihn.

»Vermutlich nicht. Das weiß man nie vorher. »

»Warum so früh?«

»Es gibt viele junge Eltern.«

Marie steht plötzlich auf und nimmt ihn in den Arm: »Wir schaffen das schon!«

Sie klopft mir beruhigend auf die Schulter und öffnet eine Flasche Sekt.

Auf ihren Schultern liegt ein unsichtbarer Mantel der Tatkraft. In Gedanken kauft sie bestimmt schon Erziehungsratgeber, Strampelanzüge und Badetücher mit kleinen Kapuzen. Ab jetzt wird sie monatelang über Vornamen nachdenken und sinnvolles Spielzeug in kleinen Holzwerkstätten suchen. Ökologisch einwandfreie Beißringe zum Beispiel.

Marie läuft sich warm als perfekte Großmutter.

»Wann ist denn euer Termin?«, frage ich.

Ich stelle mir vor, wie ein fremder Bauch wächst, wie der Bauch watschelt, um beim Laufen das Gleichgewicht zu halten.

»Mitte Dezember. Vielleicht schaffen wir es zu deinem Geburtstag.«

Mitte Dezember werde ich fünfzig.

Fünfzig klingt völlig anders als neunundvierzig. Da

liegen Welten dazwischen. Fünfzig klingt nach Kuraufenthalt, nach Stützstrumpfhosen, gedeckten Farben, praktischen Laufschuhen und Geldanlage in einem Rentenfonds. Es gibt viele Bücher, die über diese Barriere hinweghelfen sollen. In der Fernsehwerbung besuchen junge Familien ihre grauhaarigen Eltern, die in diesem Alter sein könnten und sich über eine bestimmte Kaffeemarke sehr freuen.

Fünfzig klingt nach Großmutter. Aber ich fühle mich noch nicht einmal erwachsen. Ich verfüge nicht über die Autorität der wirklich erwachsenen Leute. Es fehlt mir an sicheren Überzeugungen.

»Ich muss mich erst an den Gedanken gewöhnen.«

»Reicht ein halbes Jahr, Mama?«

Als mein Sohn mit der Reisetasche aus der Tür ist, stelle ich die angebrochene Sektflasche in den Kühlschrank und weine noch ein bisschen vor Rührung. Was bin ich froh, dass ich die alten Micky-Maus-Hefte aufbewahrt habe.

Dann packe ich den Computer in einen festen Karton, den ich aus einem Kaufhaus besorgt habe. Ich habe auch einen Kollegen aus der Technik überreden können, der Festplatte ein paar Programme zu spendieren.

Aber was wird der Kubaner damit anfangen, wenn er keinen Drucker hat? Von meinem alten Epson wollte ich mich ohnehin bald trennen, dann kann es auch gleich sein. Ich mochte das kreischende Geräusch nicht, mit dem er sehr langsam, irgendwie nörgelig, meine Texte ausspuckte. Er passt noch in den Karton und auch die drei teuren Ersatzpatronen, die Marie vorsorglich gelagert hat.

Ich schiebe die Tastatur zwischen dicke Papierlagen, polstere alle Seiten mit Luftbläschenfolie aus, und dann umwickele ich den Karton rundum mit dickem braunen Klebeband, bis die Rolle alle ist. An dieser versiegelten Luftfracht wird sich der kubanische Zoll die Zähne ausbeißen, da traut er sich erst gar nicht ran.

Jesús schüttelt den Kopf.

Er führt ein gedachtes Messer rund um den braunen Klebestreifen.

»Chrrchrrchrrr«, macht er. So stellt er die kubanische Zollkontrolle dar.

Ich lache. Man wird sehen. Ganz Kuba müsste sich doch freuen, wenn ein Computer mehr ins Land kommt. Und zwar geschenkt.

Jesús hat eine Einfuhrgenehmigung von der Kubanischen Botschaft in Berlin, die ihm für das dreizeilige Schreiben mit Stempel ungefähr so viel Geld abgenommen hat, wie er mit drei Tagen Schwarzarbeit in Deutschland verdient.

Er wuchtet den Karton in mein Auto auf den umgeklappten Rücksitz, wir fahren zum Flughafen Tegel und geben den Computer als Frachtgut ab. Die Gebühr von 381 Mark übernehme ich.

Marie rechnet sofort noch die Kosten für einen neuen Drucker dazu.

Dein Solidaritätsgeschenk wird nicht billig, sagt sie.

Am Sonntag wird Jesús nach Kuba zurückfliegen. Jetzt ist Freitag, früher Abend.

»Was machen wir?«, fragt er, als ich vor meiner Wohnung einparke.

Ich habe keine genauen Pläne, aber ich finde es sympathisch, dass ein junger, großer, schlanker Mann sich vorstellen könnte, mit mir etwas zu machen. Vielleicht ist er auch nur höflich und dankbar.

»Hast du Zeit?«, frage ich.

Er nickt. »Etwas trinken? Ich lade ein, ich habe Geld«, sagt er.

Warum nicht. Es ist schön, etwas vorzuhaben an einem Sommerabend.

Wir laufen nebeneinander zu einem Straßencafé. Wir reden und lachen, ich sehe von der Seite auf sein Profil.

Plötzlich nimmt Jesús meine Hand und zieht mich zu sich herüber: Ein Fahrradfahrer ist auf dem Bürgersteig in unsere Richtung unterwegs. Er hätte mich umfahren können, er fuhr schnell, ich sah ihn nicht. Diese fürsorgliche Geste von Jesús rührt mich. Niemand behütet mich sonst, niemand passt auf, dass mir nichts Schlimmes passiert. Ich kann Vertrauen haben zu diesem jungen Kubaner, mit dem ich jetzt unter einem Sonnenschirm sitze. Als Paar unter Paaren.

Manchmal gehe ich alleine in ein Café.

Viele Frauen machen das mit großer Selbstverständlichkeit. Aber ich fühle mich dabei etwas unsicher. Ich denke, dass auf meiner Stirn geschrieben steht: Hier sitzt eine Frau alleine, weil sie keine Alternative hat. Ich denke, dass ich emotionale Bedürftigkeit ausstrahle, und vermeide deshalb, dass sich mein Blick mit Blicken der männlichen Gäste kreuzt. Stattdessen schreibe ich mit wichtiger Miene in ein kleines Notizbuch, was ich noch einkaufen muss. Ich rauche und gucke in die Luft. Ich sehe auf die Uhr. Ich zahle bald und breche mit einer Hast auf, als ob ich dringend erwartet würde.

Alles ist anders, wenn ich mit Karola verabredet bin. Es macht nichts, wenn ich vor ihr da bin, ich suche uns einen guten Platz.

Wichtig ist das Licht. Sehr wichtig. Karola hat mehrmals Cafés, Restaurants und Bars verlassen, von denen sie behauptet, dass sie ein frauenfeindliches Licht machen. Sie guckt beim Eintreten in den Raum, sieht dann prüfend auf mich und schüttelt entschieden den Kopf. Nichts wie weg. Die Speisekarte ist ihr dagegen völlig egal.

Ich warte gerne auf sie, bin entspannt, bin vergnügt. Wenn sie in der Tür steht, hebe ich die Hand. Hier bin ich.

Karola ist ein klein wenig älter als ich, aber sie sieht ein klein wenig jünger aus. Das kommt daher, dass sie nie im Leben geraucht und ein schlechtes Gedächtnis hat. Glücklich ist, wer vergisst. Gottes Finger hat eine Stelle in ihrem Gehirn blind gelassen – die, an der sich normale Sterbliche ihre persönlichen Niederlagen merken. Karola verdrängt sie ohne Anstrengung und merkt sich nur, was schön in ihrem Leben war. Deshalb hat sie kaum Falten. Deshalb kann sie wunderbar unbefangen lachen.

Als ich ihr von dem Kubaner erzähle, ganz beiläufig, und sein gutes Aussehen wie seine handwerkliche Tüchtigkeit erwähne, legt sie die Hand auf meinen Arm, lacht und sagt: »Aber nicht gleich aufrauchen!«

Sie meint, ich solle mir Zeit lassen.

Da sitzen wir also, der Kubaner und ich. Wir saugen aus Strohhalmen ein himbeerfarbenes Getränk. Die Abendsonne steht schräg und hell, sie blendet immer noch.

Müßiggänger flanieren neben unseren Klappstühlen, sie tragen ihre Bräune vom Tag am Badesee vorbei. Geschlitzte Röcke, tief ausgeschnittene Korsagen, enge helle Hosen, nackte Arme – eine Sommerkörperwelt. Ich entdecke kein Anzeichen, dass der Kubaner die vielen schönen Frauen wahrnimmt, er sieht mich an oder diesen Himbeerdrink oder den Himmel.

Nun wird aber doch sein Blick abgelenkt. Es nähert sich eine junge Frau. Ich kann selbst auch nicht anders, als ihr auf den Schritt zu starren. Ihre vordere Hosennaht schneidet tief in das Fleisch, zu beiden Seiten der Naht wölben sich große Schamlippen, sie drücken gegen den dünnen, hellgrauen Stoff. Da geht eine Möse auf zwei Beinen.

Aber die junge Frau passt nicht zu der Provokation. Ihr blasses Gesicht ist ungeschminkt, ihre halblangen Haare hängen fettig herunter, die Figur ist füllig, die Beine sind zu kurz. Sie hat keine Tasche bei sich, nur eine Plastiktüte mit etwas Grünem darin. Sie sieht aus wie eine mäßig begabte Studentin der Betriebswirtschaft. Weiß sie, dass sie allen ihren Unterleib zeigt? Besitzt sie keinen großen Spiegel?

Nein, sagt Marie, sie weiß es nicht.

Sie trägt eine Hose, die sie vor drei Jahren billig gekauft hat. Es ist einfach ihre einzige Sommerhose – sie zieht sie an, wenn es warm wird. Die Hose passt nicht mehr, das Mädchen hat zugenommen. Es gibt nur einen Spiegel in ihrer kleinen Altbauwohnung, der hängt über dem Waschbecken und reicht bis zur Brust.

Das Mädchen lebt allein in Berlin, sie ist zum Studium aus einem kleinen Ort in Thüringen hierher gekommen. Sie hat den ganzen Tag an einem Referat geschrieben und geht jetzt am Abend ein paar Schritte an die frische Luft.

Sie könnte Claudia heißen. Ihre Eltern haben eine Gastwirtschaft – sie heißt »Trucker-Point«, nein, »Haus zur Eiche« –, und sie müssen den Kredit für die Renovierung abbezahlen. Allein der Jägerzaun hat ein kleines Vermögen gekostet.

Claudia geht putzen in mehreren Kneipen. Von dem Geld finanziert sie ihr Studium der Veterinärmedizin. Auf dem Sofa liegt eine dicke Rolle an der Wand, das ist das Bettzeug. Über dem Sofa hängt ein Foto, das sie mit zwei jüngeren Geschwistern beim Rodeln in Bad Berka zeigt, ein Selbstporträt, das sie in der Schule mit Kugelschreiber gezeichnet hat, und ein Poster mit den amerikanischen Schauspielern Matt Damon und Ben Affleck.

Wenn Claudia in die nach Schweiß und verstopftem Abfluss riechende Wohnung zurückkommt, füttert sie ihr Meerschweinchen mit Löwenzahnblättern, die sie im Park gesammelt hat. Sie setzt sich zum Arbeiten wieder an den kleinen Tisch vor dem Fenster.

Claudia weiß nicht, dass ihr der junge Portugiese, der in derselben Kneipe kellnert, in der sie sauber macht, gestern Nacht ein Kind in den Bauch gejagt hat. Sie lag dabei auf einem von ihr zuvor mit Seifenlauge abgescheuerten Tisch, sie lag bäuchlings in der Nässe, zwischen hochgestellten Stühlen. Der Portugiese hatte unter kräftigen Flüchen an ihrer engen hellgrauen Hose gezerrt und im letzten Augenblick sein Kondom wieder abgestreift. Claudia hat das nicht gesehen und nicht gefühlt.

Marie, hör auf. Warum denkst du dir solche haarsträubenden Geschichten aus?

Weil es so sein könnte. Weil ich mich nicht langweilen will. Was wird denn nun mit dem Kubaner?

Ich würde gerne ins Kino gehen.

Ich könnte dir sagen, was folgt.

Du bist ja auch dabei.

Ich habe ein Bottermelk-Eis in der Hand und Jesús eine Bierdose.

Wir sitzen in einem kleinen Kino auf Plüschsesseln und sehen Werbung. Wir spielen, wer zuerst errät, um welches Produkt es sich handelt. Jesús begreift eher als ich, dass es fast immer – egal ob eine Landschaft ins Bild kommt oder eine Jugendclique – Zigaretten sind. Manchmal stimmt auch ein Getränk. Ich wundere mich, dass mein Begleiter die westliche Warenwelt so gut kennt. »Marlboro!«, ruft er. »Johnny Walker!« – »Lucky Strike!« Wahrscheinlich war er in Deutschland schon öfter im Kino. Wenn ich bei diesem kleinen Spiel mit Kinowerbung einmal gewinnen möchte, sollte ich mir einen Mann aus Nordkorea angeln.

Wir sehen einen deutschen Dokumentarfilm, der in Kuba spielt – »Havanna, mi amor«. Er erzählt von der Wirkung einer Fernsehnovela und der Mühsal der Zuschauer, mit alten russischen Apparaten diesen täglichen Herzschmerz sehen zu können, die maroden Fernseher immer wieder reparieren zu lassen, um kurz zu vergessen, wie schwer das eigene Leben ist. Männer gehen fremd, Frauen haben mit 19 Jahren drei Kinder, es gibt kein Wasser und keinen Strom in den alten Mietshäusern, gegen alles Elend hilft nur der Rum. Die Filmleute haben es irgendwie geschafft, dass ihnen ganz offen viel erzählt wird. Alte kubanische Schlager laufen im Hintergrund.

Jesús kennt sie alle, sein Bein wippt neben mir, er singt auf Spanisch mit, während ich diesen Texten durch die deutschen Untertitel folgen kann: »Nur das Verlangen nach dir hält mich am Leben.« – »Diese Liebe ist so groß, dass der Schmerz mich tötet.« Alles sehr sentimental.

Pomdepopom, Pomdepopom, so geht der Rhythmus. Betonung auf dem letzten Pom.

Einige Zuschauer drehen sich lachend nach meinem singenden Kubaner um.

Er flüstert jetzt einen Text. Ich lese unten auf der Leinwand: »Wunderbare Kubanerin, du erregst mich«, und ich fühle eine Hand auf meinem rechten Knie.

Das ist der Moment, sagt Marie.

Du kannst seine Hand wegschieben, du kannst dabei lachen. Mache einen Spaß daraus. Es ist keine Beleidigung für den Mann, wenn du seine Hand nicht duldest. Jeder Mann kennt Zurückweisungen – er ist damit groß geworden. Außerdem bist du keine wunderbare Kubanerin. Wenn du aber diese Berührung gestattest, die Berührung eines erwachsenen, emanzipierten, mitteleuropäischen Frauenknies, wird er diese Nacht bei dir bleiben.

Jetzt musst du dich entscheiden. Sofort.

Ich drücke mein Knie fest gegen diese Hand.

Guck weg, Marie, ich kann nicht anders. Wärme fließt in mein Bein, in meinen Bauch. Ich war so lange tot.

Danach hat Jesús im Kino nur noch meine Hand gehalten. Wir waren ganz ruhig. Es war klar, was passieren würde, nachher bei mir.

Ich werde wach. Mein Kopf liegt in der Beuge eines gebräunten Armes. Fünf schlanke Finger spreizen sich auf meiner rechten Brust. Harte, verhornte Finger mit kurzen, sauber gefeilten Nägeln. Ich kann auf diese Hand sehen, wenn ich mein Kinn nach unten drücke. Ich sehe auch zwei Ringe: billiges, silberfarbenes Metall mit roten Glassteinen. Wie früher der Kinderschmuck aus den Wundertüten im Papiergeschäft oder in den Knallbonbons zu Silvester. Ich fühle, wie an meinem Rücken ein warmer nackter Körper atmet. Ein zweiter Arm liegt auf meiner Hüfte. Ich werde umschlungen.

Die Gardinen lassen ein milchiges Morgenlicht durch. Ich drehe mich um und sehe in offene Augen. Der Kubaner ist wach. Er riecht jetzt an meinem Haar und an meiner Armbeuge, er küsst mich auf die Schläfen. Meine Hand gleitet an seinem Bauch herab, er zuckt zusammen.

Ich kann mich an alles erinnern.

Er riecht gut. Ich weiß jetzt, wie er sich bei der Liebe bewegt. Wie er mich bewegt. Wie er mich hält. Ganz fest, aber ohne Schmerz. Mir ist kein Arm abgestorben unter seinem Gewicht, seine Hand hat nicht an meinem Haar gezerrt, mein Gesicht ist nicht aufgeraut von seinen Bartstoppeln. Er hat auf mich geachtet. Er war außer sich und bei mir.

Ich wundere mich, wie gut wir das gleich beim ersten Mal hinbekommen haben. Ich staune, wie wir alles fortsetzen können, jetzt wieder, in diesem milchigen Licht.

Ich setze mich danach auf, sehe ihn an und ziehe in dieser unvorteilhaften Position automatisch den Bauch ein.

»Nicht machen!«, sagt Jesús und legt eine Hand auf meinen Bauch. Er lässt sie da liegen, bis ich die Partie unter meinem Nabel entspanne. Als sie sich nach außen wölbt, sagt er: »Sehr schöne Frau!«

Natürlich höre ich das gerne.

Der Kubaner liegt nackt auf dem Rücken. Er ist groß, seine Füße hängen über der Bettkante, wenn er sich räkelt. Er ist athletisch gebaut. Solche geschmeidigen Muskeln bekommt man wahrscheinlich von harter körperlicher Arbeit. Sein schönes, gerades Geschlecht hat die Farbe von Milchkaffee. Der ganze Mann liegt vor meinen Augen wie eine Praline.

»Wie alt bist du eigentlich?«, frage ich.

Er hebt zwei Mal beide Hände hoch und ein Mal eine Hand.

Zehn und zehn und fünf. Fünfundzwanzig. Verdammt. Er ist noch jünger, als ich dachte. Die Hälfte von mir.

»Und du?«, fragt er.

»Ich möchte es nicht sagen.« Ich möchte es wirklich nicht.

Er lacht mit vier Grübchen: »Was ist – bist du hundert?«

»Nein«, sage ich, »hundert bin ich nicht.«

»Dann wo ist das Problem?«

Jetzt hebe ich fünf Mal beide Hände hoch, ganz langsam, zum Mitzählen.

»¿*Cincuenta*?«, fragt Jesús.

Ich nicke. Es stimmt zwar noch nicht ganz, aber auf die paar Monate kommt es nun auch nicht mehr an.

»*Me gusta*«, sagt er. Es gefällt ihm.

Er gefällt mir.

Warum habe ich ihn nicht früher entdeckt, schon vor Wochen im Garten bei meinen Freunden? War ich blind? Warum liegen wir erst im Bett einen Tag vor seinem Abflug? Wir haben eine Menge Spaß versäumt. Was für ein schlechtes Timing.

Das war es dann also. War es das?

Jesús steht auf. Er sucht auf meinem Schreibtisch nach einem Zettel und schreibt seine Adresse und eine Telefonnummer auf. Es ist die Nummer eines Nachbarn in Minas. Jesús hat kein Telefon. Mit diesem Zettel baut er uns eine Brücke. Wenn ich diese Nummer wähle, wird in Kuba ein Telefon bei mir unbekannten Leuten klingeln. Er wird bei ihnen auf meinen Anruf warten. Er sagt, am nächsten Mittwoch, genau nachmittags um vier. Dann wird es bei mir in Berlin abends um zehn sein.

Bevor er geht, schenkt er mir ein kleines Foto, das in seinem Pass gelegen hat: Jesús sitzt neben seiner Tochter auf einem Bett, sie hält einen kleinen Hund im Arm. Die Farben sind etwas grünlich, die ganze Aufnahme ist zu dunkel, aber wenn ich das Foto unter eine Lampe halte, sehen mich seine Augen an.

Jetzt ist er schon in der Luft, denke ich am nächsten Tag.

Er hat vom Flughafen angerufen und »Nicht vergessen!« gesagt. Seine Stimme war rau vor Zärtlichkeit. Aber meine Ohren haben schon öfter nur das gehört, was sie hören wollen.

Ich habe seinen Zettel in der Redaktion auf den Kopierer gelegt, ich hatte Angst, ihn zu verlieren. So ein kleiner Zettel ist schnell mal weg.

Da stehen ein paar Worte und Zahlen. Jesús mischt große und kleine Buchstaben in einer ungeschickten schiefen Blockschrift, auch seine Zahlen fallen hin und her. Mein Kubaner schreibt wie ein Kind. Oder wie ein Holzfäller. Er kann andere Sachen. Heute ist Montag. Noch zweimal aufwachen, dann rufe ich ihn an.

Ich habe ihn doch gleich aufgeraucht«, sage ich zu Karola. Es ist mir einfach unmöglich, den Mund zu halten. Wofür hat man eine beste Freundin.

»Man sieht es dir an, du siehst gut aus. Irgendwie frischer. Vergiss bloß nicht: ›Einmal ist keinmal, aber zweimal ist einmal zu viel.‹«

Karola weiß, dass ich weiß, dass sie gerade einen Film zitiert – »Julia, du bist zauberhaft« mit Lilli Palmer. Deutscher Film von 1962. Sehr witzig. Wir haben ihn vor Wochen zusammen in einem Studio-Kino gesehen. Erfolgreiche ältere Schauspielerin lässt sich mit einem jungen Mann ein. Sie nimmt die Affäre schließlich ernst. Er versucht, sie auszunutzen. Sie leidet, und dann rettet sie sich. Sie schließt nach erfolgreicher Premiere die Garderobentür ab, vor der der Liebhaber nun doch wieder winselt. Die Palmer verlässt das Theater durch den Hinterausgang und geht in ein Restaurant. »Was ist schon die Liebe gegen ein Beefsteak mit Bratkartoffeln!«, sagt sie als letzten Satz im Film.

Er ist einer unserer Lieblingssätze geworden. Karola ist lange genug verheiratet, und ich war oft genug unglücklich, um den Realismus dieses Filmschlusses würdigen zu können. Jetzt allerdings, mit dem nackten Jesús auf der Festplatte meines Gedächtnisses, erscheint mir ein Beefsteak als schwache Alternative.

»Wir werden telefonieren.«

»Was kostet denn so was nach Kuba?«

Ich habe mich natürlich schon erkundigt – normalerweise 3,18 Mark die Minute. Aber es soll eine Billig-Vorwahl geben, die Nummer muss ich herausbekommen.

»Wird trotzdem teuer«, sagt Karola.

»Ich habe ein Foto von ihm. Leider ist die Aufnahme nicht gut.«

Meine Freundin ist eine mehrfach ausgezeichnete Fotografin, ich hoffe, sie wird dennoch dem Charme dieses düsteren Knipsbildes erliegen. Sie setzt ihre Brille auf.

»Herzlichen Glückwunsch.«

»In Wirklichkeit sieht er älter aus«, sage ich.

»Auf dein Alter kommt er trotzdem nicht.«

»Man könnte sich vielleicht optisch in der Mitte treffen.«

»Man könnte die ganze Sache auch unter schönes, unerwartetes, einmaliges Erlebnis abbuchen.«

Man könnte. Aber man will nicht.

Karola ist in meiner Wohnung, weil wir ins Theater gehen wollen. Während ich mich umziehe, steigt sie durch das Küchenfenster auf das Gerüst vor meinem Haus.

Sie arbeitet an einem Buch über Berliner Architektur. Weil mein Haus saniert wird, folgt sie ihrem Interesse für das Morbide und fotografiert die bröckelnden Rosetten und die lückenhaften Mäander an der Fassade. Vielleicht gibt es diese Schönheiten in ein paar Wochen nicht mehr. Karola klettert mit hohen Absätzen auf die Bauleitern. Ich stehe rufend halb nackt im Fenster und höre über mir ihre Schritte auf dem Gerüst. Sie schleppt wieder drei

Kameras mit. Sie ist verrückt. Wenigstens kommt sie heil zurück.

Wir gehen beide los, natürlich in Schwarz. Mit Schwarz macht man keine Fehler. Wir tragen diese Farbe seit Jahren. Und weil Karola behauptet, dass Schwarz viel Haut braucht, haben wir tiefe Ausschnitte in unseren schwarzen Kleidern.

Ich verdanke meiner Freundin noch zwei weitere Leitsätze, die ich seit Jahren mit Gewinn beherzige. Einer heißt: »Beim Trinken immer bei einer Sorte bleiben!« Der andere ist auch richtig: »Nie samstags zu Ikea!« Wegen solcher Sprüche ist Karola mit Marie mindestens ebenso befreundet wie mit mir.

Wir stoppen ein paar Häuser weiter vor der Tiefgarage, in der seit kurzem mein Auto steht. Karola wartet oben auf der Straße. Ich gehe die schräge Kurve der Einfahrt herunter und sehe, dass ein Mann mühsam seinen dicken Mercedes rangiert. Unsere Tiefgarage ist sehr eng – der Vermieter hat viel zu viele Parkplätze eingerichtet. Man kommt mit dem Wagen kaum hinein und hinaus, wenn alle Autos zu Hause sind. Ich bleibe auf der Schräge stehen und beobachte, wie der Autofahrer, Zentimeter vor meiner Stoßstange entfernt, neu einschlägt.

Er sieht mich, lässt die Scheibe herunter und sagt: »Wissen Sie eigentlich, dass Sie die Frau sind, an die ich von allen Frauen auf der Welt am häufigsten denke?«

Das wusste ich allerdings nicht.

Ich stehe da in meinem schicken schwarzen Kleid, gut geschminkt, gut frisiert, gut gelaunt. Der Mann sieht nicht schlecht aus.

Ich gebe überraschte Laute von mir – Nein. Ach. Aber so was!

Ich kichere geschmeichelt.

»Ja«, sagt er. »Jeden Morgen, wenn ich in diese Tiefgarage fahre, denke ich: Hoffentlich ist die Frau schon zur Arbeit gefahren. Dann kann ich nämlich besser einparken.«

Karola und ich lachen während der ganzen Fahrt, und wir lachen noch, bis es im Theater dunkel wird. Erstens war der Mann ja nur ehrlich, und zweitens hat es keine Frau getroffen, die auf die kleine Schmeichelei eines Fremden angewiesen ist.

Von dem Stück auf der Bühne bekomme ich wenig mit. Ich mache die Augen zu und fühle Jesús. Es ist völlig normal, wenn man einer heißen Nacht in Gedanken noch etwas nachhängt. Tiefere Bedeutung hat das nicht.

Was quakt diese Person, was heißt das auf Spanisch? Ist ein lebendiger Mensch in der Leitung oder eine Ansage auf Band? Muss ich dafür schon bezahlen?

Es ist 22 Uhr 22. Ich habe die Nummer in Kuba ein Dutzend Mal gewählt. Ich komme nicht durch. Es rauscht, oder diese Frau sagt etwas, das ich nicht verstehe. Oder die Verbindung bricht ganz ab. Wie soll ich meine Verabredung einhalten, wenn die da nicht imstande sind, ein aus Deutschland korrekt gesendetes Signal punktgenau in Minas zu landen und in einen Klingelton zu verwandeln, den Jesús hören kann?

22 Uhr 42. Meine Finger sind feucht. Ich wähle wieder. Jetzt klingelt es.

»¡*Hola*!«

Das ist er. Er hat gewartet.

Als ich auflege, ist meine rechte Hand verkrampft. Mein Ohr tut mir weh, so fest habe ich den Hörer dagegengepresst. Am Ende sind wir unterbrochen worden.

Bis dahin habe ich erfahren: Er denkt an mich. Seine Familie ist gesund. In Kuba ist große Hitze. Der Computer kam noch nicht an. Miranda ist in den drei Monaten ein kleines Fräulein geworden. Er wird am nächsten Mittwoch wieder auf meinen Anruf warten. Er hat ein Gefühl von …

Dann war Schluss.

Ich hatte mir vorher aus einen Taschen-Wörterbuch ein paar spanische Wörter abgeschrieben. Jesús hat mich verstanden. Offenbar war er auch vorbereitet. »Hitze« und »kleines Fräulein« hat er auf Deutsch gesagt. Aber was für ein Gefühl hat er für mich?

Ich habe keine Vorstellung von dem Ort, in dem er lebt, ich weiß nicht, wie sein Haus aussieht, ich weiß nicht, ob er Geld verdient. Was könnte das für eine Arbeit sein, bei der er sich jeden Mittwochnachmittag freinehmen kann? Funktioniert die Paketzustellung nicht? Wieso ist der Computer noch nicht da?

Ja, das sind alles offene Fragen, sagt Marie. Aber steigere dich bitte nicht in diese Sache hinein. Wir reden hier von einer einzigen Nacht.

Es war schon eine besondere Nacht.

Da spricht nur die lange Enthaltsamkeit aus dir, sagt

Marie. Der junge Mann wird sich bald mit einer jungen Kubanerin trösten. Völlig normal. Aus den Augen – aus dem Sinn. Wahrscheinlich wird er dankbar an dich denken, wenn er den Computer anschließt. Und deinen alten Drucker. Dein neuer Drucker hat 500 Mark gekostet.

Weiß ich doch. Dafür sieht er besser aus.

Eine Ansichtskarte von der Nordsee ist gekommen.

Mein Sohn schreibt: »Liebe Mama, mach dir keine Sorgen, ich bin schon groß und stark.« Dann steht da noch »Ich auch, Meike«. In fremder selbstbewusster Schrift.

Inzwischen habe ich schon drei Mal mit Jesús telefoniert. Jeden Mittwochabend um zehn. Wir lernen vorher neue Vokabeln, um den anderen zu überraschen. Manchmal sind es Wörter aus dem Bereich des Sexuellen. Ich habe eine billige Vorwahlnummer gefunden, jetzt kostet mich die Minute nur 1,59 Mark. Dafür sprechen wir allerdings auch viel länger, wenn ich ihn nach vielen Wählversuchen und falschen Verbindungen erreiche. Ich weiß, dass er warten wird, bis es klingelt. Er sagt, dass er die ganze Woche auf dieses Klingeln wartet.

Jesús war in Havanna. Ein Freund hat ihn im Lastwagen mitgenommen, sie waren 10 Stunden unterwegs, 10 Stunden in eine Richtung. Aber er hat den Computer nicht bekommen. Man muss Geduld haben in Kuba, sagt er. *Paciencia*.

Schon hundert Meter vor der Veranstaltung spielt der erste Leierkastenmann. An den Laternen hängen Wegzeichen bis zum großen Tor. Dahinter ist Alt-Berlin aufmarschiert. Blumenfrauen, Dienstmädchen, Zeitungsjungen und Pickelhaubenträger bieten Cocktails an. Ein bärtiger Kleindarsteller mit zerzaustem Haar ist Vater Zille und malt in einen Zeichenblock. Das Orchester trägt historische Gendarmenuniformen und spielt auf der Freitreppe alte Berliner Lieder.

»Das ist die Berliner Luft, Luft, Luft!« Die Entertainer unter den eintreffenden Gästen machen drei lustige Hüpfer. Der Bundespräsident grüßt lächelnd mit erhobener Hand und fällt für ein paar Schritte in den Marschrhythmus, bis er an der Kapelle vorbei ist. Die Fotografen schubsen sich für diesen Schuss.

Ein großes Magazin stellt heute Abend sein »Special Berlin« vor.

Seit Berlin wieder die Hauptstadt des vereinigten Deutschlands ist, haben alle Printmedien Sonderhefte hervorgebracht, in denen Berlin als spannende, schnelle, junge Stadt entdeckt wird. Auch das Adjektiv »schrill« taucht in diesem Zusammenhang immer wieder auf.

Auf den dazugehörenden Fotostrecken von Club-Partys verwischen sich die Konturen und Farben wie durch eine Rissbewegung, so wird der Touch von Ekstase erreicht.

Der Termin für die Präsentation, Anfang September, liegt günstig. Journalisten, Politiker und Wirtschaftsleute sind aus dem Urlaub zurück. Es gibt viel Seglerblond im Saal. Mit dem Erscheinen erklärt die Führungselite ihre Sympathie für Berlin.

Marie sitzt in der zweiten Reihe und sieht auf den Verschluss eines Colliers im Nacken der Vorstandsvorsitzenden eines der größten deutschen Verlage. Marie verdankt diesen guten Platz ihrem pünktlichen Eintreffen. Sie liebt es, den Auftritt der wichtigen Leute zu beobachten: die Rituale der Begrüßungen – wie den kleinen Anlauf zum Handschlag mit dem politischen Gegner oder den Zangengriff am linken Oberarm eines Verbündeten, während die rechte Hand schüttelt. Marie registriert die flinken Witterungen der Aufsteiger und die gemächliche Gangart der Mächtigen.

Außerdem sitzt Marie gerne zwischen wichtigen Leuten.

Es ist schon das dritte »Special Berlin« dieses Magazins. Das komme daher, weil die Stadt so spannend und schnell sei, sagt der Chefredakteur in seiner Begrüßungsrede. Er zitiert Alfred Döblin und einen Berliner Taxifahrer – alles ist wie immer bei solchen Reden. Er nennt die Autoren der wunderbaren Beiträge dieses Heftes, und Marie registriert mit einem kleinen Stich im Herzen, dass keiner aus dem Osten über das neue Berlin geschrieben hat. Auch das ist fast immer so.

Wenigstens hat Karola eine Fotostrecke im Heft – »Wasser in Berlin«: Seen, Flüsse, Springbrunnen, Pfützen, ein Regenschleier vor der Fassade des Sony-Centers und ein Regenbogen über dem Reichstag. Marie hat die Fotos schon auf den Kontaktbögen gesehen. Der Chefredakteur erwähnt die Fotografin als begnadete Lichtmalerin, was gut für Karolas Auftragslage ist. Sie ist gerade unterwegs zu dem Thema »Hamburg und der Wassersport«. Sie muss halt alles machen.

Marie, die ihre Gleitsichtbrille aufgesetzt hat, sieht kleine Schweißperlen auf der Oberlippe des Chefredakteurs. Er wird seine Gründe haben, diesmal nicht abschließend über die Auflagenhöhe seines Blattes zu sprechen, aber er weiß, dass alle hier die aktuellen Zahlen kennen. Es könnte seine letzte Vorstellung sein. Und wenn er abschließend zum Büfett einlädt – »Eisbein und Buletten, dazu ein kühles Pils« –, dann wissen die Gäste, dass auch dieses Magazin inzwischen sparen muss.

Die Kapelle marschiert in den Saal hinein – wufftata, wufftata, »Untern Linden, Untern Linden, da spaziern die Mägdelein«. Gute Musik, aber sehr laut. Man muss schreien beim Gespräch oder die Köpfe zusammenstecken.

Marie brüllt einem älteren Kollegen vom »Stern« ein Kompliment für seine letzte Reportage ins Ohr, und der besorgt sofort zwei Bier. Alle Journalisten freuen sich über Zuspruch. Es gehört zu den Regeln, dass der Gelobte auf ein, zwei Gedanken verweist, die ihm irgendein Idiot im letzten Moment wieder rausgestrichen hat. Man sagt dann: »Dein Text war trotzdem sehr gut.« Marie erhofft sich im Gegenzug eine anerkennende Bemerkung über ihren Nachruf auf Manja Gottschalk. Aber der »Stern«-Kollege sagt nur, dass er überhaupt nicht mehr zum Lesen kommt.

Dann stehen beide an einem Tisch – direkt neben einem Sprecher der »Tagesschau«, dem Gesellschaftsreporter von »Bunte« und einer schönen Abgeordneten von den Grünen. Am Nebentisch lacht der Kanzler. Rundherum nur Fernsehgesichter und Bodyguards.

Mittendrin steht Marie. Sie hat einen festen Arbeitsplatz, sie verdient gut, sie ist eine anerkannte Journalistin. Eine von denen, die solche Einladungen bekommen.

»Wie geht es Ihrem Mann?«, fragt die schöne Abgeordnete. Sie sieht dabei Marie an.

»Meinem Mann?«

»Ja, wie geht es Lothar?«

»Den kenne ich nicht.«

»Also ich hätte jetzt wetten können, dass Sie die zweite Frau von Lothar sind.«

»Bin ich nicht.«

»Aber die Ähnlichkeit ist verblüffend. Oder machen Sie sich gerade einen Spaß mit uns?«

Der Tagesschausprecher und der Gesellschaftsreporter stellen ihre Biergläser ab und sehen mit einem leichten Misstrauen zu Marie.

»Sie ist wirklich keine Frau von Lothar, ich würde das wissen«, hilft Maries Kollege vom »Stern«.

»Weil Sie selber ein Freund von Lothar sind?«, fragt ihn die schöne Abgeordnete.

»Leider nein«, sagt der Kollege.

»Ich möchte auch kein Freund von Lothar sein«, sagt der Gesellschaftsreporter und schlägt mit der flachen Hand auf den Tisch, »der Mann erfindet die dümmsten Gerüchte!«

»Wirklich eine üble Dreckschleuder«, fügt die Abgeordnete hinzu.

»Tut mir Leid«, sagt Marie.

»Wieso tut es Ihnen Leid, wenn Sie Lothar gar nicht kennen?«, fragt der Tagesschausprecher.

Das Gespräch entwickelt sich nicht gut.

Marie trinkt ihr Glas aus und zieht sich mit einem Lächeln zurück.

Einen Triumph erlebt sie doch noch: Der Bundestagspräsident persönlich kommt auf Marie zu. Es gibt eine Umarmung, er zieht sie beiseite, sie stehen hinter einem Pfeiler. Fotografen dokumentieren sofort die vertrauliche Szene. Marie plaudert mit dem Bundestagspräsidenten eine heitere halbe Stunde, bevor sie sich, wiederum mit einer Umarmung, verabschieden. Erstaunte Blicke folgen Marie. Das schmeichelt.

Es weiß ja keiner, dass sie mit dem Mann früher im Osten zur Schule gegangen ist. Jetzt bekleidet er das zweithöchste Amt im Land, aber bei zufälligen Begegnungen wird er sofort wieder der nette, kluge Klassenkamerad. Er ist sich sehr ähnlich geblieben, nur dass er damals keinen Bart getragen und bei Partyküsschen nicht so gekitzelt hat.

»Hast du vielleicht auch Zeit für den einfachen Mann von der Straße?«

Marie dreht sich um. Sie freut sich.

Gerhard Kadritzke ist also nicht in London. Etwa vor acht Wochen haben sie in einer warmen Nacht in der Oranienburger Straße eine intime Verabredung getroffen und danach mehrmals am Telefon die üblichen Scherze darüber gemacht.

»Ich suche dich. Zeit läuft«, sagt Gerhard.

»Bis Ende des Jahres muss ich mich entscheiden.«

»Ich denke, ihr Ostler habt eure Pläne immer vorfristig erfüllt?«

»Das war doch meistens geschwindelt.«

»Du siehst schön aus«, sagt Gerhard, »irgendwie frisch.«

Ich weiß ja, dass das mit den Telefonaten nach Kuba zusammenhängt, aber ob Marie auch so ehrlich ist?

»Also«, sagt Marie, »danke.«

Die Kapelle marschiert wieder durch den Saal, »Bis früh um fünfe, kleine Maus«.

Gerhard fragt: »Wollen wir gehen?«

Marie wundert sich immer noch, dass man im Westen so leicht in die Hotels kommt.

Sie erinnert sich, wie zu tiefen DDR-Zeiten einmal zwischen den Etagen der Fahrstuhl angehalten wurde: Marie wollte während der Dokumentarfilmwoche mit einem chilenischen Kameramann auf dessen Zimmer im Hotel »Stadt Leipzig« verschwinden. Ihre Rückführung in das gut besuchte Foyer war sehr peinlich. Das Personal hatte sie sogar aus dem Hotel geleitet. Noch rigoroser waren die Kontrollen in russischen Hotels. Die Etagenwächterinnen schreckten nicht davor zurück, die Zimmer aufzuschließen und nicht angemeldete Personen herauszuholen, auch wenn die nur halb bekleidet waren. Auch wenn die im selben Hotel wohnten.

Trotzdem ist es immer noch ein kleiner Kitzel, einem sehr sympathischen Mann am späten Abend in den dritten Stock des »Schweizerhofs« zu folgen. Dass Gerhard selbst mit dieser Wendung nicht gerechnet hat, erkennt Marie sofort: Die Unterhose, die er offenbar bis zum Wäschewechsel für das Zeitungsfest getragen hatte, liegt auf dem Fußboden. Es rührt Marie, dass Gerhard seinen ausgebreiteten gestreiften Schlafanzug von der Tagesdecke nimmt und unter das Steppbett schiebt.

Gerhard öffnet einen Hemdknopf.

»Was gibt es denn in der Minibar?«, fragt Marie.

Es gibt viele kleine Flaschen mit verschiedenen Inhalten. Marie schlägt ein Herrengedeck vor – eine in der DDR übliche Mischung aus Sekt und Bier.

»Zusammen?«, fragt Gerhard erstaunt.

Jawohl. Mit dieser Mischung zwang damals die Gastronomie die Biertrinker unter den Barbesuchern zu einer größeren Bestellung: Bier gab es nur mit Sekt zusammen. Aber die Kombination schmeckte nicht schlecht. Sie schmeckt auch heute noch und streckt die Reserven der Minibar.

Marie zieht die Schuhe aus und legt sich auf das Bett. Gerhard legt sich daneben. Sie trinken.

»Du wirst dir das Kleid zerknittern«, sagt Gerhard.

Marie schweigt.

»Und ich mir die Hose.«

Marie schweigt.

»Ich muss ein bisschen Druck machen«, sagt Gerhard. »Es ist nämlich vorläufig unsere letzte Gelegenheit.«

»Es passiert noch in diesem Jahr mit uns oder überhaupt nicht. Wieso diese Eile im September?«

Gerhard legt einen Arm um Marie: »Es hat sich was geändert – ich komme nicht nach Hamburg zurück, ich gehe nicht nach Berlin, und ich bleibe auch nicht in London. Wir gehen nach Brasilien. Ich werde das Büro in São Paulo leiten.«

Marie denkt nach über das »wir«.

»Du kannst doch gar kein Portugiesisch.«

»Das lernen wir gerade.«

»Und ich lerne gerade etwas Spanisch«, sagt Marie. »Bei mir hat sich auch etwas geändert. Aber es ist nichts Dienstliches.«

»Du hast einen Spanier kennen gelernt?«

»Wasser, Wasser«, sagt Marie.

»Einen Chilenen, einen Mexikaner, einen Nicaraguaner?«

»Kohle, Kohle.«

»Etwa einen Kubaner?«

»Feuer!«, ruft Marie.

»Also weißt du: Da komme ich extra nach Berlin, um dir die Wahrheit zu sagen, und denke, dass ich dir das Herz brechen werde. Aber du gehst mit einem Kubaner ins Bett! Oder?«

»Und du lernst Portugiesisch mit deiner Frau und haust ab nach Brasilien, obwohl ich deine Geliebte werden wollte! Was könnte ich jetzt enttäuscht sein!«

»Stimmt auch wieder«, sagt Gerhard.

Es wird also gar nichts passieren. Nicht schlimm. Es ist auf lange Sicht sogar viel besser. Sie liegen nebeneinander auf dem Bett, schalten sich durch die Fernsehkanäle, in denen um diese Zeit viele nackte Weiber ihre Brüste reiben, sich die Lippen lecken und eine Telefonnummer aufsagen.

Marie erzählt von Jesús.

»Aber eigentlich weißt du wenig von ihm?«

»Ich weiß eigentlich gar nichts.«

»Dann flieg doch einfach hin.«

Dann flieg ich einfach hin, denke ich im Taxi.

Ich nehme ein paar Tage Urlaub. Das kann nicht die Welt kosten. Viele Leute machen um diese Zeit Urlaub in Kuba. So verlängern sie den Sommer. Ich werde ein schönes Hotelzimmer buchen und mich ganz locker mit Jesús treffen.

Ich fliege einfach hin.

Ich höre meinen Namen am Frankfurter Flughafen über Lautsprecher. Man ruft mich nach der Zwischenlandung an den Abfertigungsschalter.

»Geben Sie mir bitte Ihre Bordkarte«, sagt eine lächelnde Dame.

Die möchte ich aber gar nicht aus der Hand geben – ich habe Fenster. Ich hatte Fenster von Berlin nach Frankfurt, und ich habe auch schon Fenster nach Ciego de Avila. Ein Fensterplatz ist wichtig, ich liebe den Späherblick über wechselnde Landschaften. Nur wenn es endgültig dunkel ist, sehe ich nicht mehr hinaus, aber ab Sonnenaufgang muss ich mich beherrschen, meine schlafenden Nachbarn nicht anzustoßen. Ich grüße Dorfnester in Bergfalten und zähle Schiffe im Ozean, ich spüre immer noch einen Kick, wenn das Flugzeug das Festland verlässt.

»Wir möchten Ihnen einen Flug in der Business-Klasse schenken«, sagt die Dame.

Das fängt ja gut an. Ich habe keine Ahnung, wie man ausgerechnet auf mich gekommen ist, vielleicht Zufall oder eine geschickte Werbemaßnahme, mit der die Fluggesellschaft zu viele freie, teure Plätze kaschiert.

Jedenfalls ist es ein großer Unterschied, ob man elf Stunden seine Beine zum Bauch zieht oder in einem weichen Sessel lümmelt. Mit einem Wägelchen werden Illustrierte herangefahren, schon vor dem Start gibt es einen Cocktail. Als wir die vorgeschriebene Flughöhe erreicht haben, kommt ein weißes, steifes Damasttuch für das Wahlmenü mit mehreren Gängen. Eine rote Rose in einer Kristallvase. Champagner auf Handzeichen. Ich bewundere eine verschwenderisch ausgestattete Bordtoilette. Später hüllt mich der Steward in eine warme Decke.

Als Privilegierte fliege ich nach Kuba.

Der liebe Gott billigt also mein Vorhaben. Solchen Vorzeichen gehört meine Aufmerksamkeit. Schon immer leite ich aus einer glücklichen Fügung eine zustimmende Haltung von ganz oben ab, das sind die Reste meiner christlichen Erziehung.

Auf dem Monitor steht der kleine schwarze Pfeil, der unsere gegenwärtige Position über der Weltkugel anzeigt. Langsam ruckelt er über den Atlantischen Ozean.

Jesús hat am Telefon mehrmals nachgefragt.

»Du kommst? *¿De verdad?*«

Vor mir lag das Ticket.

In seiner Stimme war nur Freude. Keine Spur von Angst vor einem Überfall.

Ich habe vor einer Woche in meinem alten DDR-Atlas die Seite mit Kuba aufgeschlagen – manche Dinge ändern sich nicht – und festgestellt, dass Minas nicht am Meer liegt.

Jesús hatte mir in Berlin von einer früheren Arbeit als Wachmann in einem Strandhotel erzählt.

»In Minas gibt es gar keine Hotels«, sagt Herr Eckart.

Er leitet das Reisebüro neben unserer Redaktion. Viele Mitarbeiter buchen bei ihm. Wahrscheinlich ist Herr Eckart am besten über unsere Lebenslagen informiert, er kennt unseren finanziellen Spielraum, unsere Gewohnheiten und familiären Verhältnisse. Er schickte auch schon Pärchen auf Reisen, die aus guten Gründen sonst nicht als Pärchen auftreten.

»Wieso muss Ihr Urlaub unbedingt in der Nähe von Minas stattfinden?«

»Ich kenne da jemanden.«

Herr Eckart setzt sofort die Miene des verschwiegenen Profis auf, studiert die Kuba-Informationen und rät zu Santa Lucía – von Minas aus der nächste Touristen-Badeort, aber immer noch 90 Kilometer weit weg. Weil es nur all inclusive gibt, wird die Urlaubswoche im Hotel »Cuatro Vientos« knapp 2000 Mark kosten.

»Genießen Sie die Zeit«, sagt Herr Eckart.

Die Summe relativiert sich später etwas durch meinen schicken Business-Flug. Außerdem hat das Hotel vier Sterne. Ich denke, dass man in dieser Kategorie großzügiger sein wird mit Herrenbesuch.

Meine ehemalige Studienkollegin Barbara Sánchez arbeitet in einem Verlag. Sie ist in Deutschland seit drei Jahren mit einem Kubaner verheiratet. Ich habe sie angerufen und gefragt, was ich bei einem Besuch nach Kuba mitnehmen soll. Was wird da am meisten gebraucht?

»Alles«, hat sie geantwortet.

Jesús hat vier Brüder, Vater, Mutter und eine kleine Tochter. Die Brüder sind älter als Jesús, sie werden Frauen und Kinder haben. Alle wohnen dicht beieinander. Ich werde bestimmt die ganze Familie kennen lernen und kann als Gast nicht mit leeren Händen kommen.

Du solltest denen einfach ein paar Dollar auf den Tisch legen, hat Marie geraten.

Taktgefühl war noch nie ihre Stärke.

Der Koffer liegt jetzt in einem kalten Flugzeugbauch. Mein Drogeriemarkt muss einen Umsatzsprung bemerkt haben, im Dutzend habe ich Zahnpasta, Seife, Zahnbürsten eingekauft. Kosmetik für die Frauen, Süßigkeiten für die Kinder. Kugelschreiber, Kerzen, Batterien, Waschpulver. Für Miranda eine Puppe. Für Jesús einen Sprachkurs Deutsch als Kassette und Buch, Papier für den Drucker, Bodylotion, eine Jeans und Unterhosen. Sehr schöne Unterhosen, das Auge isst ja mit.

Ich sitze in meinem Sessel und male mir aus, wie ich in einer kubanischen Familie als Engel der Armen begrüßt werde.

Jetzt bin ich der Westbesuch.

Was habe ich mich zu Mauerzeiten über die Geschenke meiner Verwandten und Freunde aus dem Westen gefreut. Allerdings – jetzt leiste ich doch Abbitte bei Marie –, es war auch sehr schön, wenn Cousin Eberhard zu Weihnachten ein Kuvert überreichte, da war immer ein Fünfzigmarkschein drin.

Mitten über dem Atlantik überfällt mich ein heißes Begehren nach Jesús. Im Kopf läuft die Simulation ab. Ich bin froh, dass niemand neben mir sitzt.

Er wird im »Cuatro Vientos« warten, er kennt das Personal, sein Hotel war nebenan. Er kennt auch die Landezeit des Flugzeugs.

Ich sehe auf die Uhr: Ungefähr in zehn Stunden werden wir im Bett liegen. In Kuba wird dann später Nachmittag sein. Sechs Stunden früher als in Deutschland. Es ist wichtig, ausgeruht anzukommen. Ich muss jetzt schlafen.

Alle Freunde denken, dass ich einfach eine Woche Urlaub mache, nur Karola weiß Bescheid und mein Sohn. Er hat gelacht, als ich ihm meine Affäre gebeichtet habe. Ich hoffe, dass Meike nicht neben ihm am Telefon gestanden und sich über die unwürdige Großmutter in spe vor Lachen gekrümmt hat.

»Versprich dir nicht zu viel von der Reise«, sagte mein Sohn.

»Ich verspreche mir gar nichts.«

»Du neigst aber dazu. Versuche einfach, dich zu erholen.«

Mache ich. Ich habe ein feines Hotel und bin völlig unabhängig. Wenn nebenbei noch ein Abenteuer abfällt, soll es mir recht sein.

Ich bin scharf auf diesen Mann. Das ist kein edles Motiv für diese Reise. Aber ein starkes.

Jetzt fliegen wir schon eine Weile über Kuba. Als Kind habe ich gedacht, dass es schwer sein muss, auf einer Insel zu landen. Heute denke ich, dass es schwer sein muss, auf einem Flugzeugträger zu landen.

Kuba hat fast 111 000 Quadratkilometer, Monaco hat zwei. Das muss man sich mal vorstellen. Dieses Kuba zieht sich beim Anflug ziemlich hin. Der Flughafen von Ciego de Avila liegt östlich von der Landesmitte. Der Bus wird dreieinhalb Stunden bis Santa Lucía brauchen, bis zu Jesús in der Lobby.

Die Passagiere der Business-Class dürfen als Erste hinaus. Ich nehme meine Rose mit und spüre auf der Gangway die feuchte Hitze wie einen Schlag. In der Empfangshalle ist es nicht viel kühler. Nur zwei Schalter sind besetzt. Lange blättert der Beamte in meinem Pass. Er sieht mich immer wieder prüfend an, mein Lächeln verfliegt. Er liest auf seinem Monitor. Was soll das? Ich habe eine Pauschalreise gebucht, ich bringe Geld ins Land. Jetzt muss ich meinen Kopf nach rechts und links drehen. Und warten. Der Beamte macht sich Notizen. Dann winkt er mich wortlos durch.

Mein Koffer kurvt auf dem Band heran. Hinter der Glastür sehe ich Gepäckträger, aber in der Halle muss ich mir alleine helfen. Ich schiebe mit ganzer Kraft den Koffer vor mir her zum Zoll, Arme durchgestreckt, Hintern in die Luft, und stoppe vor einer jungen uniformierten Frau.

Sie nimmt mir die Rose weg und wirft sie achtlos hinter sich in einen Karton.

»*¿Por qué*?«, frage ich

»*Higiene*«, sagt sie.

Im Vergleich zu anderen Passagieren bin ich gut durchgekommen. Meinem Nachfolger an der Zollbarriere nimmt sie einen angebissenen Apfel aus der Hand. Alles Essbare wird aufgespürt und im Karton entsorgt – auch die Brötchen, die sich die Weitsichtigeren unter uns im Flugzeug für die lange Busfahrt geschmiert haben. Überall stehen bewaffnete Posten und dämpfen die Lust zum Widerspruch.

»Das essen die nachher alles selber auf.« Solche Sätze werden höchstens geflüstert.

Draußen verlangen die Kofferträger den ersten meiner Eindollarscheine, zu denen der nette Mann im Reisebüro geraten hatte. »Nehmen Sie reichlich davon mit. Bei größeren Scheinen sagen alle, dass sie nicht wechseln können.«

Ich sitze im Transferbus, aber es dauert noch zwei Stunden, bis alle Passagiere an Bord sind. Weil die ganze Zeit die Klimaanlage läuft, klappern mir die Zähne.

Ich tippe dem Fahrer auf die Schulter und bitte um etwas weniger kalte Luft.

»Full or out!«, sagt er. Aber er hilft mir, aus dem bereits verstauten Koffer einen Pullover zu holen.

Mit großer Verspätung fahren wir los. Nach einhundert Metern geht der Motor aus. Der Busfahrer und der Reiseleiter steigen aus und sehen unter die Haube.

Neben mir sitzt ein Mann um die dreißig:

»Das fängt ja gut an«, sagt er. »Reisen Sie allein?«

»Ich besuche kubanische Freunde.«

»Hoffentlich kann ich auch ein paar Bekanntschaften machen.«

Hoffentlich. Sicher ist das nicht. Das Gesicht des Mannes irritiert mich – als ob ihm jemand die Nase nach innen geschlagen hätte: Im Profil stehen Stirn und Kinn weiter vor als die Nase. So zeichnet man den Neumond als ein Gesicht. Seine dicken Beine in der kurzen Hose haben die bleiche Hautfarbe, die sofort Sonnenbrand bekommt. Armes Schwein, denke ich.

»Dieter«, sagt er und hält mir die Hand hin.

Ich sage auch meinen Vornamen, wir schütteln uns die Hände.

Wir fahren in Richtung Osten. Es dämmert schon, als wir einen Zwischenhalt machen. Raucherpause. Direkt vor mir steht ein Ortsschild. »Minas«.

Ausgerechnet hier stoppen wir. Wieder ein gutes Zeichen. Irgendwo hinter diesem Schild wohnt Jesús. Ich würde gerne weiter in die Straße gehen, aber wir fahren wieder los, nun nach Norden. Noch eine gute Stunde bis zum Liebesnest.

Nach einer halben Stunde beginnt ein Wolkenbruch. So große Tropfen gibt es in ganz Deutschland nicht. Nur in einigen Wellness-Hotels stehen Duschen mit extra schweren Tropfen, diese Duschen haben sogar einen eigenen Namen: »Karibischer Regenguss«.

Es ist inzwischen völlig dunkel, und der Reiseleiter sagt, dass wir bereits in Santa Lucía sind. Der Bus hält mehrmals und setzt Gäste vor ihren Hotels ab.

Meines kommt ganz am Schluss.

Wir fahren an einem Schlagbaum und mehreren Wächtern vorbei durch einen kleinen Park. Hinten sehe ich das erleuchtete Portal.

Davor steht Jesús. Mitten im karibischen Regenguss.

Er ist völlig durchnässt. Wir umarmen uns.

»Schönen Urlaub noch«, sagt Dieter und schleppt seinen Koffer vorbei.

»Meine Liebe«, sagt Jesús.

Sie haben ihn nicht ins Hotel gelassen. Er durfte nicht einmal unter das schützende Portal, schon gar nicht auf die Sessel in der Empfangshalle. Es gibt neue Order vom Touristik-Ministerium. Sie soll die Kubaner noch strenger von den ausländischen Gästen fern halten als bisher.

»Komm mit!«

Jesús schüttelt den Kopf: »¡*Prohibido*!«

Verboten.

»Moment mal«, sage ich.

Marie trommelt mit allen zehn Fingern auf den Tresen der Rezeption. Sie verlangt den Hotelchef. Der Chef ist nicht da. Der nette junge Glatzkopf am Empfang spricht kein Deutsch, und Marie kann nicht gut genug Englisch, um ihre Empörung über die Behandlung eines Kubaners, der im Regen auf seine deutsche Freundin warten muss, so diplomatisch auszudrücken, dass sie nicht als Angriff auf den kubanischen Staat missverstanden werden könnte.

Marie sagt, dass sie Jesús in ihrem Zimmer anmelden möchte.

Sie sieht in fassungslose Gesichter.

»Zimmer nur für Heiratsleute«, sagt eine Mulattin hinter dem Faxgerät.

Dann eben noch ein Einzelzimmer.

»*Cubanos* nicht.«

Jesús steht immer noch im Regen. Zwei Sicherheitsposten, Pistole am Halfter, lassen ihn nicht passieren. Aber der Glatzkopf greift ein. Jesús zeigt seinen Ausweis und darf in die Lobby. Mehr, das begreift nun auch Marie, ist nicht drin.

Der Glatzkopf befestigt ein grünes Plastikarmband an ihrem Handgelenk, schnippt mit dem Finger: Einer der im Dutzend bereitstehenden Kofferträger greift das Gepäck und sieht Marie fragend an. Was nun?

Für mich ist es mittlerweile morgens um drei, ich bin völlig verschwitzt und zerschlagen. Ich könnte jetzt in meinem Viersternedoppelzimmer duschen und ins Bett gehen. Aber hier steht Jesús ganz allein. Ich weiß, wie weit weg Minas ist. Wie käme er nach Hause, wie verabreden wir uns? Ich kann auch nicht solidarisch mit ihm am Strand übernachten bei diesem Wolkenbruch. Und mein Hotelzimmer fällt für uns definitiv aus.

Jesús sieht mich nicht an, er schämt sich. Er hat hier gar nichts zu sagen.

Das Büro von *Havanautos* in der Lobby hat schon geschlossen.

»Können Sie ein Auto besorgen?«, frage ich den Glatzkopf.

»*¿Ahora*?« Er wundert sich.

Sofort bitte. Ich drücke ihm einen 50-Dollar-Schein in die Hand. Er nickt.

»Warte, ich komme gleich zurück«, sage ich zu Jesús.

Der Kofferträger geht voran auf einem kurvenreichen Weg zwischen weißen einstöckigen Bungalows. Bogenlampen leuchten im Regenschauer auf Hibiskusblüten in großen Sträuchern. Im Vorübergehen sehe ich einen Swimmingpool.

Ich werfe in meinem Zimmer alle Geschenke aus dem Koffer in zwei große Tüten, dusche, ziehe mich um und renne zum Eingang zurück. Das Haar klebt mir über den Augen.

Ein kleiner Mitsubishi fährt vor.

Immerhin: Wir sind jetzt beweglich. Wir können hier weg. Wir sind zusammen.

»*¿A mis padres?*« Jesús ist erstaunt, dass wir jetzt zu seinen Eltern fahren.

Wohin denn sonst? Kennt er eine andere Adresse, die uns aufnehmen würde? Kennt er nicht.

Wir fahren den Weg zurück, den ich vor kurzem mit dem Bus gekommen bin. Der Regen schlägt gegen die Scheiben, draußen ist es schwarz. Nie könnte ich hier Auto fahren, nachtblind, wie ich bin, aber mein Freund sieht sogar die Schlaglöcher und umfährt sie vorsichtig. Seine rechte Hand liegt warm auf meinem Knie.

Wir sind gegen zehn Uhr abends in Minas.

Jesús parkt vor einem kleinen Haus.

»Warten hier!«, sagt er.

Ich stehe auf der Straße und halte mich an meinen Tüten fest. Dann ruft er, und ich gehe über flache, zersprungene Marmorstufen ins Haus.

Offenbar waren die Eltern schon im Bett: Sie haben sich nur etwas übergeworfen, und ihr Haar ist zerzaust. Es sind alte Leute. Wir stehen im trüben Küchenlicht und geben uns die Hand. Dann sagt Jesús, dass unser Auto von der Straße muss, und geht weg.

Ich sitze auf einem grünen Plastikstuhl und sehe in die ausgemergelten Gesichter seiner Eltern. Sie lächeln mich an. Ich weiß nicht, was ich sagen könnte. Deshalb nehme ich ein paar Dinge aus den Tüten und lege sie auf den Tisch. Die Eltern sitzen auf ihren grünen Plastikstühlen, es gibt drei davon in der Küche, und nicken zu jeder neuen Gabe. Die bunten Verpackungen liegen wie Fremdkörper auf dem alten Wachstuch. Dann warten wir stumm, bis Jesús kommt.

Ich muss auf die Toilette. Als ich auf dem Becken sitze, das keine Brille hat, schiebt Jesús den kleinen Rest einer Rolle Toilettenpapier durch den Türspalt, wie eine besondere Gabe für einen besonderen Gast.

Ich kann nicht mit ihm schlafen. Es geht nicht. Ich höre die Atemzüge seiner Eltern durch die dünne Wand. Jesús sagt »Entschuldigung«.

Es geht ihm wie mir, er ist ohne Erregung. Er entschuldigt sich für seinen schlaffen Penis, für diese kleine dünnwandige Kammer und seine Ohnmacht im Hotel. Er schläft auf meinem Bauch ein. Etwas später bitte ich ihn, die Klimaanlage auszuschalten, die wie ein russischer Traktor an der Wand röhrt. Jesús schreckt hoch, macht Licht und sieht mich erstaunt an.

»Sehr heiß!«

Ja, aber ich bin diesen Lärm nachts nicht gewöhnt. Ich bin auch nicht daran gewöhnt, dass Dieselmotoren und scheppernde Lasten an meinem Bett vorbeifahren. Die Kammer liegt direkt an der Straße. Der gesamte kubanische Güterverkehr scheint sich auf ihr zu bewegen.

Ich liege wach und spüre, wie einzelne Schweißtropfen über meine Schulterblätter laufen. In meinem Kopf kreist ein einziger Gedanke: Was mache ich hier?

Der Kubaner schläft fest, obwohl auch seine Haut schweißnass ist. Er hat das Laken abgestreift, ich sehe in der Morgendämmerung seinen nackten, dunklen Körper.

Der Regen hat aufgehört.

Ich erwache allein.

Es ist still im Haus, kein Radio, kein Gespräch.

Ich ziehe mich an und gehe auf den Hof in die Sonne. Die Mutter von Jesús füttert ein schwarzes Schwein, das hinter einem hüfthohen Maschengitter eingesperrt steht wie in einer Zelle. Ich winke. Die Mutter, eine gebückte, sehr zarte, grauhaarige Frau, umarmt mich. Sie spricht Spanisch mit mir, leise und sanft. In der Küche macht sie mir einen Kaffee, ganz wenig Kaffee in einer ganz kleinen Tasse. Sie schüttet viel Zucker hinein.

»*Gracias*«, sage ich, mein erstes Wort an diesem Morgen. Der Vater von Jesús tritt in einer Zigarrenwolke durch die Tür.

Zwei Männer kommen in die Küche, eine junge Frau, zwei kleine Jungen, noch eine Frau und ein halbwüchsiges Mädchen. Sie begrüßen mich und sagen ihre Vornamen.

Alle stehen, nur ich sitze. Alle sehen zu, wie ich den Kaffee trinke. Alle lächeln. Ich hole mein Wörterbuch aus der Handtasche. »Gastfreundschaft«, sage ich: »*Hospitalidad*«. Sie lachen über meine Aussprache. Einer der Jungen klettert auf meinen Schoß.

»*Yo también hijo*«, sage ich.

Ich auch Sohn. Kein richtiges Spanisch, aber sie verstehen mich. Eine Mutter ist überall eine Mutter.

Sie zeigen mit dem Finger, wer zu wem gehört. Zwei Brüder fehlen noch, wahrscheinlich sind sie die Einzigen mit einer festen Arbeit.

Ich höre die Schritte von Jesús. Er ruft, noch in der Tür: »Kommunikation gut?«

»*Naturalmente*«, antworte ich unter dem Beifall der Familie. Er hat das Auto geholt und irgendwoher Frühstück besorgt: ein Stück Käse und ein paar Bananen. Ich soll das jetzt essen. Allein? Darf ich etwas anbieten? Hole ich meine Geschenke für die Familie hervor, oder müsste ich die Verteilung Jesús überlassen?

Die Mutter stellt ihm auf Spanisch eine Frage. Ich verstehe die Frage genau – sie will wissen, wie alt ich bin. Ich verstehe auch seine korrekte Antwort. Die Mutter zuckt nicht zusammen. Niemand sieht schockiert aus.

Der Vater sagt einen kurzen spanischen Satz, der alle zum Lachen bringt, auch die Kinder kreischen vor Vergnügen. Die Mutter schlägt ihrem Mann auf den Arm und lacht hinter vorgehaltener Hand. Sie blinzelt mir zu.

Was ist los? Was hat er gesagt?

Jesús kann kaum sprechen vor lauter Prusten: »Vater sagt: Alter ist egal, wenn gut ist das.« Er beugt sich vor und zeigt auf die Stelle zwischen meinen Beinen.

Später werde ich wissen, dass die Kubaner über nichts lieber reden als über diese Stelle zwischen den Beinen. Jetzt lache ich etwas verklemmt mit.

Als kleines Mädchen habe ich einmal zu meiner Mutter ein Wort gesagt, das sich die Kinder auf dem Spielplatz lachend zugerufen hatten, ein mir unbekanntes, lustiges Wort:

»Fotze!«

Danach hatte mir meine Mutter den Mund mit Seifenwasser ausgewaschen.

Ich möchte in mein Hotel, auspacken, einräumen, ankommen. Seit dem Flug habe ich nichts außer einem Stück Käse und einer Banane gegessen. Meine Augen brennen vor Müdigkeit. Ich möchte zu mir kommen. Es ist schon Mittag.

Ich will jetzt weg aus dieser kubanischen Küche, aber ich kann nicht, weil ein Haufen Kinder in unserem Mitsubishi sitzt und andächtig Musik im Autoradio hört.

Also freundlich vor der Tür warten. Ignorieren, dass mich von allen Seiten aufmerksame Blicke treffen. Höflich nicken, als Jesús fragt: »Möchtest du sehen Miranda?«

Ich glaube, dass es ihn kränken würde, wenn ich sein Kind nicht sehen möchte.

Wir holen die Kleine vom Kindergarten ab. Miranda ist ein schönes, zierliches Mädchen. Sie hängt an Jesús wie ein Äffchen und klatscht vor Freude in die Hände, dass sie im Auto nach Hause gebracht wird. Mich beachtet sie, dann allerdings mit einem schmatzenden Kuss, erst, als ich ihr die Puppe gebe.

Wir fahren ein paar Ecken weiter zu Lucía, sie ist immer noch Jesús' Ehefrau. Die angeblich Treulose steht in der Tür wie ein kubanischer Traum aus straffer, hellbrauner Haut, rotem Fruchtmund, schwarzen Locken und einem gewaltigen Hintern in rosafarbenen Leggins. An Angeboten hat es ihr bestimmt nicht gefehlt. Lucía streichelt meinen Arm wie eine Freundin und dankt für die Puppe.

Ich sehe mich in dem kleinen Zimmer um. Hier haben sie zu dritt gewohnt, hier steht noch der gemeinsame Fernseher. In dem Bett haben sie vielleicht das Kind gemacht.

»Lucía schöne Frau?«, fragt Jesús im Auto. Mit der Antwort will er mein Verständnis für sein früheres Leben.

»Sehr schöne Frau«, sage ich. »Sehr schöne Tochter.«

»Und Minas ist gut?«

»Sehr gut. Aber warum hast du das Auto über Nacht versteckt? Gibt es hier viele« – Wörterbuch – »*ladrones*?«

Keine Diebe. Es ist wegen der *polícia*, wegen der Sicherheitspolizei. Kubaner haben privat keine neuen Autos. Kubaner dürfen keine ausländischen Gäste empfangen, schon gar nicht über Nacht. Streng verboten.

Das wusste ich nicht. Ich habe die Familie in Schwierigkeiten gebracht. Damit entfällt auch dieses Haus als unser Treffpunkt.

Früher fuhr Jesús ein Taxi. Es ließ sich irgendwann nicht mehr reparieren. Davor hat er zwei Semester Medizin studiert, aber weil das Geld in der Familie nicht reichte, arbeitete er in einer Silbermine. Er sagt, dass diese Arbeit die Hölle war. Der Job als Wachmann in Santa Lucía war dagegen das Paradies: Es gab Personalessen, ein paar Dollars nebenbei und manchmal auch eine Touristin. Bei unserer Rückfahrt ist von einer Finnin die Rede, mit großen Silikon-Brüsten. Da war er aber schon von Lucía getrennt. Wohl um mich zu beruhigen, deutet Jesús eine Spritze in seiner Armbeuge an: Das Hotel führte für seine Mitarbeiter regelmäßige Aids-Tests durch.

Es wurde vor einem halben Jahr abgerissen. Seitdem ist er ohne Arbeit. Er macht irgendwelche illegalen Geschäfte.

»Gibt es keine andere Möglichkeit?«

»Mit Computer von dir. In Kuba schreiben alle mit Hand. Mit Printer sieht besser aus.«

Kleine Gewerbetreibende würden ihn beschäftigen, sie brauchen Kopfbögen, Speisekarten oder Warenlisten.

Aber mein Apple ist immer noch nicht angekommen. Er lagert beim Zoll in Havanna. Irgendeine Kommission muss ihn freigeben. Jesús ruft jede Woche dort an.

Er setzt mich vor dem Hotel ab, das Auto muss zurück. Wir verabreden uns eine halbe Stunde später am Schlagbaum. Dann werden wir zum Strand gehen und einen Plan machen.

Die Gäste vom »Cuatro Vientos« liegen unter Palmen in der Sonne. Eine Bar steht mitten im türkisfarbenen Pool, die Urlauber sitzen auf Hockern davor, das Wasser steht ihnen bis zum Bauch. Dieter winkt. Ich winke auch und haste zu meinem Zimmer.

Jetzt sehe ich erst, wie nobel es eingerichtet ist. Hier summt die Klimaanlage ganz leise. Ich räume den Koffer aus. Am liebsten würde ich mich ins Bett legen. Oder an den Pool. Cuba libre trinken, all inclusive.

Direkt neben dem Hotel führt ein Weg zum Strand. Aber der Posten lässt Jesús nicht durch. Wir gehen zur Hauptstraße zurück, laufen parallel zum Meer und biegen bei einer Baustelle nach rechts. Es gibt keinen Weg, nur Schotter, Steine, hohes Gras. Ich bleibe erschöpft stehen. Der starke Jesús trägt mich, bis wir auf dem feinen weißen Sand ankommen. Rechts sehe ich die Schirme und Strandliegen meines Hotels. Direkt neben uns steht ein uniformierter Wachmann, der diesen Bereich abschirmt. Sofort stellt er sich Jesús in den Weg, dem Landsmann. Obwohl sich beide als ehemalige Kollegen kennen.

Ich ziehe eine Liege über die Grenze in den unbewachten Bereich. Der Posten traut sich nicht, mir das zu verbieten. Ich habe ein grünes Bändchen. Eine Liege steht mir zu.

Out of Area. Hier ist unser Platz. Wir haben kein Zimmer, wir haben kein Bett.

»Aber wir haben *océano*«, sagt Jesús.

Ich komme in dem warmen durchsichtigen Wasser. Ich bin schwerelos. Meine Beine umschlingen die Hüften meines Freundes, er biegt sich nach hinten, er stöhnt. Ich spüre die Wellenbewegung unserer Körper. Bevor Jesús zu schreien beginnt, steckt er gurgelnd seinen Kopf in das salzige Wasser. Dann taucht er auf, spuckt aus und sagt lachend: »In *océano* kann Fidel nicht verbieten.«

Wir haben eine Alternative.

Wir haben vielleicht ein Zimmer. Der Besitzer von dem Mitsubishi hat Jesús einen Tipp gegeben: Er kennt jemanden, der für 20 Dollar pro Nacht ein Zimmer vermietet, etwas außerhalb in einem Neubaugebiet. Niemand darf davon erfahren, der Mann käme ins Gefängnis. Ich stelle mir vor, wie wir uns lieben werden, in einem richtigen Bett, fünf Nächte lang.

»Mein Gott, hundert Dollar!«, sagt Jesús. Dafür arbeitet Lucía zehn Monate bei der Poststelle, ich weiß. Aber ich verdiene mehr.

Ich werde auch ein Auto mieten. Wir müssen von der Straße verschwinden. Jesús könnte von einer Polizeistreife aufgegriffen und nach Minas zurückgebracht werden, wenn er keinen guten Grund angeben kann, warum er sich in Santa Lucía aufhält.

Ich muss uns verstecken, aber Jesús hat Hunger. Es gibt keine Restaurants für Kubaner in Santa Lucía. An der Uferstraße stehen fünf, sechs Hotels, es gibt nur noch eine Dollar-Tankstelle, eine Dollar-Bank, eine Dollar-Nachtbar. Der Ort besitzt keinen alten Kern oder ein Hinterland, er ist nur eine Beton-Schöpfung für Touristen. An ihren Rändern liegen große Hüttensiedlungen, hier wohnen die Köche, Kellner, Gärtner, Kofferträger und Putzfrauen.

»Könnte sein, dass ich deine Hilfe brauche«, sagt Dieter.

Er hat sich zum Abendbrot zu mir gesetzt. Jetzt wird es schwerer, ein Stück gebratenes Huhn in eine Papierserviette zu wickeln und unauffällig in die Badetasche fallen zu lassen. Geschnittenes Weißbrot und Bananen liegen schon drin. *»Hasta siempre, Comandante Che Guevara«*, singt das Gitarrenduo vor unserem Tisch. Wie soll ich vor aller Augen Essen klauen für meinen hungrigen Freund, der längst vor dem Hotel wartet?

»Was soll ich denn machen?«, frage ich und schiebe ein Stück Käse unter eine weitere Serviette.

»Ich habe eine Kubanerin getroffen. Eine Studentin. Sie möchte so gerne an unseren Pool. Könntest du sie als deine Freundin ausgeben?«

Da hat der dicke Dieter wirklich keine Zeit verloren. Er ist doch auch erst einen Tag hier. Ich putze mit der Serviette flüchtig meine Nase und lege sie zusammen mit dem Käse in meine Tasche.

»Hast du nicht die Wachleute gesehen? Kubaner dürfen hier nicht rein.«

»Und wie machst du das?«

Er fragt nicht neidisch, nicht böse, er fragt nur interessiert.

»Außerhalb«, sage ich.

Dieter sieht mich bewundernd an.

»Denk noch mal drüber nach. Sie ist sehr nett. Kommst du noch mit an die Bar?«

»Geht leider nicht. Ein andermal.«

Ich stehe auf und gehe zum Ausgang. Am Büfett nehme ich noch einen Apfel mit.

Die Autovermietung im Foyer ist mit einem schnurrbärtigen jungen Mann besetzt. Ich miete einen Daewoo Cielo für 60 Dollar täglich, plus 18 Dollar tägliche Versicherung, plus 250 Dollar Kaution.

Ich kann hören, wie Marie die Summe im Kopf addiert. Aber es sind ja nur noch fünf Tage.

Wir sitzen im Auto. Jesús isst. Das Huhn ist mit kleinen weißen Schnipseln von dem Papiertaschentuch bedeckt, sie kleben auf dem Fleisch und gehen nicht ab. Er ignoriert sie. Er schlingt das Huhn, den Käse, die Bananen und den Apfel. Morgen muss ich mehr mitgehen lassen.

Das Neubaugebiet ist nicht groß, nur ein paar Blocks. Es ist schon ganz dunkel, in Kuba fällt die Nacht von einem Augenblick zum anderen wie ein Vorhang. Wir steigen in den zweiten Stock, die Betonstufen sind verschieden hoch, manche sind zerborsten. Jesús hält meine Hand, er lässt sie nicht los, als wir anklopfen. Ein älterer kleiner Mann mit nacktem Oberkörper öffnet. Es riecht nach ranzigem Fett.

Die Männer verhandeln, wir dürfen eintreten. Wir gehen durch ein Wohnzimmer mit verschlissenen dunkelbraunen Sesseln und vielen Kunstblumen.

Hinter einem Gang ist unser Zimmer. Von der Decke leuchtet eine nackte Glühbirne auf ein breites Bett. Mehr Mobiliar gibt es nicht, nur noch eine lärmende Klimaanlage und ein paar Wandhaken. Wir sollen die fünf Tage sofort bezahlen. Ich hole den Schein aus der Tasche. Dann reden sie über das Auto: Auf dem Nummernschild steht »Turismo« – es darf auf keinen Fall vor dem Haus bleiben. Der Alte beschreibt Jesús den Weg zu einer Unterstellmöglichkeit.

Ich bin allein und sitze auf dem Bett. Das Laken ist sauber, die Matratze sehe ich mir nicht an. Die scheibenlosen Fenster sind mit Brettern vernagelt. Dem Zimmer gegenüber liegt die Toilette mit einer Dusche. Die Kacheln sind verdreckt. Im Becken schwimmt ein Stück Scheiße, die Spülung ist zu schwach. Ich entschließe mich, in die Dusche zu pinkeln. Aber es gibt keinen Duschkopf, auch keine Armatur. Wo, verdammt noch mal, kommt hier das Wasser her?

Oben in der Wand ist eine kleine Öffnung. Ich greife hinein und fühle eine Rändelschraube. Als ich sie nach rechts drehe, tröpfelt Wasser aus der Öffnung, der Strahl ist ungefähr so dick wie mein kleiner Finger. Ich ziehe meine Sachen aus und stelle mich unter das Wasser. Wenn ich mehrmals in die Luft springe und mich dabei drehe, werde ich überall nass.

Ist es das wert?, flüstert Marie. Ist diese miese Absteige ein angemessener Preis für einen Fick mit dem Kubaner? Hast du überhaupt schon die Kakerlaken gesehen?

Ich mag Maries Beobachtung nicht, noch weniger mag ich ihre Ausdrucksweise.

Aber am nächsten Morgen bin ich mir endgültig sicher, dass der Sex mit diesem Kubaner etwas Besonderes ist. Diese Mischung aus Wildheit und Zärtlichkeit kannte ich bisher nicht.

Womöglich, Marie, gibt es den ultimativen Fick. War das jetzt deutlich genug?

Die erbärmlichen Umstände sind mir egal. Es ist mir egal, wenn das Bett gegen die Wand knallt. Wenn wir laut sind. Ich habe den Alten dafür bezahlt. Es werden übrigens nicht die ersten Lustschreie sein, die dieser Vermieter von seinen Gästen hört.

Ich gewöhne mich an die beißenden Fettschwaden, die schon frühmorgens unter der Türritze in unser Zimmer wabern, es ist noch der Geruch von Schweiß, Alkohol und Fäulnis dabei. Ich höre den würgenden Husten des Alten. Jesús hört nichts. Er schläft wie ein Kind, das sein Lieblingsspielzeug im Arm hält.

Niemand darf mich kommen und gehen sehen. Abends sichert der Vermieter den Hauseingang, ich laufe erst auf ein Zeichen von ihm hinein. Wenn Jesús morgens unser Auto holt, muss ich sofort nach seiner Ankunft auf der Straße sein und in die geöffnete Tür springen. Deshalb stehe ich wartend hinter den Brettern vor den Fenstern, durch die eine Morgenbrise zieht und meine Augen reizt. Ich sehe durch den Spalt mit einem begrenzten Blickausschnitt wie eine Muslimin durch die Burka. Wenn Jesús den Wagen unten vorfährt, nehme ich meine Tasche und renne los.

Wir finden in der Hüttensiedlung eine Frau, die abends für Jesús kocht. Er muss jedes Mal sieben Dollar dafür bezahlen. Ich gebe ihm Geld und esse in dieser Zeit im »Cuatro Vientos«.

Ich verlasse das Hotel immer nach dem Abendbrot, in meiner Badetasche sind Handtücher, Kosmetik, Toilettenpapier. Morgens komme ich nur zum Frühstück zurück und klaue eine ausreichende Menge vom Büfett, um Jesús den Tag über zu ernähren. Seine Libreta, ein schmales Heftchen, mit dem der kubanische Staat für wenig Pesos eine minimale Grundversorgung der Bevölkerung garantiert, gilt nur in Minas. Man soll da bleiben müssen, wo man zu essen bekommt.

Wir sind immer unterwegs. Die Tatsache, dass wir über ein Auto verfügen, gibt Jesús ein Gefühl von Verpflichtung seiner Familie und Freunden gegenüber. Wir fahren seine Mutter zum Arzt. Wir transportieren eine Kommode für den einarmigen Mann, bei dem Jesús jeden Mittwoch auf meine Anrufe gewartet hat. Wir fahren Kinder zum Baden und helfen Lucía mit einem Sack Kartoffeln, der unter vielen Vorsichtsmaßnahmen aus einer landwirtschaftlichen Kooperative geschmuggelt wird.

Ich verstehe, dass alle die seltene Gelegenheit nutzen.

Nur einmal fahren wir allein zur Erholung an eine Bucht mit hohen Kokospalmen. Das Ufer krümmt sich wie eine weiße Sichel aus Sand. Hierher kommen vor allem Kubaner, es ist ein paradiesischer Platz, ohne Zäune. Wenn man selbst die Praxis beherrscht, enttarnt der kundige Blick das Baden als einen Vorwand: Überall stehen Paare im lauwarmen Wasser. Sie sind so weit hineingegangen, dass es ihnen bis zur Brust reicht. Aus ihren rhythmischen Bewegungen werden kleine Wellen.

»Kein Wasser hier«, sagt Jesús. »Alles Sperma.«

Durch die Bretterritzen laufen ein paar Lichter über die Zimmerdecke. Seine Hand hat mich wieder geweckt. Er flüstert in mein Ohr. Ich spreche seine Sprache nicht, aber ich weiß, dass es begehrliche Wörter sind. Schmutzige Wörter, die meine Phantasie entzünden, weil ich sie nicht verstehe. Seine Hand kennt mich, er kennt mich. Er weiß alles, weil er für die Liebe begabt ist.

Ich bin doppelt so alt wie er, ich habe mehr Bücher gelesen und führe ein Leben ohne Geldsorgen in einem anderen Teil der Welt. Es gibt keine Erklärung für das vertraute Gefühl zwischen uns, das alle Unterschiede auslöscht. Ich staune über meine Unbefangenheit, meine Schamlosigkeit. Er ist zu haben, wann immer ich will. Wir reden, wir sind zärtlich, wir lachen viel. Ich bewundere seine männliche Erregung. Jesús kann seinem Schwanz befehlen, zu Diensten zu sein. Er achtet aufmerksam auf meine Bedürfnisse – wie ein Kellner, der die Gänge eines Menüs auf den Tisch stellt und abräumt, wenn ich nicht mehr kann.

Wenn ich seine Dienerin in der Liebe bin, spüre ich die Macht, die ich habe. Dann treibe ich ihn durch die Täler und bestimme, wann er explodieren darf.

Einmal werde ich ohnmächtig. Wirklich ohnmächtig, ich sehe nichts mehr, ich bin von Sinnen. Besser war es noch nie, besser kann es nicht mehr werden, denke ich.

Man erlebt nur, was man sich traut. Wie gut, dass ich auf diese Reise gegangen bin.

Im Auto fühlen wir uns sicher, auch wenn es überall an den Straßen Militärsperren gibt. Dann muss man im Schritt fahren. Der Posten nähert sich, er winkt uns durch. Sehr oft sind es Bekannte von Jesús. Dieses Land scheint innerhalb bestimmter Grenzen aus einem Netz persönlicher Beziehungen zu bestehen, das permanent die Verordnungen unterläuft.

Aber in Camagüey, wo wir in einem Dollar-Shop Brot, Torte und Nudeln für die Familie einkaufen, holen drei Polizisten Jesús aus dem Auto. Er muss seinen Führerschein und meinen Mietvertrag für den Daewoo zeigen. Die Posten gehen um das Auto und mustern mich. Dann zahlt Jesús 30 Pesos Strafe dafür, dass er diesen Wagen fährt. Sein Vater bekommt 128 Pesos Rente. Dafür hat er sein Leben lang in einer Maismühle gearbeitet.

Ich fahre ein kurzes Stück, dann tauschen wir wieder die Plätze.

Ich fühle mich unsicher in diesem Verkehr, der nur durch Hupen und eiserne Nerven geregelt wird. Fahrradfahrer mit einem Gast auf dem Gepäckträger ändern vor der Motorhaube plötzlich die Richtung. Immerzu sind Tiere auf der Straße, oder Menschen stellen sich uns in den Weg und geben merkwürdige Zeichen. Unser Auto ist durch das »Turismo«-Schild sofort einem Dollar-Besitzer zuzuordnen.

Ich lerne diese Zeichen: Eine kreisende Bewegung mit den Zeigefingern bedeutet, dass jemand den Tacho zurückstellen könnte. Wer mit Zeige- und Mittelfinger in seinen geöffneten Mund weist, will nicht einen Schluck mit uns trinken, sondern gestohlenes Benzin abgeben – die Geste meint das Ansaugen eines Schlauchs.

Auf einer Bank in Camagüey sitzt ein schönes, sehr junges Mädchen. Sie hat die Beine übereinander geschlagen, auf der Sohle ihres Turnschuhs steht mit weißer Kreide eine »20«. So viele Dollars würde eine Nummer mit ihr kosten. Ein Uniformierter nähert sich. Das Mädchen sieht in eine andere Richtung und reibt lässig mit der Sohle über den Schotter.

So ähnlich sieht auch die Studentin aus, mit der wir Dieter in Camagüey treffen.

Dieter und ich haben bisher jeden Morgen und Abend zusammen gegessen. Inzwischen hilft er mir beim Klauen. Er ist in Deutschland Monteur bei VW in Wolfsburg und ein einsamer, freundlicher Mann, der bei der Mutter in der Werksiedlung wohnt. Frauen haben kein Interesse an ihm, sagt er. Nicht so in Kuba.

Mir schießt der Gedanke durch den Kopf, dass wir beide in diesem Teil der Welt unseren Wert und unser Selbstwertgefühl beträchtlich steigern, der Dieter und ich.

Er hätte sein Problem mit der Studentin auch »außerhalb« wie ich gelöst, sagte Dieter heute beim Frühstück. Wahrscheinlich meinte er damit den gemieteten Jeep, den er strahlend in eine Parklücke setzt, nachdem er uns entdeckt. Bei zurückgelehnten Sitzen bietet der Jeep bestimmt viel Platz.

Dieter führt sein dunkles Reh an der Hand zu uns. Ich habe keine genaue Vorstellung von einer kubanischen Studentin, aber das glänzende bauchfreie Top und die goldenen Stilettos des Mädchens sprechen eine Sprache, die Jesús versteht. »*Una jinetera*«, flüstert er.

Eine Reiterin. Das Wort hat nichts mit einer Liebesstellung zu tun. Es kommt aus der Zeit, als in Kuba der Besitz von Dollars bei Strafe verboten war. »Wohin reitest du?«, riefen Bekannte den Geldtauschern zu, die nach einem illegalen Geschäft mit Touristen zu einem Geldversteck eilten, um nicht mit den Scheinen am Körper von einer Kontrolle erwischt zu werden. Heute meint das Wort eine Prostituierte.

Jesús kennt die junge Frau. Er spricht sie mit dem Vornamen an. Alicia.

Ich sehe die Angst in ihren Augen.

Keine Sorge, wir verraten dich nicht. Leben ist Geben und Nehmen.

Dieter gibt Jesús einen Apparat und bittet ihn, Fotos zu machen. Dann macht ein Passant noch Fotos von uns allen. Wir fassen uns um die Schultern und lachen. Wir sehen aus wie zwei deutsche Touristen mit ihren kubanischen Trophäen.

Dieter und Alicia müssen aufbrechen. Sie wollen noch ein paar Geschenke aus dem Dollar-Laden zu ihrer Familie bringen. Wie wir.

In Minas fällt mir auf, dass viele Leute eingewickelte Pakete von rechts nach links über die Hauptstraße tragen. Nur in eine Richtung. Jesús erklärt, dass heute die linke Seite der kleinen Stadt Strom hat. Alles, was verderben könnte, wird dorthin zu den Kühlschrankbesitzern getragen.

»*Mañana al revés*«, sagt Jesús. Morgen umgekehrt.

Wir besuchen seinen ältesten Bruder.

Félix hat sich vorher auf der Straße umgesehen. Aber

ein kurzer Besuch ist nicht so riskant. Die Nachbarn wissen, von wem wir nicht gesehen werden dürfen. Sie werden uns warnen.

Félix arbeitet in einer Zuckerrohrfabrik und nach Feierabend auf seinem Hof. Eine merkwürdige altertümliche Maschinerie läuft da: Rohre kommen aus verbeulten Metallkörpern und fügen sich über verschiedene Ventile zu einem Kreislauf. Die ganze Familie spült gebrauchte Flaschen aus und füllt sie mit einem perlenden, gelbgrünen Saft. Die Flaschen werden in Holzkisten gestapelt. Diese illegale Saftproduktion ernährt alle. Nicht die Arbeit in der Fabrik.

Wir erfahren, dass die *polícia* schon bei den Eltern gewesen ist. Die Eltern haben von der deutschen Freundin ihres Sohnes gesprochen, eine Autopanne erfunden und sind mit einer Verwarnung davongekommen. Jesús nickt düster. Vielleicht ahnt er, wer meinen Besuch gemeldet hat. Ich mache hier allen nur Schwierigkeiten.

»Was ist mit dem Computer?«, frage ich.

Mein Apple steht nun schon über sechs Wochen auf dem Frachtflughafen in Havanna. Die Auskünfte über seine Freigabe durch die Kommission sind widersprüchlich. Am Telefon geben sie keine genaue Auskunft.

»Dann holen wir ihn eben«, sage ich.

Ich bleibe noch zwei Tage in Kuba. Nach Havanna sind es 700 Kilometer. Wir schaffen das schon.

Unser Daewoo springt am nächsten Morgen nicht an, glücklicherweise erst vor dem Hotel und nicht vor unserer Absteige. Der Mann von *Havanautos* tauscht ihn nach zähen Verhandlungen in einen kleinen Hyundai um.

Ich freue mich auf die lange Fahrt.

Ich mag es, wie Jesús sofort in jedem Auto zu Hause ist. Nie hat er ein Problem mit den Gängen, er fährt in einem ruhigen Fluss. Er legt seine Kassetten ein und findet auf Anhieb die richtige Taste für das Laufwerk. Dann singt er laut mit. Er lacht und schickt mit den Lippen Küsse zu mir. Er fährt singend, den Arm im offenen Fenster, er hupt und gibt an. Er hat ein schönes Auto und eine reiche Braut.

Wir kaufen Wasser. Die Kubaner trinken das Leitungswasser, aber Jesús sagt, dass es mir vielleicht nicht bekommen würde. *Cagalera*. Durchfall. Seit meiner Ankunft hielt er bei Bretterbuden an und kaufte für mich Wasser in Flaschen. Ich habe erst etwas später mitbekommen, dass er dafür mit seinen paar eigenen kostbaren Dollars bezahlt hat. Selbst Mineralwasser kostet Dollars.

Jetzt brauchen wir noch Benzin, billigeres Benzin als an den Dollar-Tankstellen, Jesús weiß ja, wie viel Geld ich schon ausgegeben habe.

Wir biegen von der Straße ab auf einen holprigen Sandweg. Zweige schlagen an das Auto, der Weg wird immer enger. Rechts steht ein Haus, eine große Familie sitzt auf Stühlen davor. Ein alter Mann steht mühsam auf und nähert sich misstrauisch. Dann erkennt er Jesús und öffnet ein zwischen den Büschen verborgenes Gatter. Wir fahren durch einen Palmengarten, hinter uns gibt es einen Pfiff. Wir halten wieder vor einem Haus. Ein Mann tritt aus der Tür. Jesús steigt aus und redet mit ihm. Mich trifft ein kurzer wachsamer Blick. Die beiden Männer verschwinden in einem ummauerten Areal und wuchten aus einem unterirdischen Lager zwei Kanister mit Benzin. Ausgestochene Grasbahnen werden wieder darüber gerollt. Die Männer füllen den Tank und legen die Kanister in den Kofferraum. Jesús bezahlt aus meinem Portemonnaie. Wir sparen viel Geld. Ich bete, dass uns unterwegs keine Kontrolle anhält, auf Benzinklau steht Gefängnis.

Inzwischen weiß ich, dass Jesús sich mit ähnlichen Geschäften durchschlägt. Viele Kubaner leben davon, dass sie Langusten, Rum, Zigarren, Schlachtfleisch und auch lebende Kühe schmuggeln. Fidel Castro lässt das staatliche Benzin, das außerhalb der Dollar-Tankstellen in Umlauf ist, mit roter Farbe markieren. Ein Freund von Jesús, ein Chemiker, hat ein Verfahren erfunden, das diese Farbe aus dem Benzin treibt. Dafür würde es »lebenslänglich« geben.

»Jesús, was ist das für ein Geräusch?«

Unser Auto knarrt.

Wir haben Glück, an der Landstraße liegt eine Werkstatt von *Havanautos*. Wir sehen mit den Mechanikern unseren Mietwagen genauer an. Ein Reifen ist etwas größer als die drei anderen. Er schleift bei jeder Umdrehung am Radkasten. Die Werkstatt hat keine Reifen. Wir müssen unseren Ersatzreifen aus dem Kofferraum nehmen. Der ist auch zu groß. Ein Mechaniker holt einen schweren Hammer und verbreitert den Radkasten, indem er mit kräftigen Schlägen das Blech von innen nach außen treibt. Ich protestiere, man kann nicht mit verschiedenen Reifen 700 Kilometer weit fahren und wieder zurück.

Die Mechaniker lachen über mich.

Eigentlich fahren wir sehr komfortabel.

Wir müssen nicht in Rudeln am Straßenrand warten, ob uns jemand mitnimmt – uns und ein lebendes Schwein oder ein Fahrrad oder einen sperrigen, mannshohen Jutesack, durch den Holzscheite stechen. Wir stehen nicht neben einem verrosteten, liegen gebliebenen Linienbus neben dem rauchenden Fahrer, der schon ahnt, dass kein Ersatz kommen wird. Wir drängen uns nicht dicht an dicht auf der Ladefläche eines LKW und schlagen mit der flachen Hand außen auf die Fahrerkabine, wenn wir irgendwo in der Einöde aussteigen wollen.

Eine junge Frau in einem rosa Kostüm wird an den Händen anderer Mitfahrer langsam heruntergelassen. Wie schafft sie es, immer noch so adrett auszusehen, wie ist sie vorher auf den hohen Lastwagen geklettert, ohne sich den kleinen Gehschlitz in ihrem hübschen Kostüm einzureißen?

Wir sind nie allein auf dieser Reise. Wir packen unser Auto voll mit Kubanern, die keine andere Chance besitzen, als an der Straße zu warten, wenn sie ein Ziel haben, das zu weit zum Laufen ist. Hinter uns saß eine Zahnärztin neben ihrer kleinen Tochter. Die Frau hat das Kind nach dem Dienst aus dem Kindergarten abgeholt, ihre Wohnung ist 70 Kilometer von der Klinik entfernt. Es gibt keine Bahn und keinen Bus. Jeden Tag ist es ein Glücksspiel, wann beide zu Hause eintreffen. Wir haben Studenten im Auto, die zur Universität müssen, und eine Frau, die ihrem Mann täglich das Essen auf die Baustelle bringt. Wir haben eine zerzauste und verwirrte Greisin mitgenommen, die am Ende mit ihrem zahnlosen Mund einen Segensspruch murmelte.

Kurz vor der Auffahrt auf die Autobahn beginnt ein peitschender Regen.

Ein LKW kommt uns entgegen. Auf der offenen Ladefläche stehen Männer mit geschorenen Köpfen, alle Männer sind ganz eng zusammengepresst. In der Kurve schwingt dieser Menschenblock, die Beine können sich nicht bewegen, aber die Oberkörper fallen auseinander, wie ein Blumenstrauß oder ein Rasierpinsel.

»*Prisión*«, sagt Jesús. Gefängnis. »Lieber tot.«

Die Autobahn ist eine holprige Piste mit einem breiten Sandstreifen in der Mitte. Am Straßenrand sind Ochsenkarren, Traktoren, Reiter unterwegs. Fliegende Händler bieten für Dollar ihre Waren an: Knoblauch, grüne Bananen. Gelber Käse liegt offen auf Tabletts. Es gibt auch Benzin, aber der Kauf ist gefährlich, weil dieses Benzin oft mit Wasser gestreckt wird. Die Kanister, die an der Autobahn neben den Verkäufern stehen, sind sowieso leer. Wer kaufen will, hält an, verhandelt und folgt den

Männern zu vollen Kanistern in einer Plantage oder in einem Gestrüpp. An jeder Auffahrt stehen Dutzende Menschen und halten ein paar Pesos in die Luft. Sie bitten um Mitnahme.

Inzwischen ist es dunkel geworden. Viele Autos haben keine Rücklichter. Einäugige Schatten kommen uns entgegen. Ich dachte zuerst, dass die Kubaner in der Nacht viel mit dem Motorrad fahren, bis ich begriff, dass an den Autos nur ein Scheinwerfer brennt.

Über die Hälfte des Weges haben wir geschafft, aber vor Santa Clara geht ein Reifen kaputt. Ich werde hektisch: Übermorgen fliege ich zurück, wir sind noch nicht einmal in Havanna, und den Computer haben wir auch noch nicht.

»*Paciencia*«, sagt Jesús.

Er fährt langsam in den Ort, findet eine Werkstatt, die am nächsten Morgen einen neuen Reifen besorgen kann, und steht dann neben mir vor der Rezeption eines Hotels.

»Keine Chance«, sage ich zu Jesús.

Eine ältere Frau lächelt mich an.

Ich weiß nicht, warum, aber sie gibt uns ein Doppelzimmer. Zum ersten Mal schlafen wir in einem sauberen Zimmer und waschen uns in einem sauberen Bad.

Gegen Mittag sind wir am nächsten Tag in Havanna.

Ich möchte so gerne in einem Café sitzen oder am Malecón spazieren gehen, aber wir suchen zuerst den Flughafen für Frachtgut. Ich habe keinen Blick für die Villen im Kolonialstil, für Kachelmosaike und verzierte Balkone. Mir ist heiß, ich stehe jetzt schon eine halbe Stunde auf einem öden Gelände und warte auf Jesús. Aber ein

Polizist hat uns eine falsche Adresse gesagt. Jesús kommt zurück. Wir müssen an einen anderen Flughafen.

Er steuert schweigend und konzentriert durch den Verkehr. Er ist ein Junge aus der Provinz, der sich in der großen, lärmenden Hauptstadt nicht auskennt. Wir holpern über Schlaglöcher und irren in flirrender Hitze durch ein Industriegelände. Aber am Ende sind wir richtig. Jesús parkt neben ein paar Baracken.

»Du warten hier!«

Bewaffnete Posten stehen hinter einem langen Metallzaun. Der Zaun wird von einem Schlagbaum unterbrochen, daneben steht ein Wachhäuschen. Ich sehe, wie Jesús dem Wachmann seinen Ausweis zeigt und Papiere ausfüllt. Dann darf er passieren. Der Durchgang ist so schmal, dass Jesús nur seitlich hindurchpasst – er geht, indem er die Füße parallel setzt und sich an dem Gitter in seinem Rücken vorbeidrückt. Er läuft über einen großen Hof und verschwindet links in einem Gebäude.

Ich warte.

Fünf Tage bin ich jetzt in diesem Land: Ich habe wenig geschlafen, wenig gegessen und bin kein einziges Mal in meinem Hotelpool geschwommen. Ich hatte nicht erwartet, das sozialistische Kuba zu treffen, das früher in meiner DDR als Insel der Revolution und der Gerechtigkeit galt. Das kleine Land kämpft seit Jahren um sein Überleben, das amerikanische Embargo drückt ihm die Kehle zu, die Miami-Kubaner sitzen auf dem Sprung. Ich kann nicht wirklich beurteilen, was sozialistische Wachsamkeit ist und was schon Hysterie.

Aber ich hatte nicht erwartet, dass die kubanische

Macht ihre Bürger zwingt, den Bauch einzuziehen, wenn sie den einzigen öffentlichen Zugang zum Frachtflughafen passieren. Wie ein Mann, der auf einem Beet die lockere Erde festtritt, musste Jesús durch den Gitterkorridor gehen.

Mir fällt eine ähnliche Szene aus der Sowjetunion ein, Anfang der achtziger Jahre in Moskau während der Filmfestspiele. Der Chefredakteur der größten sowjetischen Filmzeitschrift »Sowjetski Ekran« hatte mich im Auto vom Hotel zu einem Empfang mitgenommen. Er bog an einer Stelle falsch ab, ein Polizist pfiff und schickte ihn zu einem Kontrollhäuschen, das an einem Mast über der Straße hing, wie ein Schwalbennest. Der Chefredakteur war ein kleiner, älterer, spitzbärtiger Herr: Er stand auf Zehenspitzen, um seine Papiere in die Luke zu reichen. Er kam nicht heran und musste sich noch mehr recken. Der junge Polizist blieb oben aufrecht sitzen, keinen Zentimeter beugte er sich zu dem demütigen und eingeschüchterten Sowjetbürger herab.

Ich warte.

Gehe hin und her. Nach zwei Stunden beginnt einer dieser plötzlichen Regengüsse. Ich sitze im Auto und sehe, dass Jesús hinten auf dem Hof erscheint, er zieht eine Karre mit einem großen Paket. Er verschwindet in einem Gebäude rechts.

Ich warte noch einmal zwei Stunden.

Es ist schon dämmrig, als Jesús die Tür aufreißt. Er kommt ohne Computer. Er sagt etwas auf Spanisch, ich verstehe ihn nicht. Er startet sofort mit kreischenden Reifen. Ich frage, was los ist.

Wir halten.

Ich sehe, dass ihm Tränen über das Gesicht laufen.

»Ich hatte schon in Hand. Ich habe schon gesehen. Aber sie geben nicht den Computer.«

»Warum?«

»Sie sagen, Computer ist zu teuer.«

Wir hatten den Wert des Pakets mit 300 Mark angegeben. Man darf bis zum Wert von 200 Dollar Güter einführen.

»Sie sagen, Mark ist wie Dollar.«

»Aber das stimmt doch nicht! Nur die Hälfte! Wir fahren zurück. Ich rede mit ihnen!«

»Nein. Sie machen nicht.«

Ich lege ihm eine Hand auf die Schulter, aber er sitzt steif.

Jesús schreit die Straße hinter der Scheibe an: »Ich habe nichts in Kuba. Ich kann nicht Geld verdienen in Kuba. Warum kann ich nicht sein ein Mann?«

Dann wirft er sich über das Lenkrad und weint.

Wie kann ich meinem Freund helfen? Ich sage einen Satz, von dem ich eben noch nicht wusste, dass ich ihn denken könnte. Ich habe diesen Satz nicht geplant und nicht für möglich gehalten. Aber ich weiß sonst nichts, was ihn trösten könnte. Er soll nicht weinen.

Ich sage: »Ich heirate dich!«

»Du bist doch völlig verrückt!«, sagt Magda.

Martin hat sich während meines Reiseberichts eine Zeitung genommen, er blättert und schweigt.

»Ich glaube, es ist Liebe«, sage ich.

Martin geht pfeifend ins Haus.

»Was hat er denn?«

Magda steht aufgebracht vor mir.

»Na was wohl? Er will sich diesen Blödsinn nicht länger anhören.«

Es könnte ein schöner Sonntag sein. Wir haben im Wald Pilze gesucht und sitzen vor dem Haus in rötlicher Abendsonne. Alles war wie immer, bis ich von Jesús erzählt habe.

»Du kannst mich nicht verstehen?«

»Ich verstehe sehr gut, wenn du mit einem jungen Mann ins Bett steigst. Ich verstehe sogar, wenn du ihm nachfährst – und sei es bis nach Kuba. Aber heiraten? Du könntest seine Mutter sein! Das ist doch Wahnsinn! Wie wollt ihr hier leben? Was soll er machen?«

Darüber haben wir geredet bei unserer Rückfahrt und in unserer letzten Nacht. Jesús könnte Deutsch lernen und einen Ingenieurberuf studieren. Er ist technisch sehr begabt. Wenn wir uns einschränken, reicht mein Geld. Meine Studienfreundin Barbara könnte ihn mit ihrem Mann zusammenbringen, Jesús hätte bald einen eigenen Kreis von kubanischen Freunden in Berlin. Ich bin mir sicher, dass er mich liebt. Man kann ohnehin nicht für die Ewigkeit planen, aber ein paar gute Jahre halte ich für möglich. Welche von meinen Freundinnen hatte mehr als ein paar gute Jahre in der Ehe? Haben sie sich danach nicht alle nur irgendwie arrangiert?

Über unseren Altersunterschied wollte Jesús nicht sprechen. Er lehnte jede Diskussion zu diesem Thema ab.

Die Liebe kennt kein Geschlecht, keine Rasse, kein Alter. So sagt man in Kuba. Viele Männer haben hier ältere Frauen. Junge Frauen wollen schöne Dinge. Ältere Frauen haben einen praktischen Verstand und halten das Geld zusammen. Außerdem schätzen die Kubaner sexuelle Erfahrung. Ich habe gesehen, mit welchem Selbstbewusstsein hier die reifen Frauen ihren Hintern schwenken. Sie zeigen, dass bei ihnen noch was läuft. Die Umgangssprache wimmelt von deutlichen, deftigen Anzüglichkeiten. Sex ist die liebste Beschäftigung dieses Volkes. Ich könnte mir vorstellen, dass wir mit dieser Beschäftigung erst einmal ausgelastet sind.

»*Yo soy fiel*«, hatte Jesús gesagt. Ich bin treu.

Das war nach unserem ersten Bad im Meer. Wir waren gerade wieder zu Atem gekommen und lagen auf dieser Liege neben dem Aufsichtsbereich des Wachmanns. Jesús erzählte von seiner Ehe mit Lucía und sagte, dass viele kubanische Frauen untreu wären.

»Und du?«, fragte ich.

»*Yo soy fiel.*«

Ich glaube, dass Männer in einem bestimmten Augenblick der Bekanntschaft die Wahrheit sagen. Dieser Augenblick liegt sehr früh, man muss als Frau die Ohren aufsperren und darf ihn nicht verpassen. Männer folgen einem Bedürfnis, ihre Regeln bekannt zu geben, sie sichern sich ab. Ich erinnere mich an einen jungen Freund, mit dem ich einmal ins Kino ging. Wir kannten uns erst kurz. Als er sich neben mir auf seinen Sitz fallen ließ, sagte er: »Ich bin eigentlich ein Strolch.« Der Satz kam in dieser Umgebung ganz überraschend, er hatte auch keinen Zusammenhang mit unserem vorangegangenen Gespräch, aber für diesen Jungen war es die letzte Gelegenheit, eine Warnung auszusprechen. Er war nämlich wirklich ein Strolch.

Männer sind am Anfang ehrlich. Jedenfalls deuten sie mögliche Probleme an. Wenn sie bei einem Abendessen davon sprechen, manchmal ganz gerne einen zu trinken, dann bist du wahrscheinlich gerade mit einem Suffkopf unterwegs. Wenn sie von sich behaupten, keine großen Redner zu sein, dann wirst du mit einem stummen Gast deinen Alltag teilen. Ein Geizhals sagt am Anfang, dass er sein schwer verdientes Geld nicht zum Fenster hinausschmeißen möchte, ein verheirateter Mann sagt, dass es da vielleicht noch jemanden gibt.

Verpasse diesen kostbaren Augenblick nicht, noch kannst du aussteigen. Später bist du verliebt und überzeugt, du könntest mit deiner Liebe den Mann ändern. Du kannst es nicht.

Auch wenn mich meine Freunde für ein naives Dummchen halten – ich nehme diesen frühen Satz von Jesús ernst.

Ich bin wieder in Berlin und kann seine Nächte nicht kontrollieren. Ich stelle mir vor, wie er mit seinen Freunden an einer Ecke steht und wie Mädchen mit himmlischen Ballonärschen an den Männern vorübergehen. Kein Kubaner übersieht einen Hintern, aber ich glaube, dass Jesús mich nicht verraten wird. Wir haben doch etwas vor.

Magda und Martin sind nicht die Einzigen, die auf meine Liebesgeschichte fassungslos reagieren. Dummerweise kann ich Jesús nicht für mich behalten. Ich kann es einfach nicht. Vielleicht weil ich so lange nichts in der Richtung zu erzählen hatte. Vielleicht weil ich mir mit diesen Berichten selber den Weg zurück versperren will.

Vielleicht will ich auch nur Marie übertönen. Kaum dass sie sich im Flugzeug nach Berlin angeschnallt hatte, malte sie ihre Schreckensvisionen aus:

Du bist zu alt für ihn. Du wirst dich finanziell ruinieren. Es ist eine Beziehung ohne Balance.

Als ich alle Argumente mit einem Lächeln abwehrte, kam sie mir mit der Naturwissenschaft:

Liebe ist nichts als höhere Gewalt in Form von Chemie. Die Natur legt eine Falle, um die Erhaltung der Art sicherzustellen. Sie schleudert Oxytocin und Adrenalin in unseren Kreislauf, damit wir den Kick und das sexuelle Begehren fühlen. Wir taumeln in einen Hochdruck der Gefühle. Wir brauchen keinen Schlaf, wir wollen nicht essen und nicht trinken – es ist ja bekannt, dass man so nicht überleben kann. Deshalb beruhigt uns die Natur, nachdem wir uns ausgetobt haben: Sie gibt dem Verlangen einen Dämpfer, entzieht die körpereigenen Opiate und steigert den Cortisolspiegel. Wir wachen ernüchtert auf und verhalten uns wieder normal. Der Alltag verlangt vor allem Vernunft. Niemand kann lange rasend lieben. So ist das, seit es Menschen gibt.

Bei mir nicht, Marie.

Doch.

Vielleicht kann ich ein bisschen länger diesen Adrenalin-Kick halten.

Wie lange?

Drei Jahre? Vier?

Und dann?

Dann werden wir Freunde. Jesús würde sich eine jüngere Frau suchen, aber er würde sich um mich kümmern. Er ist ein fürsorglicher Mann. Und wenn ich alt bin, schiebt er mich im Rollstuhl in die Sonne. Das würde er machen. Bestimmt.

Marie bekommt einen Lachanfall. Sie spricht von einem bedenklichen Realitätsverlust.

Hör zu, Marie, ich will deine Ratschläge nicht. Ich habe nur ein Leben, und von dem sind etwa zwei Drittel herum. Es geht mir gerade sehr gut. Wie viele Frauen in meinem Alter kennst du denn, die so ein wildes Abenteuer erleben? Na?

Fällt mir gerade keine ein.

Siehst du. Ich sehe strahlend aus. Alle sagen das. Ich weiß, an wen ich beim Einschlafen denken kann. Ich freue mich wieder auf etwas.

Du riskierst sehr viel für ein Abenteuer.

Ja. Weil es das letzte sein könnte. Und jetzt, Marie, hau einfach ab!

Sogar mein Sohn schüttelt den Kopf. »Heiraten?«

Er kommt eigens mit Meike ein Wochenende nach Berlin. Ich muss zugeben, dass sie von allen seinen Freundinnen die hübscheste ist. Den Altersunterschied bemerkt man kaum. Ich streichele ihren kleinen Bauch und zeige das Album mit den Kinderfotos meines Sohnes. Sie werden im Dezember eine Tochter bekommen. Ich hätte das zu meiner Zeit nicht vorher wissen wollen, aber heute macht man eben diese pränatalen Untersuchungen. Das Mädchen wird Laura heißen. Der Name gefällt mir.

Sie begleiten mich zu der Wohnung, in die ich demnächst umziehen werde. Endlich habe ich ein gutes und günstiges Angebot bekommen und kann aus dem verdreckten Haus weg, in dem ich inzwischen die letzte Mieterin bin. Überall in meinem Leben entdecke ich einen neuen Anfang.

Ich stehe in den hellen Räumen und zeige, wie ich sie einrichten werde. Von ein paar Büchern und Möbeln habe ich mich in den letzten Monaten getrennt, der Rest passt wunderbar hinein. Als ob diese Wohnung auf mich gewartet hätte.

»Fehlt nur noch der Kubaner«, sagt mein Sohn. »Wo ist übrigens sein Zimmer?«

Er wird kein eigenes Zimmer haben können. Er wird mit meinen Möbeln wohnen, in meinem Bett schlafen, von meinen Tellern essen.

»Vielleicht ist dein Geschmack nicht sein Geschmack.«

»Erst muss er mal da sein«, sage ich. »Es wird ihm schon bei mir gefallen.«

Ich winke, als die beiden in Meikes Auto einsteigen. Ich winke, bis sie um die Ecke biegen. Plötzlich habe ich eine große Familie.

Aus dem Hausflur gegenüber schiebt die schöne Frau ein Fahrrad und steigt eilig auf. Sie radelt dicht an mir vorbei. Ich höre, dass sie weint – mit geschlossenem Mund auf einem einzelnen hohen Ton. Wie ein klagendes »i«, das sie nur unterbricht, um Luft zu holen. Ihr kleiner Junge kommt gleich danach heraus, er läuft nach rechts und nach links, er sucht seine Mutter. Sein Vater öffnet ein Fenster, er ruft den Sohn herein. Mit harter Stimme. Meinen erschrockenen Blick nimmt er irritiert zur Kenntnis.

Marie hatte Recht – sie wissen nicht, wie sehr man sich anstrengen muss.

Jesús hat einen Bekannten, der jemanden mit einer E-Mail-Adresse kennt. Dieser Computer steht zwar in einer Behörde in Camagüey, aber ein Freund kann die Nachrichten bringen und holen. Eine alte Deutschlehrerin in Minas hat sich bereit erklärt zu übersetzen.

Damit verfügen wir zum ersten Mal über eine Art Standleitung. Jesús hat sich bei seinen Ämtern über die notwendigen Schritte für eine Hochzeit informiert.

Ich bin in derselben Angelegenheit in Berlin unterwegs.

Wenn wir in Deutschland heiraten, brauchen wir die Geburtsurkunde von Jesús im Original und in einer beglaubigten Übersetzung. Wir brauchen seinen Pass, seine Heiratsurkunde, sein rechtskräftiges Scheidungsurteil und einen Beleg über das Erziehungsrecht für Miranda. Außerdem eine behördliche Bescheinigung, dass er nicht wieder verheiratet ist, eine Meldebescheinigung und ein kubanisches Ehefähigkeitszeugnis mit Legalisierung durch die Deutsche Botschaft in Havanna. Alle Dokumente sind hier in der Übersetzung durch einen beeidigten Dolmetscher vorzulegen, was in Kuba viel Geld kosten würde. Auch seine Ausreise ist sehr kompliziert: Er muss 50 Dollar für die Passerneuerung und 150 Dollar für die Ausreise bezahlen. Danach erhält er eine weiße Karte. Mit der muss er nach Havanna zur Deutschen Botschaft für ein Besuchsvisum reisen, das 30 Pesos kostet. Für dieses Visum muss Jesús außerdem ein von mir bereits bezahltes und am Flughafen hinterlegtes Flugticket vorweisen, meine Verpflichtung, für seinen Unterhalt zu sorgen, meine Verdienstbescheinigung und eine Krankenversicherung für ihn in Deutschland.

Ich habe keine Ahnung, wie diese Dokumente in seine Hand kommen, der Postverkehr zwischen Kuba und Deutschland dauert zwei Monate, Briefe gehen öfter verloren. Barbara informiert mich über einen internationalen Botendienst, der aber auch eine Stange Geld kostet.

Einen Moment lang denke ich, dass die *balseros*, die auf Flößen nach Miami schwimmen, damit wenigstens den Behördenweg umgehen. Ich fühle auch eine tiefe Bewunderung für das Ehepaar, das Jesús die letzten Jahre mit solchem Aufwand eingeladen hat. Ohne einen dringenden persönlichen Grund.

Wir schicken uns noch einige E-Mails, dann beschließen wir, in Kuba zu heiraten. Da soll alles viel leichter sein.

Jesús muss sich nur zuvor noch scheiden lassen, den Rest erledige ich.

Ich war einmal verheiratet, bin einmal geschieden, wohne seit sechzehn Jahren im selben Haus und das ganze Leben im selben Stadtbezirk. Alles sehr übersichtlich, gute Voraussetzungen für Behördenbesuche. Ich mache mich auf den Weg.

Als Erstes lege ich der Standesbeamtin meine Geburtsurkunde vor.

»Die ist zu alt«, sagt sie.

Okay, es gibt jüngere Bräute, aber ich habe nun einmal dieses Papier, es kam mit mir zusammen auf die Welt.

»Die Urkunde gilt nicht mehr. Vielleicht haben Sie inzwischen einen anderen Vater«, sagt die Beamtin.

Die neue beglaubigte Geburtsurkunde kostet 12 Mark, obwohl niemand meinen vor vielen Jahren verstorbenen Vater überprüft hat. Allerdings muss sie noch überbeglaubigt werden. Damit bestätigt mir ein Beamter in einem anderen Standesamt für 25 Mark, dass die Leute, die meine neue Geburtsurkunde ausgestellt haben, dazu berechtigt waren. Meine Meldebescheinigung – ein Computerausdruck für 8 Mark, Überbeglaubigung 25 Mark –, ist leider nach zwei Wochen schon wieder verfallen: ich hätte in der Zeit umgezogen sein können. Eine spätere Wiederholung verläuft aber unkompliziert. Dann muss ich noch mein altes Scheidungsurteil vom Amtsgericht überbeglaubigen und alle Dokumente zu einem Preis von je 70 Mark von einem beeidigten Dolmetscher übersetzen lassen.

Ganz am Ende bitte ich meine Personalabteilung um

den in Kuba verlangten Einkommensnachweis. Ich sehe auf das Schreiben.

»Klingt nach ganz schön viel, oder?«, frage ich unsere Personalchefin.

»In Kuba sind Sie damit eine Millionärin. Ihre neue Verwandtschaft wird beeindruckt sein.«

Wir sehen uns an und schweigen.

Die Frau steht auf und setzt sich an ihren Computer. Sie korrigiert mein Einkommen etwas nach unten.

»Immer noch mehr als genug«, sagt sie. »Viel Glück!«

Meine Redaktion ist in diesen Wochen sehr nachsichtig mit mir. Die Kollegen sehen ja, wie ich aus dem Haus zu Behörden hetze. Sie wissen, dass ich auf langen Bänken vor Amtszimmern warte, mit einer Nummer in der Hand. Ich parke, renne, warte. Ich hasse die Beamtin, die – wenn meine Nummer dran wäre – ihre Tür abschließt und die Toilette aufsucht.

Zwischendurch lese ich in Studienführern, um die Zukunft von Jesús vorzubereiten. Ich lege eine erste Sammlung warmer Herrenkleidung an, denn nach allem, was ich telefonisch bei der Ausländerbehörde und anderswo in Erfahrung bringe, würde er schon ab Januar als mein Mann in Deutschland leben können.

Über E-Mail halte ich Jesús über meine Schritte auf dem Laufenden. Im Hinblick auf die Deutschlehrerin berichte ich sachlich und verkneife mir Wörter aus dem Bereich des Sexuellen. Jesús wagt sich bei seinen Antworten weiter vor, aber er macht mich verlegen, weil ich mir bei Wendungen wie »Mein Schwanz vermisst dich« eine alte Dame in Minas bei dieser Übersetzung vorstelle.

An einem Wochenende ziehe ich um.

Mein Sohn bleibt bei Meike. Sie legt vor der Geburt noch mehrere Prüfungen im Studium ab.

Fünf Freundinnen helfen beim Auspacken der Kisten.

Ich stapele in einer leeren Ecke meine Einkäufe für Kuba. Sie dürfen im Chaos nicht verloren gehen. Es sind viel mehr als bei meiner ersten Reise. Diesmal kenne ich die Situation der Familie besser und erfülle neben dem Grundsortiment spezielle Wünsche. Ich habe in einem Vorort komplizierte Bauteile für Félix besorgt, der in Kuba ein eingetragener Amateurfunker ist. Ein anderer Bruder braucht Fahrradschläuche und -mäntel, es ist nicht leicht gewesen, hier die Reifenbreite für ein chinesisches Fahrrad zu finden. Für die Mutter kaufe ich bestimmte Medikamente. Jesús hat geschrieben, dass sie seit der Heiratsankündigung zittert und sich die Arme zerkratzt. Sie ist nervenkrank geworden wegen der Trennung von ihrem Lieblingssohn. Mit den Tabletten versuche ich, ihn freizukaufen.

Barbara Sánchez besucht mich in der neuen Wohnung.

Sie will dringend mit mir reden. Ich merke nach den ersten Sätzen, dass sie mich warnen will. Es ist nicht leicht mit ihrem kubanischen Ehemann. Er hat keine Arbeit, aber er weigert sich, auf den kleinen Sohn aufzupassen. Er hilft auch nicht im Haushalt.

»Unmännlich, verstehst du?«

»Jesús ist anders.«

»Alle Kubaner sind Machos. Sie akzeptieren, dass ihre Frauen arbeiten. Aber wenn die Frau nach Hause kommt, wollen sie bedient werden. Ich weiß, wovon ich rede. Hat dein Zukünftiger wenigstens einen ordentlichen Beruf?«

»Er müsste erst studieren.«

»Dann verdienst du jahrelang alleine das Geld. Das wird er nicht aushalten.«

»Jesús hält das aus.«

Sie schüttelt den Kopf und sieht mich mitleidig an.

»Alle Kubaner hängen an ihren Familien. Du kannst gar nicht so viel Geld verdienen, wie sie nach Hause schicken. Auch hinter deinem Rücken. Sie haben ein schlechtes Gewissen, weil sie hier besser leben. Du wirst irgendwann der Grund ihres schlechten Gewissens sein. Sie werfen dir vor, dass sie sich satt essen können und die Familie in Kuba hungert. Es ist absurd, aber sie schaffen es, dass du dich schlecht fühlst.«

»Aber es ging doch so gut mit euch.«

»Am Anfang! Am Anfang ist hier alles toll. Dann frieren sie. Dann schmeckt ihnen das Essen nicht. Dann fühlen sie sich einsam.«

»Es gibt viele Kubaner in Deutschland.«

Ich sage Barbara schon gar nicht mehr, dass ich mir so viel von einer Freundschaft zwischen Jesús und ihrem Mann versprochen habe. Sie sieht elend aus, das schönste Mädchen aus unserer Studiengruppe ist eine verhärmte Frau geworden.

»Hör mir auf mit den Kubanern! Ihre Cliquen haben den schlimmsten Ruf. Saufen, Messerstechereien, Rumvögeln. Keine Ahnung, warum es so ist, aber die Kubaner verlieren in Deutschland ihren Charme.«

»Dann muss ich Jesús von denen fern halten!«

»Die finden sich, die finden sich immer. Ich habe ja

auch alles probiert. Aber ich kann nicht den ganzen Tag auf ihn aufpassen. Ich arbeite im Verlag, und ich habe wirklich genug um die Ohren. Letzte Woche komme ich sehr spät nach Hause. Ich höre schon im Treppenhaus, dass sie wieder ihre Musik aufgedreht haben. Und im Zimmer sehe ich dann, wie fünf besoffene Kubaner auf meinen weißen Teppichboden kotzen.«

»Ich habe neuerdings Parkett«, sage ich.

Es soll ein hilfloser Scherz sein, aber Barbara weint los. Ihre Schultern zucken. Dann dreht sie sich zu mir.

»Du musst wenigstens einen Ehevertrag machen. Du musst unbedingt die Besitzverhältnisse klären. Mit einem Anwalt. Was ist deins, was ist seins. Sonst bist du nach einer Scheidung ruiniert durch die Unterhaltszahlungen. Ich lasse mich nämlich scheiden. Und ich habe keinen Ehevertrag.«

In dieser Nacht schlafe ich schlecht.

Siehst du, siehst du, flüstert Marie an meinem Ohr.

Ein paar Tage später habe ich einen Termin bei einer Notarin.

»Sehr vernünftig«, sagt sie, als ich sie bitte, einen Ehevertrag aufzusetzen. Ich erkläre wahrheitsgemäß meine finanzielle Situation. Wir telefonieren danach noch einmal, dann legt sie mir in ihrer Kanzlei ein Papier vor, das wie ein Knebelvertrag für Jesús klingt.

»Er kommt doch mit nichts, oder?«

Ich bin verlegen, die entschlossene Frau mit ihrer raspelkurzen Frisur schüchtert mich ein. Das Wort »Ehevertrag« klingt wie eine böse Ahnung. Ein Ehevertrag wirkt – wenn nicht gerade Millionen und Häuser verteilt werden – kleinmütig, misstrauisch, geizig. Andererseits: Niemand kann in die Zukunft sehen. Mein Sohn studiert und wird Vater, er ist auf meine Unterstützung angewiesen. Klein Laura möchte ich später auch etwas zustecken können.

Ich muss das alles Jesús erklären.

»Sie lassen diesen Ehevertrag übersetzen. Sie legen ihn Ihrem Freund vor der Hochzeit vor. Sie heiraten nur, wenn er unterschrieben hat. Nur dann! Versprechen Sie mir das?«

Ich verspreche es und zahle 736,83 Mark.

Jesús ist geschieden. Die Scheidung hat so gut wie nichts gekostet und nur zehn Minuten gedauert. Jesús ist amtlich frei.

»Dieses Muster?«, fragt Karola. »So ein buntes Muster zu einer Hochzeit?«

Ja, was denn! In Kuba liebt man die Farben. Und dieses Kleid sieht sehr, sehr gut aus. Lang, schmal, eng, mit einem Schlitz im Rücken. Ich bin ganz dünn geworden.

»Du darfst aber nie wieder zunehmen«, sagt Karola. »Kein Gramm. Sonst kannst du das Kleid wegschmeißen.«

»Ringe?«, fragt Karola. »Willst du damit nicht warten? Ringe kannst du auch später kaufen.«

Sie bremst mich bei unserem Einkaufsbummel. Ich merke das schon seit einer Weile.

Aber mein Liebster ist nun mal katholisch. Er legt Wert auf Rituale. Dieser kleine Götteraltar im Wohnzimmer – vor dem immer ein Gläschen Rum steht, falls die Götter durstig sind – verträgt sich mit seinem Christentum. Kubaner sichern sich ab, sie können gar nicht genug Götter haben. »El Papa«, der Papst, thront ganz oben, aber die Kubaner sind sich sicher, dass er sich mit den afrikanischen Göttern versteht. Diese *orishas* haben Gefühle, sie können Hass und Neid empfinden und sind schwach wie die Menschen. Diese Götter sind bestechlich, sie lieben es, wenn man ihnen mit kleinen Geschenken Verehrung zeigt.

Jesús trägt ein Kreuz am Hals und das Amulett einer weisen Frau. Er wird auch unsere Eheringe mögen.

»Schon wieder nach Kuba?«, fragt Herr Eckart im Reisebüro. »War die eine Woche denn so schön?«

»Ich werde heiraten.«

»Vielleicht sollte ich da auch mal hinfahren«, sagt Herr Eckart.

»Diesmal verreise ich drei Wochen. Mitte November bis Anfang Dezember. Und für die letzte Woche im selben Hotel bitte noch zwei Zimmer mit Einzelbelegung.«

»Wennschon – dennschon«, sagt Herr Eckart und hämmert beschwingt die Buchung in die Tasten.

Ich habe meinen Sohn und Karola eingeladen. Ganz alleine möchte ich in der Fremde nicht heiraten. Außerdem macht Karola so schöne Fotos. Da sparen wir den teuren Fotografen. Denn sparen muss ich wirklich.

Von Zeit zu Zeit macht Marie die Rechnung auf. Bei den Kosten für die neuen Reisen und den Mietwagen hat sie nach Luft geschnappt. Dabei bin ich diesmal besser informiert und habe ein Auto schon bei *Sol y Son* in Berlin gemietet. Nicht für die ganze Zeit, sondern nur für ausgewählte 13 Tage, die ich mit planender Voraussicht auf die drei Wochen verteilt habe. Die Autovermietung ist in Berlin viel billiger. Trotzdem stehen 1600 Mark auf der Rechnung. Versicherung, Kaution und Benzin kommen vor Ort dazu.

Niemals könnte sich eine Verkäuferin oder eine Bibliothekarin so eine kubanische Affäre leisten, aber auch eine gut bezahlte Journalistin kommt dabei an ihre Grenzen.

Du kannst immer noch aussteigen, sagt Marie.

So ähnlich äußert sich auch Martin. Er hat sich aus seinem Landhaus auf den Weg gemacht, trinkt einen Kaffee bei mir und überbringt das vorläufige Ergebnis seiner Gespräche mit Magda. Sie machen sich offenbar große Sorgen: Ich soll Jesús erst noch einmal nach Berlin einladen und den Alltag probieren. Nicht gleich heiraten!

Martin ist mein ältester Freund. Wir kennen uns seit über zwanzig Jahren. Er hat meine Ehe in guten und schlechten Zeiten miterlebt. Er hat meine ersten Texte redigiert. Ich verdanke ihm viel. Bisher bin ich immer seinen Ratschlägen gefolgt. Magda hat darüber gespottet, dass ich ihn so unangefochten als meinen Guru annahm.

Natürlich gibt es mir zu denken, wenn er mich warnt. Aber ich spüre auch einen großen Trotz, weil er Jesús und mir gar keine Chance einräumt.

»Oder ist es dir bloß peinlich, wenn ich demnächst mit eurem ehemaligen Gastarbeiter als meinem Mann bei euch aufkreuze?«

Das ist schon ziemlich gemein von mir.

»Überlege dir lieber, wo du mit ihm aufkreuzen kannst, ohne dass man ihn für deinen Gastarbeiter hält.«

Das ist nun wieder gemein von ihm.

»Du kannst noch aussteigen«, sagt Martin.

Diesmal schenkt mir niemand die Business-Class. Es gibt auch keinen Fensterplatz. Hinter meinen Beinen steht eine große Handtasche. Sie drückt gegen die Waden. In der Tasche sind alle für die Heirat notwendigen Unterlagen. Ich habe mir außerdem von einer Frau auf dem Standesamt die Heiratsabsicht bestätigen lassen – mit diesem offiziell gestempelten Papier, hoffe ich, wird Jesús bei mir im Hotel wohnen dürfen. Außerdem liegt ganz unten ein dicker Packen Geld: 5 000 Dollar in einigen großen und vielen kleinen Scheinen. Damit will ich die Feier bezahlen und am Ende der Familie den Rest dalassen.

Unser Reiseleiter im Bus erzählt, dass nun schon seit zwei Wochen in Kuba schlechtes Wetter ist.

Am gelblichen Himmel jagen dunkle Wolken, Palmen stemmen sich gegen den Wind. Ich sehe aus dem Fenster auf kleine Wasserläufe, Maisfelder, Zuckerrohr- und Apfelsinenplantagen. Die *macheteros* sitzen am frühen Abend vor ihren Wellblechhütten, trinken *guarapo* oder einen Selbstgebrannten. Ochsenschlitten ziehen über die Äcker. Junge Männer basteln an einem aufgebockten amerikanischen Straßenkreuzer. Zwei Polizisten spielen auf einer Steinmauer Domino. Eine Greisin hat die Hände im Schoß gefaltet und raucht auf der Veranda mit geschlossenen Augen eine Zigarre. Mir fällt ein kubanisches Sprichwort ein, das ich hier überall gehört habe: »*Hay más tiempo que vida.*« Es gibt mehr Zeit als Leben.

Beinahe jeder Blick aus dem Fenster ähnelt einer dieser schönen melancholischen Postkarten, die ich bei meinem letzten Besuch im Dollar-Shop des Hotels gekauft habe. Die Aktion dauerte lange, weil die Verkäuferin auf der Rechnung für jede Postkarte eine lange Nummer notieren musste, für jedes Motiv eine andere.

Auras sitzen auf der Straße, der Fahrer hupt. Diese schwarzen Vögel mit roten Köpfen haben eine große Flügelspanne, sie können leicht die Frontscheibe zerschlagen. Jesús hatte großen Respekt vor ihnen, wenn wir unterwegs waren.

Gleich bin ich bei dir.

Diesmal darf er in der Lobby auf mich warten.

Wir haben uns acht Wochen nicht gesehen. Seine Haare sind gewachsen. Er trägt keine Jeans, sondern eine graue Hose mit Bügelfalten und ein weißes Hemd. Er sieht fremd aus und riecht nach einem scharfen Rasierwasser. Ich vermisse die heiße Welle in meinem Bauch.

Kommt schon noch.

Das Papier über meine Heiratsabsicht bringt gar nichts, obwohl extra ein Dolmetscher gerufen wird. Der nette Glatzkopf, ich erinnere mich, dass er Eliat heißt, ist wieder im Dienst.

»Sorry«, sagt er zu mir. Er spricht Spanisch mit Jesús. Wahrscheinlich erklärt er ihm, dass eine Absicht nicht für die Tat genommen werden kann.

Ich bekomme wieder mein grünes Armbändchen, und der Kofferträger wartet.

Alles wie beim letzten Mal.

Jesús flüstert mir ins Ohr: »Ich habe die Suite.«

Suite. So haben wir dieses Loch genannt, unsere Absteige. Alles wie beim letzten Mal.

Nur dass wir diesmal schon ein Auto parat haben, einen Toyota. Der schnauzbärtige Vermieter schüttelt mir die Hand wie einer alten Freundin.

Ich laufe hinter dem Kofferträger zu meinem Zimmer und packe die übliche Nachttasche. Die Geschenke für die Familie lasse ich da. Ich nehme ein paar größere Geldscheine und verstecke den Rest in einer Plastiktüte unter dem Koffer im Schrank. Um die Tüte wickele ich noch den dicken Schal, den ich immer im Flugzeug um mich lege. Später werde ich einen Tresor mieten.

Auf dem Rückweg fasst mich eine Hand an der Schulter: Dieter ist auch wieder da. Seine ehrliche Freude über diesen Zufall steckt mich an.

»Machst du also Ernst?«, fragt er mich.

»Ja. Und du? Immer noch mit Alicia?«

»Ich habe ein Zimmer gemietet, in der Hüttensiedlung. Aber es ist sehr gefährlich da.«

»Willst du etwa auch heiraten?«

»Ich weiß nicht. Ein Kellner aus dem Hotel sagt, dass sie gar keine Studentin ist. Ich glaube, sie will bloß raus aus Kuba. Und dann verlässt sie mich.«

»Muss nicht so sein. Lass uns morgen darüber sprechen. Jesús wartet.«

Im November ist es deutlich kühler in Santa Lucía, wir können die Klimaanlage abschalten. Hinter der dünnen Tür schlurft der Alte zur Toilette. Ich höre seinen prasselnden Urinstrahl, er muss viel getrunken haben.

»Wo bist du?«, fragt Jesús, nachdem wir uns geliebt haben.

»Hier bei dir.«

»Ich merke nicht.«

»Ich bin nur sehr müde nach dem langen Flug.«

»Dann schlafen, meine Liebe.«

Mitten in der Nacht schrecke ich hoch: Fäuste hämmern gegen die Tür. Eine erregte Männerstimme ruft. Mein Freund schläft. Es hämmert wieder, noch lauter.

»Jesús! Polizei!«

Ich rüttele an seiner Schulter. Er setzt sich auf und horcht. Die Männerstimme ruft.

»Alles okay. Andere Leute wollen Zimmer.«

Der Alte öffnet nicht. Ich höre, wie sich die Schritte von der Tür entfernen, und schlafe wieder ein.

Das Meer ist jetzt zu kalt für die Liebe. Ich würde ja noch kurz reingehen, aber Jesús fröstelt schon bei dem Gedanken. Uns bleibt wieder nur die Suite.

»Wollen wir nicht geben Papiere für Hochzeit?«, fragt Jesús am vierten Tag.

Ich habe die Frage erwartet. Ich will ja mit ihm nach Camagüey zum Amt fahren. Aber Jesús hat gesagt, dass alles schnell erledigt wird: Man bringt die Papiere und kann drei Tage später heiraten. Ich muss auch noch überlegen, wie ich ihm die Sache mit dem Ehevertrag erkläre. Erst in zehn Tagen kommen meine beiden Gäste. Gerade scheint die Sonne. Ich möchte mich ausruhen. Wir haben doch noch Zeit.

»Wie du wollen, meine Liebe«, sagt Jesús.

Ein Wunder geschieht: Eliat hat mit seinem Chef gesprochen – Jesús darf im Hotel an den Pool. Wir müssen beide unterschreiben, dass er mein Zimmer nicht betreten wird. Jesús bekommt noch eine Extraermahnung von dem drahtigen grauhaarigen Sicherheitschef, der mit Guevara gekämpft haben soll. Ich sitze bei dem Gespräch in dem kleinen Büro unter einem Che-Poster dabei und bin mir sicher, dass mit diesem Mann nicht zu spaßen ist.

Jesús muss seinen Ausweis hinterlegen und darf auf das Gelände. Die Regelung gilt für die Zeit meines Besuchs. Wenn er an der Rezeption vorbeigeht, treffen ihn die bewundernden Blicke der Angestellten – wie einen Mann, der Unmögliches geschafft hat.

Leider ist der Pool nicht geheizt. Er hat die Temperatur von Leitungswasser. Nur ein einziges Mal sitzen wir fröstelnd als einzige Gäste auf den Barhockern im Wasser und trinken *cuba libre*. Es ist mein erstes Glas all inclusive in Kuba. Für das von Jesús muss ich bezahlen.

Für 19 Dollar darf er hier nun auch Abendbrot essen. Das ist viel Geld, aber wir sparen die illegale Köchin und die schwierigen Verabredungen. Wir können den ganzen Tag zusammen in der Sonne liegen. Es gibt neben der Bar eine große Videowand mit aktuellen Musikclips. Mariah Carey. Enrique Iglesias. Ricky Martin. Jennifer Lopez. Gloria Estefan.

Jesús sieht stundenlang zu. Er beteiligt sich mit Dieter an einem Tischtenniswettbewerb und sticht bei einem Salsakurs alle Urlauber aus. Abends sitzt er neben mir, wenn auf der Bühne im Innenhof die landestypische Gesangs- und Tanzshow läuft. Nur die Tänzerinnen sind ihm viel zu dünn. In Kuba braucht man vor allem einen großen Hintern, um von den Männern angesehen zu werden, und dieser Hintern muss nach oben und nach hinten wachsen, keinesfalls zur Seite und nach unten.

Nach dem Programm brechen wir zu unserer Suite auf. Wenn wir uns lieben, ist alles gut.

Im Hotel wartet Dieter aufgeregt auf mich. Er war in der Nacht in diesem Zimmer mit Alicia. Am Morgen sind Polizisten gekommen. Sie haben das Mädchen verhaftet.

»Und was ist dir passiert?«

»Nichts. Sie haben mich nicht einmal angesehen. Nur rausgeschickt. Dann stand ich auf der Straße. Die Polizisten haben sie in ein Auto gesetzt und sind weggefahren. Alicia hat die ganze Zeit geweint. Ich weiß nicht, was ich machen kann.«

»Wahrscheinlich gar nichts. Du schadest ihr nur, wenn du dich einmischst. Weißt du, wo die Eltern wohnen?«

»Ja.«

»Dann fahr hin. Sie werden wissen, wo ihre Tochter ist.«

»Ich spreche kein Spanisch.«

»Frag Jesús.«

Am Nachmittag kommen Jesús und Dieter zurück. Alicia ist schon wieder bei ihren Eltern, aber sie darf nicht mehr nach Santa Lucía kommen. Und die Eltern haben gebeten, sie nicht wieder zu besuchen.

Als Dieter weg ist, erzählt Jesús, was er außerdem von Bekannten erfahren hat: Das Mädchen ist verheiratet. Sie gehört zu einem schwarzen Muskelberg, der die Musik in der Dollar-Nachtbar auflegt. Aber eigentlich ist dieser Schwarze ein Drogenboss. Den Namen des Mannes flüstert Jesús nur. Wir liegen meterweit weg von den anderen Gästen, aber Jesús flüstert. Wir reden offenbar über eine sehr gefährliche Sache.

Dieter weiß davon nichts. Ich habe keine Ahnung, ob wir ihn warnen müssen. Erst mal halten wir den Mund. Alicia darf ja nicht kommen.

An einem Mietwagentag fahren wir nach Minas. Ich will die Geschenke bringen. Jesús bittet mich, auf einen Besuch bei den Eltern zu verzichten: Die nervöse Schwäche der Mutter ist schlimmer geworden, es ist nicht gut, wenn sie mich sieht.

»Und bei der Hochzeit?«

»Alle kommen. Mutter nicht. Bitte verstehen.«

Kann ein Kubaner ohne die heilige Mutter heiraten? Welche Gespräche haben in der Familie wegen der Hochzeit stattgefunden? Welche Interessen sind da gegeneinander abgewogen worden?

Ich packe bei Félix meine Gaben aus. Die Reaktion ist verhalten, aber das ist normal: Kubaner sind sehr verlegen bei Geschenken, vielleicht weil sie selbst nichts zu verschenken haben.

Plötzlich steht Lucía mit Miranda in der Haustür. Die Kleine springt an mir hoch. Lucía kommt nicht herein. Ich begrüße sie und ziehe an ihrem Arm. Sie weigert sich.

Jesús steht neben mir: »Nicht machen. Félix will nicht.«

Lucía nickt. Sie hat sich schön gemacht mit einer roten Bluse und einem kurzen hellblauen Rock. Aber eine Ehebrecherin darf nicht über die Schwelle des ältesten Bruders.

Niemand in der Familie spricht über den kurzen Auftritt.

Es gibt neue Nachrichten von meinem Apple. Félix ist sich ganz sicher, dass der Zoll in Havanna ihn jetzt freigeben wird. Dort arbeitet neuerdings ein Freund von ihm, auch ein Amateurfunker.

Wir beschließen, noch einmal nach Havanna zu fahren.

»Aber was ist mit *contraer matrimonio*?«, fragt Jesús auf der Rückfahrt nach Santa Lucía.

»Wir holen bloß noch den Computer, und dann heiraten wir«, sage ich.

Wir liegen im Zeitplan. In einer Woche fliegen mein Sohn und Karola ein. Wir haben auch schon ein Festessen in Minas in Auftrag gegeben. Ein Bruder von Jesús kümmert sich um Musiker, alle wollen tanzen.

Ich habe allerdings immer noch kein Wort über den Ehevertrag gesagt.

Und ich sage Jesús auch nicht, was mir eben bei unserem Abschied auf der Straße aufgefallen ist: Sein Bruder trug die Jeans, die ich bei meiner letzten Reise für Jesús mitgebracht habe. Ich erkannte sie, weil ich eine kleine silberne Trillerpfeife mit einem Schlüsselring in eine Bundschlaufe gesteckt hatte.

»Damit kannst du mich immer rufen«, hatte ich damals zu Jesús gesagt.

Wahrscheinlich brauchte der Bruder dringend eine

neue Hose. Wahrscheinlich brauchen alle dringend etwas. Wahrscheinlich bin ich zu schnell groß eingestiegen.

Alles wie beim letzten Mal. Der Toyota verliert den Scheibenwischer und muss repariert werden, wir besorgen im Palmengarten verbotenes Benzin.

Aber diesmal schaffen wir es am selben Tag nach Havanna. Abends kommen wir an. Jesús besucht Freunde, die in einer winzigen Wohnung in der Altstadt leben. Lázaro ist Fernfahrer, seine Frau lackiert auf Anfrage anderen Frauen die Fingernägel. In ihrer Wohnung ist wirklich kein Platz für Gäste. Sie haben für uns eine private Unterkunft bestellt.

Ein Mann, der früher im Gästehaus der Regierung arbeitete, betreibt einen *paladar*, ein Privatrestaurant. Er vermietet auch Zimmer und hat keine Bedenken, einen Kubaner mit einer Ausländerin aufzunehmen. Ich lade Lázaro und seine Frau dahin zum Essen ein. Wir können wählen: Rind, Schwein, Hummer, Huhn. Der Mann soll immer noch beste Beziehungen haben. Es gibt alles. Eine krumme alte Frau deckt schweigend ein und bringt die Speisen. Der Besitzer, ein feister Prahlhans, dirigiert und präsentiert. Ich bin die Geldgeberin, er verhandelt nur mit mir. Warum ist der Mann so reich? Woher kommt das Essen, die teure Einrichtung? Nichts an diesem Standard ist mit der Lebenssituation zu vergleichen, die ich in Kuba außerhalb von Hotels gesehen habe.

Ich fühle mich unwohl an diesem Abend.

Kubaner sprechen immer sehr laut und sehr schnell, aber heute gehen sie mir auf die Nerven. Reden wie Maschinengewehre, alle schreien gestikulierend durcheinander. Alle trinken viel, immer wieder nehmen sie sich Bier aus dem großen Kühlschrank. Irgendein teures Dollar-Büchsenbier. Es nervt mich heute auch, dass Jesús so viel Salz über sein Essen schüttet. Und in den Kaffee gibt er fünf Löffel Zucker. Er hat schon jetzt keine guten Zähne mehr.

Ich bekomme Kopfschmerzen.

Jesús wirft mir einen irritierten Blick zu: »Alles okay, meine Liebe?«

Ich nicke. In die lärmende Gesellschaft reiße ich ein schweigendes Loch. Ich kann heute einfach nicht fröhlich sein.

»Sind gute Leute?« Jesús fragt mich und zeigt mit großer Geste auf seine Freunde.

Wer wird hier wem vorgeführt? Ich habe keine Ahnung, worüber sie die ganze Zeit geredet und gelacht haben, ich weiß nicht, was diese Freunde von mir wissen.

Das Ehepaar bricht irgendwann verlegen auf. Jesús und ich liegen in unseren Betten, ich höre an seinem Atem, dass er auch lange nicht einschläft. Am nächsten Morgen frühstücken wir, ich zahle.

Jesús setzt mich vor einer Bank an einer Straßenecke ab, er will den Computer allein abholen. Dieser Bekannte vom Zoll hat gesagt, dass es so besser sei.

Hinter mir steht ein eisernes Tor offen. Ich sehe hinein. Es ist ein alter Fabrikraum, eine Schlosserei oder eine Schmiede. Hier trainieren junge Kubaner ihre Muskeln. Sie schlagen auf fleckige Sandsäcke ein. Sie stemmen auf Kraftbänken verrostete Felgen und mit Wasser gefüllte Kanister. Die Männer sehen mich, sie lächeln und rufen mir etwas zu. Sie unterbrechen ihre Anstrengungen und wenden sich der unbekannten Frau zu. Ich stehe im Gegenlicht vor ihnen. Ihre Körper glänzen vor Schweiß. Einer sieht schöner aus als der andere.

Ich denke, dass es hier viele wie Jesús gibt.

Er hat den Computer.

Auf unserer Rückbank liegt ein aufgerissener, verdreckter Karton. Aber der Inhalt ist noch komplett. Monitor, Drucker, Tastatur, die Patronen. Wir umarmen uns und tanzen auf der Straße. Jesús telefoniert an einer Poststelle lachend mit seinem Nachbarn in Minas.

Auf der Rückfahrt sind wir wieder still.

»Was ist los?«, fragt Jesús. »Jetzt sprechen. Alles!«

»Morgen, bitte erst morgen.«

Jesús hält an und nimmt Leute ins Auto. Wir haben Gesellschaft bis Minas.

Wir bringen den Computer in die Wohnung von Félix. Für die Freigabe war es entscheidend, dass Félix als Amateurfunker eingetragen ist und deshalb, ich weiß nicht, warum, einen Computer haben darf.

Mehrere Männer erwarten uns schon. Sie arbeiten an verschiedenen Orten mit Informationstechnologie, und jetzt wollen sie helfen. Denn es gibt ein Problem: Offenbar habe ich den ersten und einzigen Apple nach Kuba geschickt, sie kennen sich alle nur mit PCs aus. Aber ich bin mir sicher, dass sie mit ihrem versammelten Wissen die Kiste zum Laufen bringen werden. Sie sind gleich am Verkabeln, und heute hat auch die richtige Seite der Stadt Elektrizität.

Ich sehe, dass Jesús mitmachen möchte. Deshalb bitte ich ihn, mich ins Hotel zu bringen und wieder zurückzufahren. »Und morgen kommst du zu mir.«

»*¿Está bien así? ¿Realmente?*«

Es ist wirklich gut so.

Aber bevor ich aussteige, sagt Jesús: »Ich weiß, was du denkst.«

Er sagt danach ein spanisches Wort, das ich nicht kenne, aber ich merke es mir genau. Im Zimmer schlage ich sofort im Wörterbuch nach: »*Te arrepientes.*« Du bereust.

Bereue ich?

Ich bin jetzt zwei Mal der Liebe wegen nach Kuba gereist und schlafe die erste Nacht alleine. Es ist auch meine erste Nacht in diesem teuren Hotel. Ich liege in duftender Bettwäsche, hinter dem offenen Fenster wiegen sich Palmen. Der Ozean rauscht.

Jesús kniet am Pool vor meiner Liege und sieht mich mit ernstem Gesicht an.

»Sprechen jetzt!«

Wegen dieses Augenblicks habe ich lange wach gelegen in der Nacht.

Ich sage, dass ich nachgedacht habe. Dass ich unsicher geworden bin. Ich kann ihn nicht heiraten. Nicht jetzt sofort. Aber später. Später ganz bestimmt.

Ihm laufen gleich die Tränen herunter.

Er fragt, was er falsch gemacht habe.

»*Nada*«, sage ich. »Du hast nichts falsch gemacht. Nur ich. Ich war zu schnell. Und jetzt habe ich Angst. Wir kennen uns nicht genug.«

»Bitte heiraten und probieren.«

»Ich kann nicht.«

Er weint immer mehr.

»Und was sage ich Familie? Sie denken, wir machen große Fest.«

»Wir müssen das Fest verschieben.«

Wir schweigen. Neben uns springt ein kleiner Junge kreischend ins Wasser. Über den Lautsprecher kommt das musikalische Erkennungsmotiv für den Salsakurs. Über dem Garten liegt eine weiße Wolke, ein Angestellter trägt einen Kanister auf dem Rücken und versprüht ein Mittel gegen Ungeziefer.

Ich sitze mit geradem Rücken auf der Liege. Wie eine Festung. Ich muss mir diese Haltung verordnen, ich ziehe die Muskeln an, um nicht zu zittern.

»¿Por qué?«, fragt Jesús.

Was soll ich sagen? Ich habe eine halbherzige Entscheidung getroffen, mit der ich Zeit gewinne. Mehr nicht.

»Was bin ich für dich – eine Puppe?«

Ich bin ja selber unglücklich, aber dieser Satz von ihm macht mich wütend.

»Für eine Puppe bist du zu teuer.«

Jesús steht auf. Er hebt seine Sachen vom Boden auf. Aus der Hosentasche nimmt er die Autoschlüssel, wirft sie mir vor die Füße und geht.

Ich laufe ihm nach, er schiebt meine Hand weg. Andere Gäste beobachten uns.

Jesús verschwindet im Ausgang des Hotels.

Ich rufe meinen Sohn an und sage ihm, dass es keine Hochzeit geben wird.

»Sollen wir trotzdem kommen?«, fragt er.

»Ja, bitte. Ich bin hier ganz alleine.«

»Geht's dir gut, Mama?«

Es geht mir nicht gut.

Und gleich darauf geht es mir noch schlechter.

Um mich zu beruhigen und abzulenken, habe ich im Zimmer angefangen, meine Sachen aufzuräumen. Im Schrank fällt mein Blick auf den Koffer. Darunter liegt die Tüte mit dem Geld, aber der Schal liegt anders.

Ich packe die Tüte aus. Es ist noch viel Geld darin. Ich mache kleine Stapel auf der Bettdecke und zähle. Ich zähle noch einmal. Der Schweiß bricht mir aus. Ich sehe jeden Schein genau an, aber es bleibt dabei: nur noch Zwanziger, Zehner und Eindollarnoten. Die großen Scheine sind weg. Mit dem Geld in meinem Portemonnaie bleiben 500 Dollar. Das bedeutet, dass etwa 4 000 Dollar weg sind. Jemand hat mich beklaut, weil ich vergessen habe, einen Tresor zu mieten.

Der grauhaarige Sicherheitschef steht mit zwei Wachmännern und einem Dolmetscher in meinem Zimmer. Sie rütteln an der Balkontür und suchen nach Spuren eines Einbruchs. Sie fragen sofort nach Jesús, nach seiner Adresse und seinem Alter.

Völlig klar, sie haben ihn im Verdacht. Ich bleibe ganz ruhig und mache die Angaben, denn ich weiß, dass Jesús wirklich nie in diesem Zimmer war. Diese Wachmänner können ihm nichts unterschieben.

Der Sicherheitschef beendet sein Verhör und stellt eine Frage.

Der Dolmetscher sagt zu mir: »Er fragt, ob Sie eine polizeiliche Untersuchung wünschen.«

»Was ist das für eine Untersuchung?«

»Noch nie hat es so schweren Diebstahl im Hotel gegeben. Polizei kommt und sucht Fingerabdrücke. Alle müssen geben Fingerabdrücke: Zimmermädchen, Kofferträger. Und Sie. Und Ihr Freund. Polizei fährt gleich nach Minas.«

Ich stelle mir vor, wie die Polizei in Minas an die Tür klopft. Wie seine Eltern erschrecken werden. Jesús muss glauben, dass ich ihn für einen Dieb halte und die Polizei geschickt habe.

Ich stelle mir vor, wie mich die Polizisten fragen, ob ich nachts immer in meinem Zimmer war. Lügen geht nicht – das ganze Hotel hat mich jeden Abend mit meiner Badetasche hinausgehen sehen. Ich kann auch nicht sagen, wo ich in den Nächten gewesen bin, damit würde ich den Vermieter ins Gefängnis bringen.

»Nein. Ich möchte keine polizeiliche Untersuchung«, sage ich.

Der Sicherheitschef redet mit dem Dolmetscher.

»Haben Sie wirklich Geld verloren?«, übersetzt der.

Sie glauben mir gar nichts mehr.

Die Tage bis zur Ankunft von meinem Sohn und von Karola verbringe ich im Hotel. Das Auto steht vor der Tür. Ich hatte es für jeden Tag dieser Woche gemietet, weil ich dachte, wir würden die Hochzeit vorbereiten. Ich hatte auch nicht mit so viel Freizeit gerechnet, mein einziges Buch ist längst ausgelesen. Deutsche Urlauber überlassen mir einen »Stern«.

Ich blättere und finde eine Geschichte über das »Tropicana« in Havanna. Ich lese, welches Glück es für die vielen begabten kubanischen Tänzer bedeutet, in dieser Revuetruppe zu arbeiten – im »*Paraíso bajo las estrellas*«, im Paradies unter den Sternen. Auf einem großen Foto sitzt ein junger Schwarzer in seiner Garderobe. Er trägt glänzende rote Volanthosen, sein durchtrainierter Oberkörper ist nackt, er lacht mit weißen Zähnen.

Daneben wird zitiert, was dieser Tänzer im Paradies den Reportern gesagt hat: »Ich möchte eine alte reiche Deutsche kennen lernen, die mich hier rausholt.«

Nachts liege ich mit klopfendem Herzen im Bett und rede mit Marie.

Lange nichts von dir gehört, sage ich.

Ich wollte in Berlin auf dich warten, antwortet sie.

Weil ich dich weggejagt habe.

Du müsstest dich doch jetzt erleichtert fühlen, sagt sie.

Ich bin aber nur traurig.

Ihr fällt ein bekanntes Wort aus der Antike ein: »Nach dem Beischlaf sind die Tiere traurig.«

Wie lange, Marie?

An einem Abend gehe ich mit Dieter in den Nachtclub.

Neben Touristen tanzt eine junge kubanische Schickeria, die über Dollars verfügt. Vor allem aber tanzt hier Alicia. Sie windet sich wie ein Fisch an der Angel vor einem Sugardaddy aus Österreich. Der massige schwarze

Kahlschädel oben auf der Empore an der Anlage muss Alicias Mann sein. Er sieht abwesend über das Publikum. Er beachtet auch Alicia nicht. Das Mädchen entdeckt Dieter ohne Erschrecken. Irgendwann setzt sie sich auf seinen Schoß und flüstert eine Lügengeschichte.

Im Hotel helfe ich dem völlig betrunkenen Mann ins Bett.

Morgen landen meine beiden Gäste in Kuba.

Wir haben eine gute Woche, nachdem Jesús wiedergekommen ist. Still, ohne Erklärungen, ohne Vorwürfe. Er freundet sich sofort mit meinem Sohn an und fährt uns alle durch die Provinzen. Wir sind im kolonialen Trinidad und im Escambray-Gebirge, in der *casa de la Trova* von Santiago und in den Mangrovensümpfen der Ciénaga de Zapata. Karola fotografiert. Zum ersten Mal habe ich Zeit, die Schönheit des Landes zu bewundern. So bald werde ich das alles nicht wieder sehen, denke ich.

»Wir verschieben es nur, ja?«, sage ich zu Jesús.

»Du willst so. Ich nicht.«

Er sitzt jetzt neben meinem Sohn am Strand und lässt sich eine Videokamera erklären. Ich sehe die vorgeneigten, gebräunten Rücken junger Männer, unter ihrer Haut zeichnet sich mit kleinen Höckern die Wirbelsäule ab.

Mein Sohn dreht sich plötzlich um: »Was denkst du, Mama?«

Ich denke, dass Jesús zum ersten Mal hört, wie mich jemand Mama nennt.

»Ich finde es schön hier«, sage ich.

»Ist komisch für dich, oder?«, fragt Karola, die neben mir auf einer Steinmauer sitzt und ihre Kamera vor der

Landschaft hin und her bewegt, ohne abzudrücken. »Sind nur vier Jahre Unterschied zwischen ihnen.«

»Wusste ich doch vorher«, sage ich.

»Aber du hast sie nie nebeneinander gesehen.«

»Mach ein Foto von uns allen.«

Wir sind noch einmal in unserer Höhle.

»Ksss!« hat Jesús gemacht, als wir nach dem Ausflug wieder vor dem Hotel ankamen. »Ksss!« machen hier die Männer, wenn sie die Aufmerksamkeit einer vorübergehenden Frau erregen wollen.

Ich bin wieder in das Auto eingestiegen.

Aber in dieser letzten Nacht in Kuba vögelt er mich, als ob es um sein Leben ginge. Sein Gesicht ist verzerrt. Ich sehe seine Angst vor der Vergeblichkeit. Er keucht, er arbeitet schwer. Für wen macht er das? Zahlt er in seiner Währung den Preis für die Ausreise nach Deutschland? Ich glaube, dass der Preis zu hoch ist. Für ihn und für mich.

Erst im Flugzeug weine ich. Neben mir sitzt eine alte Kubanerin. Sie legt ihre Hand auf meine Hand und spricht in dieser zärtlichen Sprache. Ich fühle mich wie ein unglückliches Kind, das sich verlaufen hat.

Keiner fragt mich. Alle wissen es. Wahrscheinlich haben sie vorher Karola angerufen.

Meine Freunde feiern mit mir meinen 50. Geburtstag. Sie behandeln mich mit einer fürsorglichen Liebe – wie eine Patientin, die soeben eine schwere Krankheit überstanden hat, aber man weiß noch nicht, ob die Heilung wirklich sicher ist. Sie überschütten mich mit Blumen. Sie loben meine neue Wohnung, meinen Geschmack in der Einrichtung.

»Genau die richtige Größe für eine Person«, sagt Magda und umarmt mich besonders fest.

Martin hält eine witzige Rede, in der er meine Neugier und Aufgeschlossenheit hervorhebt und mein besonderes Talent, große Fehler nur beinahe zu machen. Deutlicher werden meine Freunde heute nicht.

Gerhard hat über den Botendienst seiner Redaktion ein Paket mit exotischen Früchten aus Brasilien geschickt. Er ist wohl als Einziger nicht über den Stand der Dinge informiert, denn er schreibt in einem Brief, dass die Brasilianer diesen Früchten einen dauerhaften Liebeszauber zutrauen und mein Leben Hilfe aus dem Bereich der Magie brauchen wird.

Karola schenkt mir einen glamourösen schwarzen Spitzenbüstenhalter. Offenbar hält sie die Zeit für gekommen, denn sie hat einen Zettel beigelegt: »Hoch soll'n sie leben!«

Wir sind schon etwas angetrunken, als kurz vor Mitternacht das Telefon klingelt. Mein schluchzender Sohn erzählt von Lauras Geburt. Er war dabei. Das kleine Mädchen hat sich viele Stunden, fast einen ganzen Tag, für seinen Auftritt anstrengen müssen und seine Mutter vollkommen erschöpft. Meikes Stimme zittert. Ich flüstere meine Glückwünsche und höre die dünnen Ankunftsschreie der Tochter, die auf ihrem Bauch liegt.

Marie wischt sich die Tränen ab.

Sie hebt mit den Gästen das Glas auf die kleine Laura und trinkt dann noch auf die Frau, die sich in kürzester Zeit von einer Braut in eine Großmutter verwandelt hat.

Am nächsten Tag schicke ich Blumen nach Amsterdam und buche eine kurze Reise. Weihnachten werde ich mein Enkelkind sehen.

Auf dem Rückweg komme ich an dem Haus der jungen Familie vorbei. Aber eine Türkin sieht aus dem Fenster und spricht mit vier Kindern, die vor der Tür ein Fahrrad reparieren. Sie lächelt mich an, als ich stehen bleibe.

Meine Familie wohnt nicht mehr hier. Könnte sein, dass sich das Paar getrennt hat. Ihr Schutzengel war zu sehr mit sich selbst beschäftigt.

Jetzt bist du fünfzig, sagt Marie. Alles ist relativ. In zehn, in zwanzig Jahren wirst du dich gerührt an diese so viel jüngere Frau erinnern.

Und was kommt noch?, frage ich.

Da läuft sie.

Sie geht schnell, denn wenn sie ihre Schritte verlangsamen würde, wäre der Schwung weg. Dann würde sie sofort umkehren und zu Hause bleiben. Der Gedanke ist verführerisch. Aber sie hat eine Einladung bekommen. Sie verbietet sich zu denken, dass sie wahrscheinlich nichts verpassen wird.

Sie hat immer öfter beobachtet, dass Leute ihres Alters sagen, sie würden ohnehin nichts verpassen, wenn sie zu Hause blieben.

Langweilig diese Empfänge – überflüssig das Gerede auf Partys – uninteressant die Filme, die gerade laufen – man kann Silvester sehr gemütlich allein zu Hause vor dem Fernseher verbringen – diese Jugend ist nicht zu begreifen – man hat in seinem Leben wahrlich genug geleistet – man muss jetzt kürzer treten – mir kann keiner mehr was Neues erzählen, was wirklich Neues, meine ich …

So beginnt der Rückzug. Und irgendwann fällt das eiserne Tor ins Schloss.

Bitte noch nicht, denkt sie.

Sie schluckt jeden Morgen Vitamintabletten, die sie auf Empfehlung ihrer Ärztin gekauft hat. Auf Festen trinkt sie fast nur noch Wasser, dann hält sie länger durch. Wenn ihre jungen Kollegen von einem Film schwärmen, dann sieht sie sich den an. Sie redet grundsätzlich nicht über Krankheiten. Sie zwingt sich, Kunst, die sie nicht versteht, für interessant zu halten. Wenigstens beim ersten Ansehen. Sie pflegt Freundschaften mit jungen Frauen und bekämpft Konkurrenzgefühle.

Man ist so alt, wie man sich macht, sagt sie und belügt sich selbst.

So ungefähr könnte es werden, sagt Marie.

Ich wundere mich, dass sie sich so festlegt. Denn in diesem einen Fall werden wir das irgendwann überprüfen können.

Ich packe meine Tasche für Amsterdam. Dann schmücke ich die Wohnung mit der Weihnachtsdekoration, bis alles glitzert. Zum ersten Mal mache ich diese Arbeit nur für mich selbst. Nach der Reise werde ich mich freundlich empfangen fühlen. Das reicht mir als Grund. Ich werde mich schon darum kümmern, dass es mir gut geht.

Am Abend klingelt das Telefon.

Eine junge Frauenstimme bittet mich, die Fragen eines Meinungsforschungsinstituts zu beantworten.

Eigentlich hasse ich diese Anrufe. Aber mein Sohn hat einmal in den Ferien einen solchen Telefonjob übernommen, und er war völlig fertig, weil die Angerufenen so unfreundlich zu ihm waren. Fast alle haben ihn sofort abgewimmelt und auch beschimpft. Seitdem habe ich mir vorgenommen, auf telefonische Umfragen höflich zu reagieren.

»Es dauert auch wirklich nur ein paar Minuten«, sagt die Frauenstimme.

»Okay«, sage ich. »Und worum geht es?«

»Es geht um das Kaufverhalten und den Einfluss von Produktwerbung.«

»Gut«, sage ich.

»Vielen, vielen Dank«. Die Frauenstimme klingt erleichtert. »Als Erstes habe ich die Frage: Wie alt sind Sie?«

»Fünfzig«, sage ich.

Es ist einen Augenblick still in der Leitung.

»Sorry«, sagt die Frau dann, »das ist mir jetzt sehr peinlich, aber wir befragen nur Personen bis zu 49 Jahren.«

»Tut mir auch Leid«, sage ich.

»Einen recht schönen Abend noch«, sagt die Frau und legt auf.

Das war wirklich komisch.

Ich gehe jetzt schlafen.